U0594013

木犬書坊

長安骨董客

宗鸣安 著

西安出版社

图书在版编目(CIP)数据

长安骨董客 / 宗鸣安著. —西安：西安出版社，
2018.4（2023.4 重印）

　ISBN 978-7-5541-3033-9

　Ⅰ.①长… Ⅱ.①宗… Ⅲ.①纪实文学 – 中国 – 当代
Ⅳ.①I25

　中国版本图书馆CIP数据核字(2018)第073833号

CHANG AN GU DONG KE
长安骨董客

著　　者：宗鸣安

出版发行：西安出版社

社　　址：西安市曲江新区

　　　　　雁南五路 1868 号影视演艺大厦 11 层

电　　话：（029）85253740

邮政编码：710061

印　　刷：天津图文方嘉印刷有限公司

开　　本：1194 mm × 960 mm 1/32

印　　张：12

字　　数：180 千

版　　次：2018 年 4 月第 1 版

　　　　　2023 年 4 月第 3 次印刷

书　　号：ISBN 978-7-5541-3033-9

定　　价：58.00 元

序 / 另一角度的历史叙说

宗君鸣安，博洽多识之士也，近著《长安骨董客》一书，嘱余为序。因为对"骨董行"缺乏了解，我只能就感想所及，谈谈自己的阅读心得。

鸣安为文，长于叙事。无论故老传闻、亲身经历，听他娓娓道来，总能引人入胜。观其所记之事，看似驳杂而实有条理，姑妄加区分，列为以下数端：

一曰"韵事"。如白氏"瑞庐"之雅集赏古，青门萍社之联吟题画，今日看来，很像由专门机构精心策划、刻意组织的文化活动，但在半个多世纪之前的中国则是知识阶层沿袭已久、自发践行的交际方式。文人借"游艺"寄怀抱，贾客以"射利"谋生计，两者通过骨董交易形成的供求关系包含精神与物质的双向需求。可以说，这正是传统中国特有的文化生态，为"骨董行"的形成和发展提供了必要的社会环境，而古物、字画在民间的流通，又为金石学、考据学的繁荣及书画著录的编撰、刊行创造了有利条件。如果买方、卖方都怀着投机发财的心态跻身其中，即便出现一时的热闹场面，这一行业也难免发生作者所断言的"变异"。

二曰"秘事"，"秘事"即不为外人所知的行内"家法"或买卖行为中的个人隐私。如金石学家陈介祺（1813—1884）写的寄长安骨董商苏氏兄弟之函札，现藏作者书斋，其中内容，他不透露一二，我辈缘何得知？这些私人信件记录了清代后期出土和传世文物的交易情况，包括买方希望得到的物品类型、支付卖方的金额以及双方在交易过程中发生的抵牾。倘若有心以微观社会学方法（Micro-Sociological Approach）探寻历史的端绪，此类零缣断楮所提供的原始史料，显然具有不可忽视的文献价值。

三曰"恨事"。作者在书中不止一次叙及其搜访故物未能如愿的经历，毫不掩饰地表达了难以排遣的"怅然之感"。如果说，收藏家的偶失良机只是个人的遗憾，我们还可期待隐匿的珍宝有朝一日重新面世，那么普遍性的灾难则有可能造成无法弥补的损失。本书所记业已毁灭的书画名迹，如龚半千（1618—1689）之山水巨轴、李方膺（1695—1755）之花卉册页，数量实在不算太少，作者似淡淡道出，但字里行间，自有一份难言的沉重。其中，特别引起我关注的是元末明初画家滕用亨的作品。滕氏事略见朱谋垔所撰《画史会要》，称其为"永乐时待诏，工书学，于画家最称鉴赏"。此公画作传世绝少，然素有"睥睨有元一代"之誉，缅想长安"晚照楼"旧藏《云山晚照图》胜概，能不令人唏嘘感叹，为之惋惜。中国历史上一再发生的文化劫难，其规模之巨大，后果之惨痛，远远超乎世人想象。考虑到此类史实，则骨董商的四出搜求、收藏家的什袭珍秘，不能不说是一种对文化的守护，是一种在文化传承中足以聚少成多的微薄而又持久的力量。

此外，作为以牟利为目的的商业行为，"骨董行"自然也免不了蝇营的行径，如书中所述各类骗局和造假伎俩，都是典型的商业欺诈，只能谓之为"丑事"。然此等行径，由来已久，并且有其产生的必然原因。读虞龢《论书表》，可知晋宋间已有轻薄之徒"锐意摹学"二王墨迹，以致"真伪相糅，莫之能别"的混乱局面。如果我们以客观的态度看待历史，就应该承认"造假"也是一种值得研究的文化现象。在中国艺术史上，"伪迹"所产生的影响，可能比我们所意识到的程度更为广泛而深远，只是我们的艺术史论述在这一问题上往往采取了漠然或武断的态度。

通览全书，可以看出作者在篇章之间埋伏了一条时隐时现的历史脉络，自庚子之乱、辛亥反正、长安围城、抗日战争，历经上世纪六七十年代"在夹缝中讨生活"的艰难岁月，直至社会生活发生重大变化的今日，此一背景为错综纷纭的日常叙事增添了贯穿始终的宏大铺垫。光阴流逝，世事迁改，一代又一代的人们匆匆走来而又相继离去，从他们渐行渐远的足音中，依稀还能听到过往时代的深沉回声。

如作者所言，"骨董"一词，涵义宽泛，关涉甚广，但其中所包含的大部分物品，如钟鼎吉金、碑帖拓本、书画卷轴、哥汝窑器，以今日的标准衡量，均应纳入"艺术"的范畴。换一个角度讲，艺术品作为商品进入市场，也就自然而然地转化为"骨董"而成为交易和消费的对象。在此意义上，所谓"骨董"的经营者、消费者、保存者、记录者以及篡改者、伪造者，全都自觉不自觉地参与了"缔造历史"的过程。没有他们的存在，我们所关注的艺术现象也就丧失了赖以发生的外部因素。

因此，叙说"骨董客"的故事，也是从另一个角度讲述艺术的历史。作为一名对艺术史略有涉猎的读者，我从鸣安的新书中获得了有益的启迪和难得的史料，同时也乐于将这本视角独特、趣味盎然的读物推荐给有共同爱好的朋友。

党 晟

2017 年 8 月 20 日

目录 | CONTENTS

第一章 骨董客的渊源

　　在关中方言里，"骨董客"一词包含有两个方面的内容，一是指专门从事古玩、艺术品行业，并具有一定专业知识的人 。"骨董"原意是指零乱、杂碎的东西，关中方言有"骨董万西"的说辞，即是指杂乱无章的一堆东西。旧时，将各种食物杂在一起合煮也称之为"骨董"或"骨董羹"。宋代范石湖《煮羹》诗："毡芋凝酥敌少城，土薯割玉胜南京。合和二物归蒌糁，新法侬家骨董羹。"在宋代已有将买卖文物、珠宝杂件的行业称为"骨董行"了。宋吴自牧《梦粱录·团行》："买卖七宝者，谓之骨董行。"后来，民间又写作"古董"，成了专门所指。关中方言中"骨董客"的第二层意思是指倒腾，并善于做各种杂事的人。另外也指有些人做事倒来倒去的不能稳当，这不一定都是贬义词。那么，在关中方言里从事骨董的人为什么又被称为"客"呢，这当然也有外来人的意思，大约过去从事骨董行业的多是外地人。另外，古代时把从事

长安城中的鼓楼,始建于明初洪武年间。浑厚敦实,就像长安人的性格。鼓楼以北有北院门,鼓楼以南有南院门,这都是当年骨董客们活动的地方。

商贩的人以及有专长的人都称为"客","牙客""麦客""绸缎客""书客""剑客""樵客"等。《南史·扶南国》:"国内不受估客,有行者亦杀而啖之,是以商旅不敢至。"

我们这本书中主要讲的是陕西长安(此处长安泛指西安地区),近百年来从事古玩、艺术品行业的人和事,内容也是拉拉杂杂的,故取名为"长安骨董客"。

一、传世骨董

清咸丰二年（1852）暮春之时，关中平原一派绿意。大田地里的麦子一片连着一片，长得有半人高了，麦穗子沉甸甸的，浆也灌得很饱。田头三畦两畦的菜地，低处是韭菜，簇簇拥拥，绿得流油。高处架上是豆角蔓，缠来缠去。一拃长紫色的豆角嘟噜地挂着，藤蔓头紫色的小花还在盛开，还在孕育着果实。

这时，天刚麻麻亮，春天的湿气不免生些薄雾，乡间的土路上润润的、绵绵的，走在上头几乎听不见声响。就在薄雾的尽头，自西向东驶来一挂骡车，车上拉着一个大包袱，有半人高，似乎还很重，因为驾辕的骡子还在哼哧、哼哧地用力拉着。车辕上坐着赶车的车老板，紧衣小帽，干净利落，车后头坐的就是货物的东家。只见这人头戴圆形蓝缎瓜皮帽，前面镶着一块碧绿、碧绿的翡翠，水头通透，内行人一看就知道是个宝物。上身穿着一件深蓝色团花湖缎长衫，因为天气还有点凉，外面又套着一件古铜色的绸子马夹，袖口往上挽了半尺，露出雪白的内衬。下身穿着黑色的滚裆裤，脚蹬一双千层底的布靴。你问这东家是谁。谁？这东家就是清代咸丰、道光年间陕西著名的骨董商苏亿年！

在清代咸丰、道光、同治年间，长安的苏家有不少人从事骨董行业，但以苏氏兄弟苏兆年、苏亿年最为有名，其兄苏兆年更是以眼力好，又能吃苦于乡下寻货，给京津大户提供了不少重器而名扬京城。哪位要问，这辆车上到底拉的是啥东西嘛？啥东西？这辆不起眼儿的车上拉的可是后来被称之国宝重器的——毛公鼎。

据当时较为可靠的文字记载，清道光二十三年（1843），毛公鼎出土于陕西省岐山县董家村，是董家村的村民董春生锄地时从地里挖出来的。岐山县是西周的京畿之地，这一带经常有西周青铜器出土。因此，长安及河南、京津地区的骨董客们也经常在这一带游转、打探，遇上出土的好货马上就拉走。毛公鼎刚出土时被一个骨董客探知，他以三百两银的价格从董春生手上购得。三百两银子可不是个小数，当时一户普通农民一年的收入也不过十两八两，三百两的银子要买多少粮食，要盖多少房子。因此，这消息一经走漏，便轰动一时，不免也要被官府得知。董春生少不了被抓进监牢，三百两银子肯定得没收。毛公鼎自然也被运了回来。这一消息让当年名声极大的苏兆年、苏亿年兄弟俩（又称苏老六，苏老七）心里动了念头，他们通过关系，当然也花了不少银子，竟然从官府手上把这毛公鼎给弄了出来。苏老六，苏老七可不是一般人，他们深知骨董行挣钱的秘诀，绝不会加点儿小钱倒手就卖。行内有话：一物等一主，好东西留给最想要的人自然能卖出大价来。要是像倒鸡毛似的，今儿挣三块，明儿挣五块，一辈子也发不了财。苏氏兄弟一方面在等待机会，一方面也在物色人选。他们在北京的古玩铺分号得知，山东著名的金石收藏家陈介祺极欲收集刻有文字的青铜器，苏兆年在此之前就与陈介祺有些联系，平时少不了卖给他几方印章、几个钱币之类，知道陈介祺是内行，能出价，于是就告知了陈介祺毛公鼎的事。陈介祺闻之大喜，也知道苏兆年的眼力高深，他的东西不会太错。于是两人就商谈好，东西要运到北京交付，价钱绝不会少给。这样，苏兆年就派其弟苏亿年用骡车拉着包裹严实的毛公鼎乘着春天凌晨的薄雾，自关中道向东，出潼关，从风陵渡过黄河入山西，走运城、灵石、太原，过河北保定进入北京。这条旱路大约是当年从长安到北京最安全、最宽畅的大道，虽然苏亿年坐着三套大骡车，但还是歇歇停停，走了近一个月才到达北京。

陈介祺出了多少钱购得毛公鼎谁也不得而知，以陈介祺平日出价购买铜器、印章的记录来看，这么大的器形，上面还有五百多个文字，又是从经验丰富的骨董客苏氏弟兄手上所购，恐怕没有大几千，甚至万金是不能成交的。有人从张之洞的文字里提到"陈氏以千金买赝鼎"而推论，毛公鼎是陈介祺花了一千金买的。你想想，毛公鼎刚出土时村民董春生都卖了三百两银子，而苏兆年从官府里弄出来，打点费用、购买费用，再加上运输费用，毛公鼎到北京时成本早已超过一千金了，所谓一千金那是买家随口说出漫应好事者询问而已。在骨董行里这么大的生意谁能给外人准确地说明价钱呢？至于张之洞所说的"赝鼎"，后人也不必认真考证，认为张之洞盲目否定毛公鼎而可笑。其实这在骨董行是常有的事，为了避免行内人打探与说三道四，买家得到好东西对于打听者常常会随口说："有这回事，但那东西不能确定，可能是假的。"这样就能堵住一些人的口，用现在的话来说就是"舆情公关处理"。陈介祺不傻，一是不想让多事的人打听，二是不想被研究金石的同行发现，肯定不能马上说出此中的内情。等过了几个月，陈介祺对毛公鼎的文字做了考释，做了研究，才在收藏圈内以题跋毛公鼎拓本的形式予以公开，毛公鼎的价值才逐渐被学界、被世人所认识。毛公鼎在陈介祺家存放了近五十年，陈介祺故后其后人将鼎卖出，先归端午桥，又归叶恭绰，后辗转运至南京，归于民国政府的中央博物馆，今藏台北故宫博物院。

前面说到，在苏亿年将毛公鼎送到北京之前，陈介祺就与苏氏兄弟有过多年的买卖古玩文物来往。从2015年版陆明君编著的《陈介祺年谱》可以看到，陈介祺与苏兆年、苏亿年兄弟的来往早在清道光二十三年（1843），也就是毛公鼎出土以前就有了，从当时人的文字资料和陈介祺金文拓本的文字分析，就在道光二十三年（1843），陈介祺还从苏兆年手上购得一件刻有数十字的西周天亡簋。

苏兆年，字丰玉，回族，因家中兄弟排行第六，又称苏老六。其弟苏亿年，字锡时，即苏老七。苏兆年在西安南院门，也就是当年陕西总督衙门的所在地开了一间古玩商店，名为“永和斋”。光绪十四年（1888）时，陕西巡抚衙门驻扎到了南院，总督衙门就迁到了北院，也就是今北院门北口原西安市政府院内。南院门一带不论是巡抚衙门还是总督衙门在时，都是

国之重器毛公鼎，现藏台北故宫博物院。

官员集中往来的地区。高档的文物古玩要想卖出高价，肯定是有身份、有地位的官员才能出得起价。数百年来长安南院门地区商业发达，古玩铺众多也就是这个道理。苏兆年以眼力高与灵活的经营方式深得收藏爱好者与金石家的赞许，苏氏兄弟在北京也有分号，这样也就能更容易地收集到市场信息，也便于和收藏大家联系。可以说苏兆年、苏亿年是清道光、咸丰、同治年间，陕西最富有、最活跃、最具名声的骨董客了。

本人手上正好有一册清咸丰九年（1859）至清光绪九年（1883）二十多年时间里陈介祺写给苏氏兄弟的数十封信，内容透露了不少苏氏兄弟卖给陈介祺古玩文物的品种、数量、价格等信息。另外，也有不少文字是陈介祺传授苏氏兄弟怎么鉴定古物，以及文物的历史文化知识等等。从这些信札中不仅反映出了长安骨董客们的学识、人品与生活状况，同时也反映出了金石大家们的学养、气度，以及对金石研究的不懈追求。下面我就摘出几通以飨读者。

丰玉老友足下，屡得信未复。因京中之事与下半年莒州以南之扰，心绪不佳，更无妥便之故，今由京兑来京平松江银壹百两正，收到务付回信为凭。

来信所说之话太粗，连年之物无甚新奇，印亦不精，旧玉亦无佳者。若念旧意，有精品，使一妾当健足来，较京中为便，不便即止。如此时事亦无暇及此，不过故人情长而已。

并问老七好，舍二弟同此道念。

寿卿具　辛酉正月六日

陈介祺，字寿卿，号簠斋，别号海滨病史、齐东陶父等。山东潍县人，道光二十五年（1845）进士，翰林院编修，是清代著名的金石学家、书法家，也是乾嘉学派以及文字学研究主张重实证的代表，是为中国金石研究开一代风气的人物。

上面信中首称"丰玉"是指苏兆年，此信所署时间为"辛酉正月"，即清咸丰十一年（1861），也就是陈介祺得到苏兆年卖给他毛公鼎八年多时间之后。可能在陈介祺回信之前的一半年内，苏兆年给陈介祺又寄了些东西，因为忙以及心绪不佳（也就是家乡潍县有捻军围城之故），迟复了信，迟付了款，所以苏兆年多次写信催问，信中语言肯定不周，被陈介祺称为"话太粗"。这些粗话少不了"毛公鼎都便宜给你了""某某某出价比你高得多！""你得是还想赖账呢！"之类。陈介祺是一位有修养的人，当然不能对骂。一句"所说之话太粗"，已经够严重的了。虽然苏兆年给了陈介祺毛公鼎这样的重器，但十几年来有精品没精品陈介祺总是买了苏氏兄弟不少东西。在那样的年代里，每年能有几百、几千两白花花的银子进账，对于旧时一个身居内陆城市中的人来说，那要过怎样一种生活才能消费得了。据清代咸丰、同治长安城中出售房屋的契约书来看，一院上好的房子也不过二三百两银子，至于吃喝对于骨董商来说那就不能算钱。我们不妨就这几十封信所及银两数计算一下，看看苏氏兄弟仅在陈介祺一处，仅有几档生意大约挣了多少钱。"辛酉正月六日"信中提到"由京兑来京平松江银壹百两"，"京平松江银"即指由北京地方政府颁布的银两重量标准，也是一种"市平"，对应的是"官平"，亦称"库平"，即清政府颁布的银两重量标准，官平一两约为37.301克。以银两为单位的货币政策始于汉代，盛于明清，民国以后废除改为"元"。"松江银"即松江地区所铸银两，成色甚高。

"己未八月十一日"信："今托舍亲郭太守之少君过陕之便，寄到京平松江银壹百贰拾两。"

"同治九年八月六日"信："丰玉老友足下，去冬命人自京兑银未见回信。"

此处未见确切数目，当亦在百十两吧。

"癸酉七月十日"信："今由尉丰厚（钱庄名）兑京平足色银壹百两正。"

"癸酉八月十九日"信："锡时老友足下，今兑来京平松江银壹百两正。"

"同治癸酉九月"信："由景文前后共兑银贰百两。"

另外，另一金石大家吴大澂给苏氏兄弟的信中也提到了钱数："前日临行时交到汉镜虽已残破，文字尚精，当即留玩。兹送上市平银十二两。"一个残破铜镜就给了十二两银子，可见当时的古玩文物之热。"兹由承差景庆送去库平银壹百两，合省平一百零四两，省平银廿六两即上次一鼎一彝之价。"这里不仅透露出了铜器的价格，也透露出了官方库平银子与市平银子的差额，这可为清代经济史研究增加些文献资料。

在近人邓之诚的《骨董琐记》里，也记录了清光绪二年（1876）进士盛昱（盛伯熙）给长安骨董客某人的信，谈到买卖扶风新出土青铜器《矢鼎》的情况："其字百字内外酬五百两，三百内外酬一千两，直到六百酬四千两，货到钱回，决无反悔。事须机密，勿使人知。"

在这几年内，从信中明确看到的，陈介祺汇给长安骨董客苏氏兄弟的银子就达千两之数。同时，在读这些信札时还发现，除过买卖东西付货款外，陈介祺还以预付款的形式每年付给苏氏兄弟一百两。"同治癸酉九月"信中言："前后所寄之银，尚余多少，时常开一清账单来，如要银我即设法汇兑。"这样看来，当年的苏氏兄弟一年要有五六千两白银的收入。

虽然苏氏兄弟开价常常也不能算低了，但陈介祺基本还是会如数付给的。要知道在那个年代里，翰林院编修挣不了多少钱，只有放了外缺，谋个肥差，才有机会挣到大钱。陈介祺在道光、咸丰年间也不过四十岁上下，能长期出资购物已经不容易了，但骨董商苏兆年、苏亿年之辈岂能明白其中志趣，只知道一个劲儿地催要钱款，他们看轻了陈介祺的学识能给骨董行业带来更大的利润这一关键作用。

在骨董行业中求发展、求生存的人，无论你是收藏者还是经营者，几乎没有一个人没买过假货，没被"打过眼"，过去说是"花钱买教训"，现在说是"交学费"。在骨董行（现

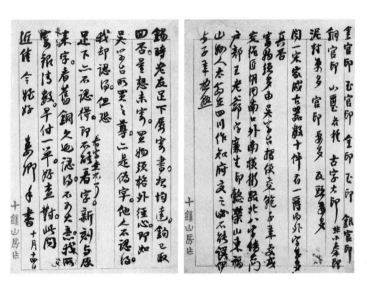

这是清代大金石学家陈介祺写给长安骨董客苏氏兄弟的信，信中反映出当时人们对金石骨董收藏的热情与水平。

在称为艺术品行业），只有通过真金白银的惨痛代价，才能让你立足此行业，才能由此而获得真正的知识。在当今古玩收藏大热的社会背景下，常渲染一种所谓的"捡漏"机遇，就是别人都没有看出来是一件宝物却被你给发现了，而且是花了很少的钱，得了很大的无价宝。或者说可以翻儿十倍的价钱而发了大财。我不能说大千世界无漏可捡，但那是眼力、学识、勤奋、善良的回报。不是随便哪个人都有可能"捡漏"，而且满大街都有"漏"可"捡"。如果满腹心思尽是想"捡漏"，我劝你就不要进入古玩行，甚至不要接触古玩行。因为这里面的水太深，陷阱太多，真是"道高一尺，魔高一丈"。这一话题后文还要细说，这里就暂时放下，我们还是说苏兆年、苏亿年兄弟俩吧。

苏氏兄弟在清道光、咸丰年间的长安骨董行中可以算是眼力高深的一类人了，实际经验丰富，特别能分析出哪一类东西要卖给哪一类人。长安骨董行业上有一句老话，叫做"买入手时要想着卖出手"，就是你看到的这个东西能卖给谁，价格如何，这是从事骨董行业的重要一环，不能糊涂买，糊涂卖。而且是"宁可卖了悔，不能买了悔。""卖了悔"不过是少挣了几个钱而已，将本求利，心里其实也能想得过去。各人有各人的造化，各人有各人的胜业，你挣你的钱，不要管别人挣多少。总想把别人的钱都让你一个人挣了，把一百年后的钱现在都让你一人挣了，恐怕这样的人不得好，心思太重也难活得长。"买了悔"可就不一样了，买的价格高，东西次，甚至是假货，那就只能干瞪眼看着白扔钱了。要让我建议，我就建议你先把东西扔到床底下，等过上个十几年，心情平静些，或扔或烧也就坦然了。

苏氏兄弟的眼力也够好的了，但也避免不了买假货。在清乾隆、嘉庆年间，文字学大兴，不少文人学者开始重视、收集出土的陶文、金文器皿。陕西当然是商周秦汉文物的重要出土地，长安更是出土文物的聚集地。特别是到了道光、咸丰、同治年间，阮元、毕秋帆、吴大澂、陈介祺、王懿荣、吴式芬、鲍康、刘燕庭等金石大家都在陕西做过官，都来陕西寻找过宝物。"青铜器要刻有文字的"，"多一个字多一两银子"，"瓦当要字多的，稀有文字价格翻倍"。这下可热闹了，长安城内外的骨董客们携粮裹糇都往乡下跑去。这时，一些"高手"们便投其所好，用出土的素铜鼎、铜爵作为真底，然后刻上文字，一般人只注意东西的真假与有无文字，并不细审文字是否为后刻。这种东西真也打了不少人的眼，苏氏兄弟也买了几件寄给陈介祺，陈介祺不仅是有学问的人，对于古玩文物也是法眼别具，因此马上发现了其中的猫腻。在"己未十月十四日"寄给苏兆年的信中说："买物须格外经心，即如吴学台（吴大澂）所买之尊亦是伪字。他人不认得，我却认得。但恐足下亦不认得。"

那么，陈介祺是怎样辨别文字真伪的呢？除了细观铜器上字口的痕迹，分辨新旧刻（新刻字口的锈色浮而松）之外，考证文字内容当是最可靠的方法之一。首先要看文字内容与器皿形制是否符合。出土铜器虽多，但有文字的毕竟是少数，伪刻者不是古代书法家，也不是古代的贵族，不可能随手就写出先秦的文字与内容来，肯定要临摹已出土的金文，节选拼凑现有传世的文字，这样常常便会出现差错和雷同。比如，鼎上的文字用在了尊上，尊上的文字又移到了爵上。第二点就是研究文字内容是否完整，是否有拼接的痕迹，文字书写与结体是否符合那个时代的特点。青铜器上的文字有其一定的格式，先写什么后写什么是有一定顺序的。如周代青铜器文字起首多为时间："唯王十年"、"唯正月"等等，最后多是"子子孙孙永宝用"等，中间是主人名及器物名。如果将时间写到最后，内容又含糊不清的，这肯定是伪刻了，古代文字再简练，时间、人名绝不会少，行文绝不会乱。另外，文字的书法特征也要熟悉，比如毛公鼎上的书法特征，散氏盘上的结构特点绝不会原封不变地出现在别的器皿上，特别是那种小型、做工又不精致的青铜器上。另外就是文字所叙述的人物、事件要符合历史事实与时间段。周代的鼎上刻有战国的内容、人名，那肯定是假的。以上几点除过经验之外，最重要的还要有历史知识、古代文字学知识、书法修养。你我有没有，陈介祺等金石家肯定有。不敢说绝对，假骨董想蒙过陈介祺的眼睛一般很难。前贤说"知识就是力量"，我深信之。

在清代中后期，不仅陈介祺与长安的骨董客们有各种联系，那些来长安上任的巡抚，路过的官员都会通过骨董客们去寻找自己喜欢的东西。清末金石学大家王懿荣在给长安另一位骨董客的信中嘱咐道"以后如有汉铜印及小铜器，古泉之属当望费神代购为要"。

这是从鼓楼上向南眺望的景象。左上角是鼓楼什字，再往南就是竹笆市街。这是旧时长安城中商业最发达的地区之一。从鳞次栉比的高大房屋，就可以想象到当年的繁荣。

自陈介祺之后，外省的收藏家、金石家多与长安的骨董客及商铺有来往，并得到了不少好东西。清末著名的金石学家、收藏家王懿荣在他的《天壤阁杂记》里，详细地记录了清光绪六七年间他在长安购买骨董的情景。

　　清光绪六年（1880）四月，王懿荣从北京雇车前往陕西长安。先前经陈介祺介绍，已经认识了长安骨董客苏老六、苏老七兄弟。所以，王懿荣一到长安便去找苏老六，苏老六给王懿荣拿出一件隋开皇年间铜铸的碑文，造型古朴，书法别致。王懿荣眼前一亮，拿到就不松手了。苏老六见他喜欢，便开出了一个大价："二百个大洋。"王懿荣是金石学家，见到这类有文字的东西自然会眼热，心血也会上头，"二百大洋就二百大洋！只是我出门带的现金不多，而且还要去四川一趟，等我回到北京再给你汇来如何？"王懿荣一边说着一边把铜碑塞进怀里。"没说的，没说的。"苏老六对于这类大客户当然放心，也就爽快地答应了。

　　王懿荣从苏老六家出来，又到了西大街的小苏——苏老七家，以及骨董商马呈端、孙文山处，零零星星也买了不少东西，特别是得到了一套王莽时的货币"十布"，让他十分高兴。过去的文人爱逛骨董店，进了骨董店总感觉是满目琳琅。中国人自来就喜欢把玩小型的物件，称之为：小玩意儿。时代不同，型制、品类、工艺便各有时尚。明代时，官宦之家喜欢斗蛐蛐，所以，养蛐蛐的罐，斗蛐蛐的盆，那可真是穷工极巧了。什么紫砂的、细陶的、青花的、粉彩的，有的镂空，有的刻花，根据不同用途，不同饲养时段而花色各有不同。这些精心制作的蛐蛐盆、罐在明清时就得价值十数金呢。到了清末民国时期，这些东西进了骨董店就更是身价倍涨了。

明清时期，不论皇宫大内还是民间百姓都喜欢养猫，根据猫的花色还给猫起了不少雅号，比如纯白色的称为"一块玉"；身黑而腹白者称为"乌云罩雪"；黄尾巴白身子的称为"金钩挂玉瓶"。更有喜欢个性的，竟然把猫通身染成了大红色。如此喜欢猫，饲养猫的器皿当然就不会含糊了。那个卖猫搭猫碟的故事大家早都耳熟能详了，但过去讲究的人并不是用瓷碟子来喂养猫，而使用的是上等的铜器。在著名的宣德炉中，就有一种式样被称为"猫食盆"。在骨董店里，有些东西你别看它体型小，但它的价值并不比那个头儿大的瓶瓶罐罐低。比如养画眉鸟笼子里的食罐、水盒，一套小小的食罐往往要值十几块银圆呢。当然，这是指那种官窑制造的，有落款的那种，地摊货就不算数了。

清代人一度喜欢养鹌鹑、斗鹌鹑，《聊斋》里的《王成》、秦腔里著名的丑角段子《捉鹌鹑》，讲的都是这类故事。出门斗鹌鹑要用袋子装，那装鹌鹑的袋子可讲究了，有用宋锦做成的，有用蟒缎做成的，有的还用妆花、缂丝、猩毡、哆罗呢等等，那真是五彩纷呈。至于鹌鹑袋子上收束的带子那更是花色繁多，有用汉代古玉做的，有用碧玉、玛瑙做的，还有用什么砗磲、琥珀、珐琅、金银、犀象等等做的，总之，是越稀罕、越贵越好。

从西大街几家骨董铺转毕往西走上数十步，就是长安城中的热闹去处城隍庙。在这里，人们日常生活中所有的物件，从针头线脑到锅碗瓢勺都能买到。城隍庙门西口上有一家专卖古籍碑帖的铺子里，也常常能淘到些好东西。王懿荣一进铺子就看到了一函明代初期刻印的《元史》残本。上面盖有明代太师英国公张辅的印章和四明范氏的印章，仅用了一千五百文就买下了。又花了四百文买了三卷元刻本《古今韵会》，此书甚少见，而且很有些收藏、研究价值，店主不

从市中心的钟楼上眺望长安城西北部。此图虽是20世纪50年代的景象，但与民国年间的格局与风貌无多大区别。

知道，王懿荣不能不知道，这就是行家有学问的好处。第二年，即清光绪七年（1881）秋天，王懿荣自四川返京，又路过长安城，入得宝山岂能空手而归。王懿荣又去西大街一带转骨董铺，还是在城隍庙门西口的旧书店淘到一部宋刊明印的大字本《魏书》和《北齐书》，还有一部元诸路本《北史》，每页上都刻有某路、某学的字样，是典型的元代刻书。然后，王懿荣又去访长安城中另一骨董商杨实斋。杨实斋在清末民初时期是长安城中专玩"土货"的大户，也是著名的拓工，民国十五年（1926）所出《右任诗存·昭陵石马歌》中就提到："杨君（实斋）老去丁君（辅仁）死，拓石关中无名士。"便可见当时人对杨实斋的赞许。杨实斋常去宝鸡乡下一带收货，所以，他家的青铜器极多，王懿荣进了杨家，先看上了一件周代早期的彝，上面刻有"牺"形文字，造型也极佳。另外又挑选了一件方鼎，一件小鼎，一件觚。苏老七听说王懿荣回到长安了，在杨家买东西，也赶快送来了一把铜剑，上面铸有鸟形篆文，形态如花如字，王懿荣认为这是天下第一的古剑，当然马上收归己有了。

长安城中过去有许多在陕西为官而落籍长安的官宦人家，

他们手上也有不少骨董，或是经年落魄，后人需要出手东西救急。或者是主家收藏太多，需要精简重复与不喜之物。比如王懿荣从一周姓老幕府的家里就得到了一批古钱币和印章，其中周代象形花押官印，唐代太平缗钱最为奇特。又在金石家毛子静府上得一把古剑和不少古币。在一候补知县家见到五十多方六朝至唐的墓志，其中著名的北魏皇甫麟墓志即杂厕其间，此志清代咸丰年间出土于户县，后归端方所有，又归天津金氏，今不知所在。王懿荣当然也喜欢墓志石刻，但因为太重、太多，只好放弃了。另外在旧官僚谢家、韩家、曾任扶风令的孙家，王懿荣都选到了自己喜欢的东西，可谓收获颇丰。难怪王懿荣叹道："天下之地，青齐一带，河陕至汉中一路皆骨董坑也。余过辄流连不忍去。"可见，自古以来，长安地区骨董业发达的原因，一是东西多，二是往来的客户层次高，能淘出佳品。所以，长安就成了全国玩家的向往之地。

由于各位金石家、骨董玩家的热心搜求，及长安骨董客们的尽力经营，清代中后期长安的骨董行业出现了前所未有的繁荣，为当时和以后金石家们的研究提供了不少珍贵的实物资料，使他们著作出了一批可以传之于后世的大作。比如毕秋帆的《关中金石志》、褚峻的《金石经眼录》、刘喜海的《长安获古编》、陈介祺的《十钟山房印举》、吴大澂的《愙斋集古录》、端方的《陶斋吉金录》等等。当然，这些出土的骨董文物后来或归于公私收藏，或流于海外，或毁于战火、人事。但它们留给人世间的痕迹将永远不会磨灭，也将凭藉着这些文字的记录与人们的记忆永远地流传下去。

本篇文章小标题所说的"传世骨董"，不仅仅是在指实体文物古玩的传世，骨董客的经验与故事，金石家的研究与著作，并由此而产生的每件骨董的传奇与文化内涵，都将随着存世与不存世的骨董而延续下去。"传世骨董"不仅仅是骨董的传世，更重要的是通过骨董而实现的文化现象的传世，因为说骨董不可能不说文化。

二、南院门、北院门和书院门

南院门、北院门和书院门是清代至民国年间长安城中商业最繁华的三个区域，也是与骨董行业、文化行业有着密切关系的地区。

所谓"南院"，在清代是陕甘总督府的所在地，位于西大街鼓楼以南，粉巷以北，后来西安市委用的就是这个院子。而陕西巡抚衙门则在西大街鼓楼以北约一里处，明朝时宣平坊的所在地，后为西安市政府驻地。习惯上把总督衙门称为"南院"，巡抚衙门称为"北院"，"南院"前面的地区称为"南院门"，"北院"前面的地区称为"北院门"。清代后期总督与巡抚又互换了衙门所在地，但"南院""北院"的名称总没有改变。

南院门从清代初期到民国年间商业极为繁荣，南院的衙门是坐北朝南，大门前为一小广场，广场东西两侧全是商铺，一家连着一家。清光绪二十六年（1900），八国联军攻陷了北京城，光绪皇帝和西太后慈禧跑出北京，向西避逃，他们先驻扎在太原，后因太原距北京不远，设施条件也一般，考虑到皇帝和皇太后的安全，陕西布政使端方奏请两宫前往长

南院门旧时店面与街道的景象,二层小阁楼就是民国年间南院门典型的建筑式样,照片左边正对的就是清代的巡抚衙门。

安。当然，官方的表达是"巡幸"。端方为了让光绪皇帝与慈禧太后在西安住得舒服些，先期派人修葺、打扫了长安城中的南院（总督府）与北院（巡抚署），作为光绪皇帝的行宫。光绪皇帝和慈禧太后来到长安先住在南院，现在的南院中轴线上最靠里面还保留有一座小院儿，建筑古香古色，名为"玉兰院"，院中确也栽种有两株玉兰，枝叶繁茂，据说慈禧太后初到长安时就住在这小院儿里。那时节正是阴历的九月，天上时常有些小雨，阴冷阴冷的。房子里的地面上虽铺着地毯，但显得很旧，而且有些薄了。格子窗中间镶有一小块儿玻璃，玻璃上还裂了一条缝儿，但收拾房子的人却巧妙地用红纸剪出一条钱串，贴到玻璃上，既遮挡了裂缝，又增加了一些喜庆和美观。慈禧太后透过小玻璃窗望着外面，院中两株玉兰还剩下半树的叶子没有落，稀稀拉拉，在雨中看着更增添了一些寒气。玉兰树的南边是小院儿的大门，大门的门楼上四个角都有挑头，高高地扬着脖子。房上的青瓦，廊下的柱子还算整齐，只是油漆斑驳，彩绘也褪了色。慈禧太后望着这景色，身上就是一阵打颤，想起自己过去的小名儿就叫玉兰，现在住到这冷清清的玉兰院里，心里便有些犯病了，一股烦躁的情绪立刻涌了上来。于是慈禧太后就对着房门外大声喊道："来人！来人！这院子冷得受不了，赶快移宫！"门口侍奉的官员急忙跪拜。奏道："太后，太后，这院子在长安城中已经是很好的了，其他地方恐怕还不及这儿。再说了，这南院的门口商户众多，您老想吃个啥也方便。"慈禧太后听了更是生气，大声喝道："不吃！不吃！走！走！走！"大臣们没办法，只得冒着阴雨，移宫到了巡抚衙门的所在地北院。北院比南院要大许多，房舍也多，只是没有南院的房间高大。光绪皇帝和慈禧太后就把巡抚院的东舍作为行宫。说是行宫当然还要弄个金殿，朝臣们奏事也得有个说话的地方，于是把北院靠东墙的一排房子辟为大殿。

说着，说着，长安城就到了冬天，大殿里生了木炭火盆，门口也挂了个棉门帘子。起先这个棉门帘子是个圆形的，大概是从谁家月亮门上拆下来的。圆门帘子拖到地上太长，遮挡了门口的门槛，结果大臣们觐见，先把王相国绊倒了，接着又把赵舒翘尚书弄了个爬扑。皇帝、太后一看不行，赶紧叫管事儿的太监把棉门帘裁成长方形，这下才感觉顺当了些。

喜欢收藏、研究中国书画的人都知道，慈禧太后是十分

清末民初，陕西妇女的服饰与形象。图中所示都是文化家庭中的妇女
形象。

爱好写字、绘画的，也经常赐给大臣、太监们墨宝。当然，慈禧太后虽也亲自写亲自画，但是应酬太多，有时也懒，宫中难免就弄了几个代笔的。其中一位最有名，而且画得也十分雅致，这人就是女画家缪嘉惠。缪嘉惠，字素筠，云南昆明人。善绘花卉翎毛。其丈夫去世后，自己就以卖画为生。后被四川督抚带到北京，得到了慈禧的欣赏，并赐给三品官服，月有俸金二百，专为慈禧太后绘画与代笔。这次慈禧逃难长安，缪嘉惠也随之而来。慈禧太后闲暇无事，就与缪嘉惠围着木炭炉子对坐，谈书论画，说古今的趣事儿，这让慈禧太后减去了不少烦恼。当时人有诗为证："供奉何人进画图，行宫亦有浑清于。日长频唤先生入，伏地闲谈当说书。"宫中的太监们看着慈禧太后如此赏识缪嘉惠，于是都把缪嘉惠称之为"先生"。官内外都知道"缪先生"为近臣，慈禧太后都欣赏她的画，所以经常有大臣官员托太监私下买几幅缪嘉惠的画。社会上当然也有跟风的，托人走门子，也想买两幅缪嘉惠的画沾点皇家气，荣耀一下门第。就在慈禧太后与光绪皇帝"巡幸"长安的近一年时间里，长安城中真是流传出了不少缪嘉惠的花卉、翎毛。到了上世纪90年代中期，拍卖会兴盛，在长安城中的拍卖会上时不时地还能见到几幅缪嘉惠的画，但知道缪氏来历的却没有几个人。

清代建基北京后的十个皇帝，除顺治少有墨迹传世外，其他皇帝都喜欢书法，喜欢四处题字，当然，书法水平确也不错。在长安一年多的时间里，光绪皇帝给城南的寺院，城中的道观就题写了不少匾额。住在北院行宫时正好遇到过春节，光绪皇帝就给自己所居之处用朱红纸大书"戬谷"二字，让太监粘到宫门的屏风上。因为天气寒冷，墨迹一时不能干，太监们就用木炭火盆烘烤，免得墨汁留下来。腊月二十八日那天，长安上空飘着零星的小雪花，光绪皇帝、慈禧太后在北院行宫召见近臣，各赐他们一幅光绪皇帝所写的红纸斗方"福"字。大臣们自然要感激涕零了。在这困苦的时节，皇帝的一幅字就能给春节增添无限的喜庆，由此可见中国书法艺术的功能和魅力所在。

慈禧太后当然也喜欢绘画、写字，虽然传说她的字画多是代笔，但真迹也有不少传世。慈禧的画以花卉为主，偶尔也有几幅线描人物很是传神。当时在北院行宫三格格的房中，就贴有慈禧用朱砂笔勾勒出的一幅小寿星像。平日给王公大臣们赏赐，除了金银财宝、食物绸缎外，慈禧也喜欢给人赏赐字画，在长安时就曾给陕西巡抚升允、布政使李绍菜、内廷支应局督办兼西安知府胡延各赏折扇一把，扇子一面是慈禧画的兰草，一面是尚书张百熙用小楷写的诗。胡延所得一把折扇上慈禧太后的题兰诗曰："幽姿不与群花伍，愿作人间第一香。"这把折扇后来流出，落到长安城一骨董客手中，现为一旧家子弟所藏，但不轻易示人。

光绪皇帝和慈禧太后于光绪二十六年（1900）阴历九月初四进驻长安城中，光绪二十七年（1901）阴历九月初五出潼关，在陕西整整待了一年时间。在这期间两宫设立在北院，大臣每日朝见，皇帝、皇后仍在处理军国大事，甚至指挥派遣大将岑春煊东进山西抵挡洋兵进犯，西至陕甘边境安抚灾民生活。特别是中国近代史上最重要的一些改革举措，如：开办学堂，就是从长安北院行宫里发出的。光绪二十七年（1901）阴历七月二十一日，"江鄂督臣会奏变法疏稿，言学堂章程甚为详尽。请即下诏兴办以育人才。""两圣即命下诏开大小学堂。"后又下诏借鉴西方军事学校"仿其制度开武备学堂"。（胡延《长安宫词》二十四页）本人藏有一册当时苏州知府上报苏州城内开办学堂校园规划图。蓝本白线手绘，甚为详尽。这也是当时国家事务的见证。

长安城在这一年里实际上就是中国的政治中心与首都。在长安城的历史记录上，常常被称为十三朝古都，如果连李自成大顺朝一年来时间也被算作一朝，那么清光绪皇帝庚子至辛丑两个年头的首都所在地能不能也算作一朝，而总为十四朝古都呢？当然这些都是本人开玩笑的话，我们的教授、专家们也不必在意，免得徒具诉讼，要和我争论一番，无端地耗了精神。

作为行宫，在长安城中居住近一年时间，皇帝和太后对长安城还是很有感情的。在皇帝、太后即将起驾回銮的前夕，甚至有大臣提议把长安建为陪都，以便常来常往，皇帝、太后也并未阻止，只是眼前烦心事很多，急需要回北京处理罢了。

前面说了，光绪皇帝和慈禧太后在长安城中居住了有一年时间，进长安城不久，就有慈禧过寿的日子，大臣们纷纷议论如何进寿，还要选戏班进宫演出，如北京故事。但在这种可以说是"逃难"的情况下，慈禧哪有心情祝寿，于是下旨：不许贺寿，而且其他年节也不必典礼设宴。当然，像过春节

民国时期的长安城，仍延用的是唐代长安城"百家千似围棋局，十二街如种菜畦"的风格。正南正北，正东正西，很难有迷路之说。

这样大的节日不能不搞点小活动。比如，腊月二十八日光绪皇帝、慈禧太后给大臣们送字画，立春前一日要迎春祀勾芒神，这个活动往常在北京是要去地坛进行的，并由顺天府进献一幅《春牛图》及春山宝座，以祈来年农业大丰收。在长安就没有顺天府了，只好让西安府充当，进呈了《春牛图》。这种活动在古代农业社会里是非常重要的一项仪式，而且有皇帝参与才更有效力。迎春牛毕了还有"咬春"，"咬春"就是用两个大盘，各盛两根生萝卜，萝卜上刻有字，就像两副对联，活动完成后将生萝卜切片分给大家吃，这就是"咬春"。据说这个仪式起源于明代，清代的许多民俗礼仪都是延用明代的。

春节过后就是十五上元夜的灯节，在北京当然是张灯结彩，大张旗鼓了。这时期长安境内连年遭灾，皇帝、皇太后又在困境，所以，北院的宫中仅用红纸糊了几对灯笼悬挂在门头以应节景，没过几天就撤掉了。长安的春天一向来得快，过了春节，天气就暖和了，慈禧太后吃毕晚饭总要在寝宫周围转上几圈，称之为"绕弯儿"，今天北京人的"遛弯儿"，其他地方的"散步"大约都是这种意思。西安地区现在存留的许多风俗习惯、方言土语，除了从汉唐遗传下来的一部分外，大部分是受到元人和清代满人的影响，特别是清代八旗军在长安城中的驻地满城，更是向长安城中散发出了不少语言特色和生活习俗。所以，近代长安城中许多习俗与北京相近也就不奇怪了。

长安的夏天很是炎热，过去北院总督府中倒有几个避暑的地方，在东北跨院的园子里有一小池，池边建有一堂，清乾隆年间任陕西巡抚的毕沅为此堂题匾"小方壶"，很是符合水边建筑的特色。天气热的时候，光绪皇帝就让太监夹着书本捧着茶壶来这里避暑。但园子四周树木甚少，皇帝热得受不了了，就让人用竹帘在"小方壶"前搭了个凉棚，窗前也用竹帘遮掩了。在北京时，宫中专门有冰室，冬天贮存了冰，夏天拿出来降温用。在长安就没有这样的设备了。陕西巡抚升允曾派人到南山里边去寻找冰窟，但是没有找到，只好在北院门前的古玩铺里寻得一对豆青大瓷缸，每天给缸里换上清凉的井水用来降温。到民国的时候，这对豆青瓷大缸落到了一位季姓人的手上，据说当时花了二百个大洋。到了20世纪80年代末，笔者在鼓楼北边的一条小巷内，就是那个季姓后人的家中见到过这对大缸。当时他托我找人给他卖出，说老宅马上要拆迁了，这东西太大没处放。其实，这对豆青缸也不算太大，高有一米二左右，径有一米左右，缸面的釉彩不是多精细，说是豆青瓷并不像龙泉窑那种温润，倒更像是耀州窑那种粗犷的样子。因为形器大，不易烧，大缸表面有许多斑点，有些像橘子皮。可见当时在长安城中要想见大形制的瓷器实在难得，更不用说烧制精细的瓷器了。因为我没有能力介绍卖出此缸，也不知这对大缸后来流落到什么地方了。无论如何这对大缸还是在宫里待过呢，应该值些钱才对，毕竟还是沾了点皇气儿的嘛。

写的是长安骨董客，却费了不少笔墨写光绪皇帝和慈禧太后的事，这是因为光绪皇帝和慈禧太后来长安一年多，把长安城中的商业、古玩业推动了不少。先不说随行的那么多官员、太监、王公大臣、皇帝皇后要吃要用，就是护卫的上万军队也要消费。加上近一年里各地给皇帝的进贡都要送到长安城中，长安城中的供应要充足一些，经济自然也要热上一阵。挂了金字招牌的大字号铺子是有钱人才能经常去购物的，这些店铺为了顾客方便当然要开在有钱人的附近，谁最有钱呀，当然是官员、商人了。南院门、北院门在明清至民国时一直是官府所在地，特别是光绪皇帝和慈禧太后在此住了一年，更是刺激了这一带的商业发展，有头脑的商人纷纷到南院门、北院门开店经营。虽然这两个地区都有古玩店，但北院门一带以食品、杂货为主，南院门一带则以文化用品、金银细软为主，更显得要高档一些。光绪皇帝在长安北院的行宫里想看书，出京时又没带着，就让人在南院门路东的爱云阁买了一套石印的《九朝圣训》、一套《御批通鉴辑览》、一套《渊鉴类函》等书。光看这书名就知道这是皇帝要从中借鉴历史，期盼找出治国的方略。无奈光绪皇帝的命运不济，古书中也难以有速效救国的方子，虽说有所企图，倡言变法，但各方利益集团难以平衡，总之还是以郁郁不得志而告终了。

北院门地区自光绪皇帝撤宫回京，陕甘总督搬进北院，街前街后倒还保留了不少商业店面，当然这些商业店面不可能距离北院衙门口太近。所谓北院门地区的商业街主要是在北院向南五百米的鼓楼四周及西大街的一部分。这一带靠近化觉巷、大皮院等回民坊。回民中又有不少喜欢做骨董生意的（比如前面说的苏兆年，苏亿年兄弟）。因此，这里就有好几家他们开的古玩店，而且出了几位在长安骨董行中很有些名声的人物，比如在鼓楼北开设积盛斋古玩店的李二，在南院门开研古斋古玩店的杨幼石，在南院门卢进士巷口开良简斋古玩局的梁秀英等，以及专家型的马良甫、马俊青、刘汉基等人。关于这些人的事情下文还要谈到，这里面我还是想再说一段与北院衙门里有关的事情。

前面说了，自光绪皇帝回京以后，陕甘总督升允就移驻北院，到了1911年陕西辛亥革命起义成功，推翻了清朝的统治，不久，陕西督军陈树藩入驻北院作为督军府。1918年陕西民军内战，由于意见不合，志向不同，陈树藩将其原部下，后来成为陕西靖国军总指挥的胡景翼抓获，并软禁在北院督军府东跨院的阁楼上。胡景翼，字笠僧，陕西富平人，早年留学日本并参加了同盟会，是陕西辛亥革命的主要人物，文韬武略名于当时。胡景翼不仅英勇善战，文才亦佳，而且写了一笔好字，书法之名一直为陕西人所追捧。就在胡景翼被软禁期间，他还给长安城中不少部下、朋友写了书法作品。本人就收藏有胡景翼这段时间写给我的街坊，民国时长安城中有名的大骨董商白辑五的一幅横披，书法之精我辈所不能企及。1996年春，我应朋友之邀访问于京师，事务之暇游琉璃厂，在中国书店偶得一部《胡景翼日记》，而这部日记正是胡景翼1918年9月至1920年7月在软禁期间所记录的。这部日记是由江苏古籍出版社出版，由北京中国社科院所编，他们对日记中的许多关中方言未能理解，故常常解释得有些偏离，如24页"不知敌墨捏抑实有其事焉。"书中注："墨捏"难解，或为"故媒孽"之讹。"那么"故媒孽"又为何解？"敌墨捏"应为"墨敌捏"书写之误，关中方言有"有的说，没得捏"。谣传也。此句当为"谣传或许真有其事。"当然日记中所提供的信息却十分重要，这还是要感谢出版社能将日记出版的。本人一向对陕西近代历史人物感兴趣，也特别对胡景翼的事迹与书法感兴趣。除了致力于地方史的研究以外，还有一个心理情结就是胡景翼的后人与我有着丝丝缕缕的关系。胡景翼的侄女就住在离我家旧宅不远的西仓北巷，20世纪80年代后期，因为对陕西地方史感兴趣，常去长安城中的一些老户人家采访，胡家老姨便是我经常访问的对象。在胡家我不仅了解到了许多往日的旧事，还真实地体会到了长安老户的言谈举止与传统修养。另外，胡家老姨的女儿又是我儿时至今的好朋友。从她的身上常能看到传统大户人家的美来，这种美是一种教养，是一种文化修养，而不是今天有钱人家的财富张扬。因此，一旦体会了那种传统教养的美，你心灵的愉悦将永远难忘。

哦，哦，还是说《胡景翼日记》吧！

1996年北京春天的风很大，走在胡同里，那窄道道里的风几乎要把人吹起来。因为等着外出的朋友回京，正好利用这段时间躲在房间里读书。这是一家招待所形式的小旅馆，设施不像现在这样完善，因为是一个人住，倒是很显得安静，窗外风高，窗内读书兴致也高，几乎是手不释卷，读到晚上十二点，招待所值班的女服务员多次催促熄灯，我才不得不掩卷。用了两天时间，一部二十几万字的日记终于读毕。这其中有关近代陕西的历史事实、人物掌故让人耳目一新。特别是胡景翼在日记中所记他在软禁期间有人托关系来找他买字，他又托人去外面买碑帖，买书籍等事，正可从另一个方面看到当时长安城中骨董行业的状况。今天写《长安骨董客》，不由得让我想起二十年前读过的这部《胡景翼日记》，下面就摘出几段来供大家参考：

20世纪二三十年代，社会稍得安定，长安城中的基础设施也有了一定的建设，这不，东大街上正在挖渗井呢。

1918 年 10 月 20 日。买《资治通鉴》一部，版尚好，价为十五元。见贺竺生先生为汪毅卿所写对联，其文为："今日朝廷须汲黯，中原将帅思廉颇。"与禾父作联，文为："汉家大将推杨仆，海内苍生望树安。"先生写作俱佳，人品、学问、经验，皆重一时。

在民国初年，长安城中的经济并不发达，城外军事也不断，一部《资治通鉴》花了十五个大洋，那至少是明版或清初大字白纸印刷了，否则难称"版尚好"。可见，当时虽有战事，但长安骨董肆上还是有好东西在卖，由此亦可见长安城中的市面还算平静，骨董客们还是能淘到些好东西。日记中所言"贺竺生"为清末民初陕西文人，学问、书法俱佳，曾多次为李根源代写过文章，李根源民初曾短暂为陕西省省长。"禾父"即路禾父，周至人，清末民初为长安地区的文化名人，诗文书法极佳。至今为收藏界所重视。

1918 年 12 月 27 日，日记中言："予今买《春秋大事表》一部二十四本，值洋拾三元，版甚好，予甚喜。"

1918 年 12 月 28 日，日记中言："予今日买二曲先生《四书反身录》两部，共钱两千。"

如果我们还对第一条购买《资治通鉴》费十五元是否为大洋而不解时，此处明确言花十三元大洋而顿时明白，对于古籍收藏来说，主要是品相与版本，版好自然价高。二十四册的《春秋大事表》是清乾隆年间国子监祭酒顾栋高所撰，传世仅有清早期万卷楼刻本，这是清代人研究《春秋》的重要著作。传世少，版本好，价格自然要贵些，在长安城中能见到这样的版本实属不易，难怪胡景翼要感叹"予甚喜"呢。至于李二曲先生的《四书反身录》，那是长安当地所刻印，纸张质量一般，又是清末版本，所以就只能值铜钱两千了，我不知道民国七八年间陕西的货币制度如何，但在民国十四年（1925）的时候，据当时人记载，一块大洋能换地方发行的货币约五千文，这里所说的"铜钱两千"，差不多就是半个大洋的价了。

1919年元月8日，日记中言"书贾来索债，被刘神仙看见，送入监狱。予驰函救之。"胡景翼被软禁在督军署内不能外出，买卖古书的人自然要挟着包袱上门送货，这也是骨董行的一种销售方式，行内称为"包袱客"，又称为行商，即区别于开店铺的"坐商"。"刘神仙"即刘二丙，是陕西督军陈树藩的军师兼武术教练，当时年已近八十岁。据说此人气功练得非常高深，陈督军之子少默翁曾给我讲过刘神仙武功的不少轶事，其中一项甚为神奇，说刘神仙喝酒可以不用口，只要发动气功后，用身体的某一部分就可把一碗酒吸进肚子。果真的话，刘二丙可真是神仙了。书贾的事不用担心，第二天，日记上就写着："古岳已函华直斋照放，如此方不冤好人，予觉心尚舒然。"后来胡景翼还送给这位书商十块钱算是压惊，可见胡景翼的为人了。

1919年4月19日，日记中称："与蕴斋银五两，托买汉报，《日知录》。"书中注解此条将"汉报"译为"汉版"，中国古代书籍今日所见最早为宋版，岂有"汉版"之说。再说《日知录》为明末清初著名学者顾炎武的代表作，如果是付五两银子或五块大洋的话，应该是在寻找清初经义堂本的"汉报"，与《日知录》应为两种东西，"汉报"或是"邸报"之误也有可能。

1919年5月27日，日记中言："陈蕴斋为予买《文选纲目》《陕西通志》《天下郡国利病书》《康对山集》《王渔洋集》，共银五十五两，价觉昂，然清版难得，后将愈贵也。"
白银五十五两买了这几部书，按当时物价也确实贵了不少，
能出真金白银买东西的当时总是不多见的。胡景翼被软禁在
督军署中，不能亲去骨董铺看东西谈价，中间人或者商人多
加些钱恐怕也难以避免。至于说"清版难得"，那是因为民
国初年石印本已盛行，木刻版已很少。说"后将愈贵"虽是
事实，但这多是骨董客的行业说辞，也要看是什么东西，不
是所有旧的东西都能升值。由此也可看到，长安城中在战乱
之中古玩行业还能运作，而且可见不少好货，的确是不容易了。
常有人问我，古玩行业前景如何？我说："古玩行业是一个
小众的、奢侈品类的行业。它不是朝阳产业，也不是夕阳产
业，它将一直陪伴着人类文化活动生存着。不说古代唐宋时
期骨董行业就有生存空间，即就是近代战火纷飞的年代，那
边枪炮之声隆隆，这边琉璃厂的古玩铺子照样开着，这不能
不说是别于其他行业的奇特现象。古玩行业有古玩业的特点，
骨董客有骨董客的长处，不是什么人想入行都能取得成功的。
所谓"盛世收藏"，所谓"逢古皆宝"都是骗人的鬼话。

　　1919 年 7 月 9 日，日记中云："今日天阴微雨，予买大

砚一台，值钱四千七百文，予为之铭，尚未脱稿。"

"四千七百文"是指当时发行的纸币数，相当于一个大洋，日记中虽没说砚台的质地如何，但这个价格也应算不少了。

1919年7月15日，日记中记："昨晚宋兄着予与商家药店书对联，予央百川拟之，云：'千金妙术，起死回生，愿速营中华民国；万姓馨香，诚心稽首，惟祝疗东亚病夫。'予即书令持去。"

我不知道这是哪家药房求了这副对联，也不知道使用了没有，但此联的文字颇具时代特点，而且胡景翼的书法朴拙厚重，正适合药店使用。

1919年7月23日，日记中云："陈蕴斋又为余买得《读史方舆纪要》一部，共五十本，值银十两。予觉价亦昂，然较前云十五两则少三分之一矣。"

胡氏不便出行，中间人又多为守备人员，在那个年代，捎带购骨董并被加些钱恐是难免之事。因为骨董没有定价，可高可低幅度很大。这样，中间人和骨董客运作起来就容易得多。买骨董的人毕竟是少数，一旦你入了行，了解了内情，价格马上就会大幅回落了。

从胡景翼的日记中我们不仅能看到胡本人常常买书、买砚、买碑帖，而且还见到了督军陈树藩也喜欢买碑帖。1919年7月27日有"督军来，托韩馆卿（韩馆卿为督军府副官长）买某家《圣教序》（一百五十元）及唐造像（三千元）。"陈树藩书法也不错，学柳公权楷书，又从二王得行书之法。本人藏有一幅当年陈树藩所书的禁烟通告，很能见其书法功底与趣味。陈树藩不仅买书买碑帖，也买骨董。1919年8月10日胡景翼日记中言："元伯言，督军所买玉刀价千五百元，何只与一千元，平阶云仍与千五百。予询之玉刀两柄均断矣，盖周器也，无字。先是有字而完者一柄，早被端午桥买去。端护理陕抚时，长安市上有著名识古物之二人，常被置衙门内豢之为内宾，故买的独多。此时端之古物闻名海内，日本开博览会，非端家至不开会。"

端午桥即端方，字午桥，号陶斋。清末时任直隶总督、北洋大臣，同时也是著名的金石学家。庚子年光绪皇帝避难长安，端方因接驾安排有功，调任河南布政使，并护理陕西巡抚事。在陕西期间，端方搜罗到了许多青铜器、碑石等古物。特别是他看中了陕西渭南著名金石家赵乾生所藏石刻墓志等，后借赈灾之名让赵乾生捐出巨款，赵乾生拿不出来，端方就让他用所收藏的碑石抵账。后来端方著《陶斋藏石记》所著录的墓志四百余种，大半都是赵乾生原来的藏品。此事颇被后人所诟病。但端方所著的《陶斋吉金目》《陶斋藏器目》《陶斋藏石记》《工余谈艺》，以及《益州书画录补遗》等却也为后世留下了许多有价值的参考资料。较之今世有些所谓的"收藏家"买些东西放进保险柜等着升值要高明许多。对于赵乾生的收藏，不但端方觊觎，就连封疆大吏、金石大家吴大澂也是羡慕得了得。吴大澂曾经给赵乾生写过这样一封信：

乾生仁兄大人阁下，顷奉书写并读大作，奖饰过当，愧不敢承，唯有寸心铭感而已。《邓太尉祠碑》检出奉赠，拙书《三关口修道碑》新由平凉寄到，附呈一分，以博一笑。碑后年月一行及周围花边殊嫌蛇足，可裁去之。周钵一册及瓦拓、吉金拓当俟韩铁云兄旋省时一并带呈雅鉴也。

前见尊藏吴国公造像，字多而精，在秦中或尚易求，而弟处所获铜石各像皆所不逮。晤时匆匆未敢启齿。如可割爱，当以吉金小品及陈寿翁精拓本

为报，未知可否？手复布谢，敬诗箸安，惟祈爱照，

不具。

弟大澂顿首　十月十七日

　　吴大澂的信语气当然客气得很，态度也算坦诚，而且随信还赠送了吴大澂本人书碑的拓本，还有关中名碑前秦建元三年（367）所刻的《邓太尉祠碑》。《邓太尉祠碑》又称《冯翊护军郑能进修邓太尉祠铭》，民间称为《邓艾祠碑》。碑石原在陕西蒲城县，1972年移入西安碑林博物馆。此碑拓本民国以前传世甚少，吴大澂能赠送稀有的《邓太尉祠碑》拓本，也可见其诚心要与赵乾生交好。下来也就不隐讳地表达了对赵乾生所藏"吴国公造像"刻石的热爱。"吴国公造像"清以后金石书中未见记录，此石如出秦中，不为西魏也应是北周所刻，能让吴大澂心动，而且称之为"字多而精"，即可想见此石的珍贵了。

　　在《胡景翼日记》中有许多记录当时购买古籍、碑帖、文玩的文字，以及民国初年长安城中有名的古玩店名，重要的骨董商人，等等。因为下文中根据内容要陆续涉及，所以此处就暂时住笔。

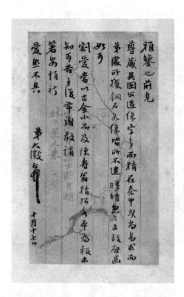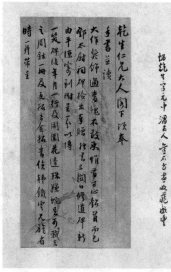

这是吴大澂写给赵乾生的亲笔信，细读便能知道湘子庙街赵家的货多。

前面说过，胡景翼（笠僧）是民国初年著名的儒将，其文章、书法均闻名于当时，就在他被软禁于督军署北院之时，仍有不少人通过关系去求他写字，给碑帖题跋，等等。许多古玩店也有悬挂胡景翼的书法在出售，可见他的书名在当时影响之大。本人手边正好有胡景翼1919年阴历九月写给长安著名骨董客白辑五的一幅书法横批，为当时关于"巴黎和会"的内容，表现了其对丧权辱国条约的痛恨。由此件书法亦可见胡笠僧的书法功力之深，书法表现之美，难怪要被世人厚爱百十年了。虽然此件书法是托朋友求的，胡景翼日记中也没有记录，以白辑五这样的大骨董商身份，不出些润笔费也说不过去。白辑五的家在长安城西北隅旧称马神庙巷，门牌10号，本人的家则是45号，相距有两百米左右。白辑五家的院子很大，约四亩多地。院落的格式不是传统的三进或四进的四合院形式，而是方形的一个大花园，坐北朝南，住房就在靠北墙的花丛之中，是一座中西结合的环抱式小洋楼。白家院子最早的样子我没有见过，自我记事的20世纪60年代，小洋楼还依然存在。据说这座小洋楼是白辑五用一件翡翠戒指挣来的钱盖成的。1937年前后，张学良从东北撤到西安，张学良身边的赵四小姐非常喜欢翡翠，白辑五就找了一副上等的翠戒送给赵四小姐，赵四小姐非常喜欢，张学良就给了白辑五一大笔钱，随后白辑五就盖了这座小洋楼。另有一说，是白辑五将一件明代名将周遇吉的信札送给了张学良，张学良正好也是寻找此类物件多年，见到周遇吉的信札后张学良兴奋了几天，白辑五深知骨董行对待各种买家的秘诀，并不是因为张学良喜欢就狮子大开口，而是开了很低的价格，几乎是白送的。张学良是什么身份，岂能沾一个普通骨董客的光。他反倒给了白辑五一笔巨资作为奖赏，白辑五就用这笔钱盖了小洋楼。一个普通骨董商能和张学良搭上关系那不是没有原因的，主要原因就是张学良极喜欢收藏文物，特别喜欢收藏古人的书画作品，当年坐镇东北任副总司令时，常托人在京津一带寻访古代名人的手迹。张学良自己喜欢字画，也让儿女通过学习绘画来提高个人修养。在民国二十八年（1939）前，张学良还让其长女张闾瑛，长子张闾珣，次子张闾玕拜北京著名画家李五湖为师学习山水画。在当年的《湖社月刊》上，经常刊登李五湖与其三位弟子的画作，不仅因为是名人的后代，实际张学良的这三位儿女画得确实也不错。因为这些因素，张学良来到长安后自然对当地的骨董和骨董客感兴趣，白辑五也就容易搭上张学良这一大客户。白辑五小洋楼盖成后请了当时长安城中不少书画界、骨董行的名人大家前来做客。并由长安著名的画家、鉴赏家李问渠绘制了一幅长卷，名为"瑞庐初成图"，篆书家刘自椟用篆书题写了引首"瑞庐初成图"五个字，笔法精湛，结体绝妙，确是大家手笔。图后有当时长安城中的名人路禾父、毛昌杰、李问渠等人的题诗。这个手卷20世纪90年代中期出现在书院门的街肆之上，本人也曾抚摩多时，想到此件手卷有关长安城中的掌故、历史，又是我们街巷传说故事的珍贵资料，问出示者是否转让，但此人开价奇高，当时竟要一万五千元，谐价再三未能成交。你想，当时一副于右任的四尺对联才不过五千元，这种价如何也无法接受，或者说我也拿不出来。自从这次见面后，《瑞庐初成图》就再也未见出世，过了一年后我四处打听，据经过手的一个人说，此件《瑞庐初成图》已经丢失了。为此，至今我还后悔不已，我后悔的不是这件东西我没有买到，而是后悔当时应该把手卷上的诗文抄下来，留下那段历史，存下一些文化。

白辑五家的院子是坐北朝南的。大门很高，青砖青瓦，大门靠近大路，所以没有石鼓、门蹲石之类的装饰，也没有高高的几级台阶。门楼下与地面是平行的，只有一条青色的过门石以示界限。大门北面就是瑞庐小洋楼，但没有正对，而是稍稍偏左，这正好形成了一条斜长的青砖小路，小路被一架虬枝盘绕的紫藤掩盖着，夏天时紫藤的阴凉架下飘着浓烈的花香。过了紫藤小路便有六级台阶，上了台阶有一小广场，广场后面便是环抱形的二层小洋楼——瑞庐。从1937年初到1960年这二十多年时间里，瑞庐可是长安骨董客文化名流的聚会之所。据陈少默先生讲，20世纪40年代末到50年代末，几乎每周都要到马神庙巷白家来打牌、聚会。陈老经眼的不少名人字画、青铜玉器都是在这里见到的。长安城中著名的骨董鉴赏家刘汉基老人住在大皮院街，距马神庙巷的白家仅二里地，走路也就十来分钟。每个周末，刘汉基老人总要给家里叮嘱：有事到白家找我。然后带上几件骨董宝物，穿过狮子庙街，向西走教场门、教场巷到达马神庙巷西头的白辑五家聚会，一是互相鉴赏，二是互相沟通，总是会有一些合适的东西被其他人看中。

在民国时期，长安城中还有一个骨董行中精英聚会的地方，就是南院门第一市场东口胡让之开的茶叶店。胡让之是民国时期长安骨董界的一位大玩家，虽然他开的是茶叶店，但经常到店里来的人却都是文化人和骨董客。这些人每周总有几天在他的茶叶店打牌、喝茶，然后拿出字画、骨董，大家一起赏玩。陈少默先生常给我讲他在胡让之茶叶店打牌的事，牌友中有一位叫俱怀玺的人，在南院门卢进士巷北口开了一家古玩店，叫做啥啥古玩局，名字奇怪得很，没能记住。俱怀玺眼睛不好，爱流眼泪，关中方言所谓的"冉眼子"。总见他一边打牌一边用手帕擦眼睛，还经常差人去竹笆市街路西的达仁堂给他买眼药，惹得大家蛮有意见。俱怀玺看着邋遢，眼睛也冉，但鉴定字画、骨董的眼力却很高。陈少默先生在《国朝画识》跋语中曾记录了一段俱怀玺出示清代画家张恂山水长卷的事。

"庚寅六月余生日，俱估怀玺携来橉恭山水长卷。色彩淡雅，丘壑变幻，布置奥邃，清溪所谓以山水为性情，以性情为笔墨者。又曾见胡让之藏墨笔山水巨幅，气势雄浑，尝临摹一过，今此幅不知归谁何矣。"

张恂，字樨恭，又字壶山，陕西泾阳人，明崇祯十六年（1643）进士，入清授中书舍人，画学董源，印师程邃，名动一时。虽然张樨恭的书画、印章在清代名气很大，一纸难求，但他毕竟是陕西人，与这里有千丝万缕的联系，所以在清末至民国年间，长安城中还经常能见到他的作品，但近五六十年以来几经厄难，这些乡贤的字画几乎荡然无存了。

　　从清代到民国，长安城中的南院门地区都是商业十分繁华的区域。当时有一首歌谣唱出了南院门的繁荣景象："南院门赛上海，商行林立一条街。三友公司卖绸缎，美孚石油独家来垄断。金店银号老凤祥，穿鞋带帽鸿安详。亨得利卖钟表，世界五洲是西药房……"后面还有"南华公司吃洋糖"等等。

　　南院门地区的商业比较集中，民国以来，新型的商业，比如书局、报纸、文具、药业、银行等都在这里设立了店面，百货公司类的有鼎立商馆、惠丰祥、老九章绸缎庄等，西药房有世界大药房、五洲大药房、良济药房、广济药房等。全国各大书局几乎都在南院门开了分号，如商务印书馆、中华书局、世界书局、大东书局等。钱庄、银号，当然就不用说了，肯定不得少。方便了人们的生活，人气也就旺了。也就带动了其他传统行业的发展与繁荣。南院门地区除了日用百货外，还有些像北京的天桥，说唱、杂技、手艺人、小贩整日不断。特别是南院门西边的第一市场内，更是热闹得不行。演皮影戏的锣鼓家伙敲得咣咣响，人的头皮几乎要被这锣鼓响声炸开，但关中人爱听这种大声，说听了这，攒劲。拉洋片的架子前高低摆着几条长凳，几个小娃娃伸着脖子，把眼睛紧贴在洋片箱子上的小圆孔里，看着里面的图片被主家一张张地拉走、换上。耳边听着这主家南腔北调、似说似唱的解说词。因为在长安街上所拉的洋片多是风景片，又多是杭州西湖的风景。因此，长安人就把这拉洋片的称为"西湖景儿"，"湖"字被去掉了"水"和"月"，只剩下"古"了，老人们就把"西湖景儿"说成了"西古景儿"。

在第一市场的外面则是装修新式、整齐的商铺，安装着大玻璃门窗，有些铺子还在门脸儿上贴了蓝白相间的瓷砖，显得洋活得很。在南院门正街上，文化行业、骨董商铺比较集中，也都算是大买卖。比较有名的几家是：郑鹤芳开设的荣茂斋，一说早期为退伍军官张世杰所开，以经营旧字画为主。李秀山开设的古秀轩，以骨董文物、杂件文玩为主。后来被他的徒弟俱怀玺接手，店名仍用古秀轩。樊志钦开设的悦雅山房，也是骨董万西啥都有。李长庆开设的古庆轩，则是以旧瓷器见长。而阎甘园开设的尤苑斋，除了字画、文物，古籍碑帖更是他的专长。还有三原人马宁开的积古斋。据说在最兴盛的时期，南院门地区有过二十几家古玩店，以阎甘园为最大。

阎甘园，名培棠，字甘园，以字行。自号辋川樵者、晚照楼主。陕西蓝田人，清末秀才出身。诗文、书画俱佳，而且更精于青铜器的鉴定。字画、文物收藏之富傲视于长安，声名于全国，在民国初期长安城的骨董行业中阎甘园可称是风云人物。阎甘园因为有一定的学问功底，投身骨董行业自然有高于一般人之处，与人交往谈吐自然也就不俗。当年许多学者名人来西安访问，游览南院门的古玩店、书画店，一定会去拜访阎甘园，看他的藏品。听他的讲解，你不仅会对骨董文物有了一个全新的认识，同时对中国文化也有了新的感觉。民国十三年（1924）六月，暑期来西安讲学的鲁迅先生专门到南院门阎甘园的寓所拜访，欣赏了阎甘园收藏的字画、青铜器、古籍、碑帖等。鲁迅还特别询问了关于碑帖流传、捶拓的问题，因为鲁迅先生也正在整理自己收藏的碑帖，计

阎甘园民国时在南院门开了一家骨董店，字画、古籍碑帖都有所售，50年代公私合营运动后成为西安古旧书店，此图即为原阎家骨董店的后院，绿蔓缠绕，颇有古意，惜今已拆除。

划写一部关于金石方面的书籍。过了大约十天，鲁迅先生又陪同孙伏园先生游览南院门，并再次到阎甘园寓所拜访，并发生了传说中的"买弩机"事件。弩机是古代弓箭上的一种铜制装置，盛行于秦汉，做工甚精，不少弩机上面都刻有文字，是研究古文字、书法、历史的重要材料。长安是秦汉的首都，弩机出土较多，鲁迅先生也早想收藏此物。到了阎家之后就问有没有弩机，因为鲁迅是绍兴人，南方人的口音北方人未能听得清楚，以为鲁迅要吃烧鸡，阎甘园赶快差人到西大街城隍庙大牌坊底下去买。一会儿，烧鸡买回来了，阎甘园双手递给鲁迅说："周先生，你要的烧鸡买回来了，这绝对是长安城最好吃的烧鸡，炖得又嫩又烂，咸甜合适。"鲁迅看着烧鸡一脸茫然，"我要的是弩机！弩机！那个古代弓箭上用的！"鲁迅努力解释着。"噢……是弩机！"阎甘园也明白了，赶快让人从店里取来几个弩机让鲁迅先生和孙伏园先生欣赏挑选。鲁迅先生选了一个做工精美的弩机，还买了一个陶制的鸟形明器，鲁迅称之为"小土枭"，一共付了四块钱。这些事在《鲁迅日记》中都有记载，不信，你就去查查看。

民国十五年（1926）时，阎甘园离开长安寓居上海，一面画画，一面做骨董生意。据当时的《湖社月刊》报导，阎甘园甚至还从上海到日本办过画展，卖出去了不少画作。上海毕竟是中国最先开放的城市，寓居上海的阎甘园不仅眼界大开，也了解、熟悉了不少南方的风俗民情。长安地处内陆，经济又不发达，民风民俗一向朴实。即就是过春节张灯结彩也多在自家门口，很少有如南方沿街舞狮子、舞龙灯的。民国十七年（1928）一月一日，也就是公历的"元旦"。民国时长安人很少有过"元旦"节的，但这一年元旦后一日却是腊八，这对长安人来说就是过小年了。

一进腊月，阎甘园就从上海回长安准备过年了，显然是觉得长安城中太无生气，加之自己又在上海挣了不少钱，于是，阎甘园决定在南院门搞一场灯会。民国时的南院门和现在的布局差不多，只是那时四周没有大楼，小广场显得很宽展。阎甘园家的骨董店就在南院门小广场的南面，在这里搞灯会也算是给自己烘摊子呢。前面说了，过去长安城中过年，最多是家家户户在自己门前挂些灯笼，有钱的大商户或大机关单位，在门前多挂几个漂亮的大灯笼，这就会吸引不少市民前来观看。阎甘园要在南院门专门办灯会，这在长安几百年来还是头一次。

这一天，南院门地区的机关，商铺都挂上了国民政府的旗帜，色彩鲜亮，倒也给土灰色的长安城增加了不少的精神，"腊八一过就是年"，古城的街道上已经有人敲着腊鼓迎新春了，路沿儿上边也有人摆出了写春联的桌子，对于普通书生来说，年前写春联多少还能有些收入。一过午时，阎甘园就请城东三兆村的匠人们来这里装灯了，可能是阎甘园给的图纸吧，围观的人看到，这些或圆或方，或长或短的灯都连到一起了，最长的一个从南边的路沿儿一直连到了北边巡抚衙门的大门口。天刚麻麻黑，花灯就点亮了，那个最长的灯竟然是个龙形，龙头被人用杆子高高地挑起，龙身也被杆子撑着，二三十个小伙子一起舞动，这龙也像活了一样，而且龙的头、龙的身上还闪闪发光。另外，那些鱼灯、人物灯、动物灯更是活灵活现，挂满了一街两行，与长龙灯交相辉映。敲锣打鼓的一直鼓劲，更增添了热烈的气氛。这下长安城惊动了，男男女女都从四面八方拥到南院门东边的粉巷、竹笆市、马坊门，西边的五味什字、南广济街，北边的正学街全都是前来看灯的人群，说是摩肩接踵一点也不过分。有当时人的诗句为证：

"百戏鱼龙陈曼衍，六街士女竞欢呼。"对于进入民国以来多灾多难的长安人来说，特别是经过"十五年围城"的灾难之后，这次灯会不仅是长安城中的居民开了一次"洋荤"，无疑对长安城中的居民心灵上也是一个慰藉。

阎甘园回到长安不能光是过年、搞灯会。遇上好的骨董、字画还是要收的。这一年的正月初一，阎甘园携带礼物到盐店街毛昌杰先生的府上拜年。寒暄过后，阎甘园就从皮包里拿出一本册页递给毛昌杰先生。"前几天我才得到一本宋芝田先生的山水册页，一共十二张，你看看如何。"阎甘园一边恭敬地递上，一边说着。毛昌杰先生接过册页，放在书案上，一页一页细细地品味着，还时不时地点着头。"好画，好画！看最后芝老的题字，这是用了一天时间一口气画成的，快八十岁的人了，真是精气十足。好，你放到这儿，我闲下来给你题几句。"阎甘园自然高兴，有长安大家毛昌杰先生的题跋，这本册页肯定会增色不少。没过几天，毛昌杰先生就差人让阎甘园来取册页。阎甘园迫不及待地打开来一看，上面用娟秀的小楷写着："今年芝公少如来五岁，大孔子三年，而神明疆固，书画娟秀和润，与四五十岁人无异。此册更以一夕之功成之，可谓神勇。甘园归来才数日，竟获此宝以去，携之海上可以夸示友朋，曰不孤此行矣。"看完题跋，阎甘园心里美滋滋的，连声说："谢谢，谢谢！"

说到宋伯鲁（芝田），那可是在中国近代史上很有些名气的人。先是追随康、梁鼓吹变法，后被慈禧太后贬回陕西礼泉老家。民国时期又出山主持陕西通志馆，整理出版了洋洋洒洒的《关中丛书》53种，将陕西乡贤的著作系统地整理出版，对后世研究者影响甚大。宋伯鲁的书法、绘画更是名震三秦，其功力之厚重，学问之渊博非一般书画家所能比拟。我个人认为，如果你真的能收藏几幅宋伯鲁的字画，朝夕以对，你一定会沾到许多文气。宋伯鲁书画虽不是职业性的，但他对书画艺术的认识，对书画艺术的一些理论，我敢说，今天美术学院的许多教授都不一定能够达到、这两天正好读宋伯鲁《心太平轩论画》的手校本，不妨摘出数节，让大家了解一下这位前清进士对书画艺术有着怎样的一种认识，了解了他的思想，也就能了解他书画作品的价值。对于中国书画的意境，宋伯鲁认为：

作画如弹琴，必有弦外音，其指法始妙。如作诗，必有句外音，其境界始高，渔洋所谓神韵也。今之画家但知描摹形似耳，虽石谷能品或病其以刻画伤韵，其他无论矣。

民国以来，以画为美术，美术二字为画家减去多少声价。予谓画是一大学问，此可为知者道也。

昔贤云：用墨如设色，设色如用墨，斯言最得肯綮。盖不善画者墨自墨，色自色，不知水乳交融。故乏深厚之味。

另外，宋伯鲁论秦中山水难入画云：

"吾陕终南太华之俊秀，八水之萦绕，非不可以入画，然山多水少殊乏烟波杳霭之趣，故秦人出笔不免重实，亦地势使然也。"

可见，宋伯鲁于书画之道是位明白人，在对绘画的认识上当代许多画家都不可企及，这也是他学问深厚的缘故。宋伯鲁的书画至今仍被收藏家们重视，正可说明这一点。

说到宋伯鲁让我想起了一件事。两年前读宋伯鲁的《还读斋杂述》，其中一文论述其在泾阳姚晓舲部郎家见到一卷佛经，是《般若波罗蜜多心经》的下卷。世传《心经》只有上卷无下卷，今天也无见人说《心经》有下卷之事。我不知道宋伯鲁《还读斋杂述》当年是否刊行，或印行了多少部，数十年收集地方文献，网罗古籍碑刻竟未能一见此书，我所见的也只是他的稿本而已。本人不是佛学研究者，也不知世间其他地方是否记录有《心经》下卷，这一《心经》下卷是否可信。但作为史料，我还是觉得应该把这《心经》下卷转录出来。以供有兴趣的读者研究。

　　般若波罗蜜多心经（下卷）：

　　　　是时，菩萨言，舍利子。汝以般若，般若耶蜜，

　　多蜜多耶，般若非般若，非非般若，是般若。忘非

　　般若，即般若，故名般若，非般若是名般若。何以故，

　　多须般，故名般若，非多是多，忘多是多，故名蜜多，

　　即非蜜多，是名蜜多。舍利子，我今授汝秘咒，即

　　非秘咒，是名秘咒，能除一切苦，即非能除一切苦，

　　故名能除一切苦，能除一切难，即非能除一切难。

　　何以故，一切有情无情，即非有情无情，是谓无相，

　　是谓无无相，故能皆得拔度。拔度者，实无拔度，

　　故名拔度。乃说咒曰：唵佛啰嚟唪连喽，萨多蜜波耶，

嚙啐连喽蓝蓝蓝哩尼耶，勿嗦喝啰嚙莽萨多嗒咔市
人未黑墨也，萨多嗒喝喇嗦，吒婆咜婆悉律律咔叭
喇喇叭咔哔嗦，咔吐鲁奴咔墨尼吐鲁唵佛罗佛罗耶，
喻萨婆诃唵唵唵嘛妮叭迷咔。

宋伯鲁所录此《心经》下卷无来源，也无译者名，只是
在此卷后有元皇道人，太虚上人二人的跋。均是"读之其功
德福业何如"之类，并无考据。所以，今附在这里只是提供
一段资料而已。另外，宋氏手录多异体字，只能依样葫芦画出，
读者当知之。

在清光绪初年，寓居长安的退休官员谭西屏、李勤伯组
织了一个诗文酒会，名之为"青门萍社"。一时长安城中文
人名士多从其游，吟诗饮酒往往数日不散。他们经常会合作
一巨幅山水，各有题跋于之上，以记其盛况。青门萍社的活
动延续了数十年之久，可以称为近代以来长安城中最早的文
人诗书画的组织。前前后后有数十人加入，为长安近代文化
事业的发展，为以后"西京金石书画学会"的建立，起到了
奠定基础的作用。因此，把青门萍社这些主要人物记在这里，
也是对他们为长安文化发展、延续所作出贡献的纪念，同时

也是长安文化史上的一段值得重视的文献资料。在青门萍社中，以诗文著称者有铁岭人李慎（字伯勤），恩施人樊增祥（字樊山，号云门），怀远人宫尔铎（字农山），山阴人万方熙（字伯舒），山阴人万同伦（字仲桓），甘泉人毛凤枝（字子林），巴陵人谢维藩（字麔伯），长山人袁启豸（字鹤州），成都人李嘉绩（字云生），伏羌人王权（字心如），余姚人沈文莹（字梅史），华阳人王增琪（字樵也），武威人刘开第（字梦惺）。兼绘事者：有无锡人秦毓麒（字子衡），固始人席裕驷（字星甫），陈州人彭森（字茂亭），湖南人吴铭训（字荻垣），安徽人华孝诗（字子奇），荣县人吴淑培（字甫山），山阴人严曾铭（字梦陶），渭南人赵元中（字乾生），长安人刘晖（字春谷），而李嘉绩和青门萍社的主持人李勤伯更是以精工于篆隶之书而闻名于世。

清末民初，长安骨董行、收藏界都把青门萍社中诸公的作品作为重点目标来收藏、来经营。因为这些人的作品有文化，不俗气，特别为上层人士所喜爱，而且他们也能给出高价，这是骨董行上最想看到的。但是，一百多年过去了，这些人的姓名、出身、事迹今人已多不能了解，地方史书也未能记

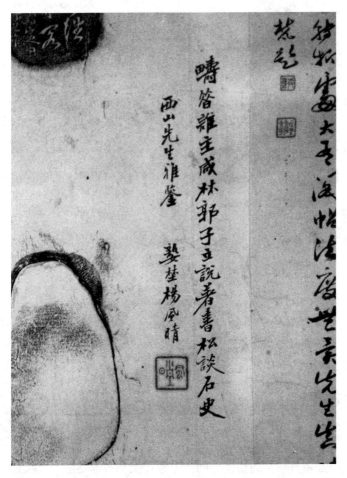

清末民初长安地区著名的学问家杨风晴的题跋，书法劲健有力，不落俗套。可惜当今知道他姓名的没有几个人了。

载。现在把这些人的姓名罗列于此，也可以为今天的收藏家，字画经营者提供一些线索，让大家了解清末民初长安城中曾经有过这些名家。

碑帖作为古玩艺术品的一个种类，以其深厚的文化内涵，精湛的工艺，历史的渊源传承以及文字艺术的多彩表现，使得碑帖收藏成为文人学者身份的象征，同时也是探索古代历史文化的宝库。而经营碑帖的骨董客们又因此而具有了相当于文化人的身份，或者这样说，没有一定的文化基础和鉴赏眼光，就无法进入碑帖收藏与经营的门坎。

清末民初以来，长安城中的碑帖经营主要集中在书院门一带。所谓书院门即指明代建立的关中书院门前的一条街，关中书院是明清两代陕西境内的最高学府。根据清代关中书院的章程，除了平时主管书院的山长（多为地方名家担任）经常讲课外，地方上的主要官员如巡抚、布政使、知府等在一年内必须有一定的授课时间。这些官员基本都是进士、状元出身，有一定的学问，给学生们讲课，水平自然不会差。所以，老师和学生们从这条街上出入行走，他们身上所散发的气息，他们的言行举止给这条街带来了许多文化的味道。书院门地区不仅是指关中书院门前的一条街，它还包括旧西安府孔庙周边，即三学街以及从东到西依次排列的三条南北向巷子，即咸宁学巷、府学巷、长安学巷。明清时，长安城由两个县组成，东半为咸宁县，西半为长安县，两县合在一起，加上周围的几个县成为西安府。过去每个县府都有官办的学堂，咸宁县的县学就在咸宁学巷内，西安府的学堂就在府学巷内，长安县的县学就在长安学巷内。这是因为旧时的学堂都是围绕在孔庙周围而建立的，（现在的西安碑林博物馆就是过去的孔庙），这样也方便学生每年数次的朝拜。可以这样说，书院门地区就是长安城中的文化圣地和文化传承者的摇篮。

古代碑刻是历史文化的载体形式之一，宋明以来，陕西地区所出土的碑刻文字都陆续集中到了孔庙，而逐渐形成了近代的碑林博物馆。在民国以前，碑林是可以自由出入的，碑林虽隶属于地方政府管理，但碑帖商只要交纳了一定的管理费就可以夜以继日地不停捶拓。这就造成了清代至民国期间西安碑林里"捶拓之声，日夜不绝于耳"的现象。当然，不是什么人都可以随便进碑林里去捶拓的，因为碑林里碑石的捶拓都被周围数十家碑帖铺承包了，他们协商分配，一、

民国三十年(1941)时碑林院子里的景色,穿过门庭,隐隐能看到后面大殿门楣上悬挂的几块大匾,其中一块文曰:"斯文在兹"。这些匾额现今都已不存世了。

三、五你们几家拓，二、四、六他们几家拓，今天你拓这个碑，明天我拓那个碑。据说也有坏心眼儿的，在捶拓碑文时稍稍损坏个别字的笔画，而自己所拓的碑帖就是稍稍完整的，这百十张拓本就可以卖个高价。

　　清末民国时期，碑林周围的碑帖铺有数十家之多，但今天本人所能记到的仅三五家而已。从书院门西头进来，路北第一家就是薛振平的友石斋，薛振平是长安城东狄寨原上北大康村的人。民国年间在书院门著名的碑帖商呼家的碑帖铺里当学徒。抗战军兴后，骨董行业多有滑落，市场上的碑帖也极为便宜。薛振平就用自己平日的积攒，用他在呼家学徒时得来的知识给自己购买了不少名碑善拓。不久，就在呼家碑帖铺的西边，也就是宝庆寺的门口开了这家专营碑帖的友石斋。由于平日薛振平的人品好，诚实可靠，一副老陕人憨厚的形象深得呼家老掌柜的喜欢，呼家老掌柜并没有因为自己的徒弟另开炉灶，甚至是在自己店铺的隔壁开店而有意见，反倒是时常支持，鼓励薛振平把店开好。由于薛振平的执着与热爱，数年间，友石斋在骨董行中就已名声大振。许多名人都慕名前来友石斋欣赏、选购自己喜爱的碑帖。就连于右任，

碑林博物馆的大门过去在西边，当时叫陕西省博物馆。门前的几棵树现在依然存在，而街景已是面目全非了。

从东边看碑林博物馆，现在的大门处原来是一个小门，门上有匾，上书
"义路"二字，这是旧时孔庙的建筑。左边靠城墙边上还有几畦菜地，
这才是真正的城中村。

邵力子这样的政要名人也多次到友石斋购买碑帖。1949年以后，碑帖业以"四旧"之名不被时人所看好，友石斋也改由薛振平的夫人屈玉屏整天在店里打理、经营，屈玉屏女士耳濡目染也是位碑帖内行，还能讲出许多关于碑帖的掌故来，比如曹全碑在合阳刚出土时拓本是什么样，勤礼碑从长安城中西大街出土后又有什么变化，等等。所以，得到了行内人的赞许，生意也维持了很长时间。

我常说文化是能够传承的，但它需要某种承载物，而金石拓本就是最好的载体。金石拓本中不仅包含了文字的结构变化，历史的真实记录，民俗民风的多方面反映，还包括了捶拓工艺的丰富多彩。人们收藏研究金石拓本除了专家，学者对其专业性的学术研究外，普通人对于碑刻拓本上书法艺术的临习，碑刻掌故的讲述，看似闲谈，其实都在沐浴着一种文化的熏陶。有了文化的承载物，就有了文化的话题，这些话题无形中也就传承了文化。所以说，文化艺术品的收藏就是在传承文化。而骨董客们（现在称为艺术品经营者）正是起到了文化传承促进者的作用，尽管在主观上他们是以盈利为目的的，但客观上有益于文化的作用仍不能无视。丙申之夏，我有幸在友石斋薛振平后人处看到了不少留存下来的碑帖，有"创"字不损的《西狭颂》，有"三监"不损的《皇甫诞碑》，有"乾"字未穿的《曹全碑》，炎炎夏日，品着绿茗，整个下午都在说碑帖，都在谈书法，都在讲书院门一条街上老人们的故事，这是多么有味道的消夏方式呀。

清末民初，书院门一带大小碑帖铺有数十家，大多数都集中在孔庙碑林四周。而以翰墨堂段家的店铺为最大，开得时间也最长。据传翰墨堂在明代时就已开业了，到清末民初时的段仲嘉手上已有六代之久。当年光绪皇帝自西安回京时，在碑林内采办了不少碑帖，据说有百十种之多，有唐《开成石经》精拓册页一套，有阁帖数种，以及唐代各种名碑法帖。当时的行在内廷支应局督办胡延《长安宫词》中记有此事："黄卷新添翠墨辉，琳琅满筐载将归。石经字爱开成好，不数江南蒋布衣。"旧时，皇帝出行随车的行李称为"黄卷"。起初，皇帝下旨是让在长安城中的大臣每人拓一本碑林的刻石让他御览的。但是因为品种太多，时间有限，大臣哪有工夫去拓碑石，都是到碑林附近的碑帖铺去买现成的，段家的翰墨堂就为这些大臣代办了不少，也着实挣了一笔银子。翰墨堂经营的时间长，店内经手和收藏了不少善本碑帖。清末民初曾有一本明拓欧阳询所书的《皇甫诞碑》流传于长安诸玩家手中，此册拓本首行"碑"字起至末行第 48 字止，有一道细纹，但未伤及文字，行内谓之"线断本"，为明初拓本。据段仲嘉当年言，此本碑帖曾以五百大洋卖给当时的陕西巡抚升允（升吉甫）。辛亥革命起义后，升允出逃，长安东北角的满城中到处都是抄家抢东西的人。据说附近胆大的居民不仅抢东西，而且把来不及逃跑的满人妇女都抢了回家，后来满城以西的居民聚集区里就多了不少漂亮的满族媳妇，家里也摆了不少红木的家具，日子也就好了起来。辛亥革命起义后，大约过了一个月，也就是辛亥年的十月，段仲嘉到西华门口的旧货市场闲转。西华门是长安旧满城的西口，清初顺治元年（1649），满人占据长安城后，驻扎及居住地利用的是明秦王府的城池，清代称为满城，清代时满人在西安城的驻军长达二三百年，人数之多也堪称全国之最。据清朝军机大臣翁同龢日记中（1864年 2 月 16 日）记载，当时"天下驻防以西安、荆州为最多，西安五千户，荆州四千户，现在男妇约七万人。"数万满族军民住在西安，生活在西安，几百年来对西安当地人的生活习惯、语言习惯、民风民俗不能说没有影响。读清代民国西安地方人士的诗文。日常用语，甚至饮食习惯，总有一些与北京城相近的地方。由此可知，由于人口的流动，民族的迁徙，地区之间、民族之间的风俗习惯、语言特点是会互相影响、互相交融的。清初，满人驻扎西安时，将原来的明秦王府城改建了五座城门，东边为长乐门，借用的是长安城大东门之名，东南角为端礼门，利用的是现在市中心钟楼底下的过道洞口。过去满城的西墙和南城就是依钟楼而建的，钟楼就像满城西南角的角楼。满城西北角有一门，为新城门，正西有一门，为西华门。辛亥革命后，东门至钟楼的满城南墙全被拆去，改建成了东大街，曾经一度称为中山大街。这也是唐代长安城中的景风街。钟楼至北门这一段城墙，也被拆除，建为北大街。民国时改称满城旧址为新城，冯玉祥、杨虎城在陕执政时均设此处为省政府，1949 年后的新政府也在此处办公。但当地居民却习惯把这里称为"皇城"。因为唐代时这里就是皇宫内城的所在地。

辛亥革命后，长安城中的满城被毁，满城内四处丢弃着各种小物件、破字画，都被人捡来放在西华门外的地摊上卖。

段仲嘉也时不时地来这里看一下。这天来转，他的眼前突然一亮，发现在一个大胡子老头的面前摆着一摞旧书，而放在最上头的竟然是他熟悉的那册拓本《皇甫诞碑》。毕竟是经多见广的人，他并没有显得太激动，只是轻轻地问道："这字帖多钱？"大胡子老头看看段仲嘉说："这，这是从皇城里拾出来的，你咋还不给个五百钱。"五百个铜制钱，也就是不到半个银圆的价钱。段仲嘉当然不能多说啥话，急忙付了钱，拿了碑帖就往回走。到了碑林西墙他的家里，这才打开来看，只见他当时卖给升允时册页外面打包的纸都完好无损，可见升允买了《皇甫诞碑》后就没打开看过，最后还是流归了社会。升允字吉甫，曾被清廷授予多罗特公，是清朝的封疆大吏。民国以后寓居沪上，常常因为付不起房租而被迫搬迁，后传说流亡至日本。据郑孝胥日记上记载，民国三年（1914）时，听说升允在日本东京街头卖烧鸭，"短衣犊裈，自比相如"。因此，郑孝胥等人还筹钱寄到东京，以解升允的困境。当年清廷的一等公落得这样的境遇，他所藏的骨董文物散落民间，那就更不算什么事儿了。

民国时陕西靖国军总指挥胡景翼（笠僧）手下的参谋长，

骨董金石鉴赏家武观石与段仲嘉关系好，知道段仲嘉又得到了明拓《皇甫诞碑》，就向段表示有意收藏此拓本。段仲嘉当然没意见，他说："这本碑帖让我挣了好几次钱，我也就便宜给你吧。"于是这本《皇甫诞碑》就以三十五块大洋卖给了武观石。

武观石又作武关石，这人倒有很多传奇故事，列入唐人传奇、武侠传之类都不逊色。武关石原名武鸿钧，字关石，富平人。其父在清末时也是当地一小富商。武关石自小不爱读书，随父习商不能成，让他进衙门当个小差也不能成，由是而混迹赌场。一次大赌输光了身上的所有钱，被赌徒们扣押不放。幸好遇见同乡张荫祺为他还债得以放还。张荫祺告诉他："你是良家子弟，不可在此行中生活，赶快回家干些实事儿吧。"武观石对张荫祺的搭救很是感激，但其心性难移，不愿经商习文，仍然是游荡乡里，喜欢打抱不平。辛亥革命前夕，陕西同盟会会员井勿幕、曹俊甫从日本归来，知道武观石为人豪侠，遂联络其为革命党人。辛亥革命起义成功后，武关石不知为何忽然喜欢文学了，经常与当地的文人来往问学，并拜富平名医田补山为师学习医术。而且开始学习书法，

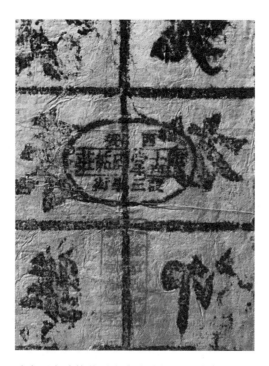

过去西安碑帖铺所出售的碑帖上都盖有本字号
的印章。一是为了表示所售物品的可靠性，二来
也有广而告之的效果。

专攻北碑，写得有模有样，让当地书家也不得不佩服。大约是陕西的历代碑刻传世众多，影响力大，陕西辛亥革命起义的这些武人几乎个个都能写字，于右任、茹欲立就不用说了，井勿幕、胡笠僧、郭坚、陈树藩等都是一笔好字。也是环境的影响，或者在官府、大户家见到的骨董文物多了，武关石竟然学得一手鉴定书画古玩的本领。渐渐热爱收藏骨董后，也常常出重金去购买那些流传有序的稀有之物。一来二去，在陕西军界成了有名的骨董鉴定家。那些大人物如胡笠僧等买东西都要请武观石鉴定后才能安心购买。

在清末民初，金石学大兴，金石碑帖的价格以现在的物价相比，要比现在的价格高出数倍，这是因为收藏研究碑帖者多是文人，他们秉承着传统文化的观念，认为历史内涵、文化内涵越高的东西才能越值钱。不似现在，书画家职务高、名气大就能卖大价，而不论其艺术水平如何。

我们从清末民初许多文字中可以看到，碑帖的价值着实不低，毛昌杰《君子馆日记》1926年2月11日记云："三钟，定五约看旧拓本云麾碑一本，甚佳。余为估价二百元。"1927年3月7日："帖贾范姓来，付广武碑（款）又洋五角兑换霍阳碑一张。"

《胡景翼日记》1919年10月5日记云:"予与百川谈多时,又知军务课将焦和甫所持之《颜家庙》买就,价四十元。"

1920年3月22日:"余购有《等慈寺碑》……余得此帖于溯古斋,虽系唐碑,而不失魏意,与《郑文公》有相似处……而该书估索价二十元,予嫌太昂,与之十元,尚未了结。"

由于碑帖行情在清末民初时期价格较好,所以书院门碑林一带才有了众多碑帖铺和旧书店。除友石斋、翰墨堂外,比较有名的还有姚万安的碑帖铺、赵敏生的碑帖铺、夏家的宝经堂、吕家的文古堂、呼家的碑帖铺、谢秀峰的碑帖铺,以及李子杰的博古堂等。博古堂当年也很有名,民国时张大千、于右任、寇遐都给他题写过堂号。张大千是用他的那种抖动的隶书体写的,很有清道人曾熙的味道。这几幅堂号的墨迹原来藏在本人处,后来博古堂后人李先生开店仍名为"博古堂",我就把这幅张大千题的堂号墨迹送给他了。于右任所书"博古堂"被一朋友索去,说是互换一幅名人字画,但三十年过去至今渺无踪影。

当时,谢秀峰经营的碑帖铺有一大特点,就是"走出去",

民国时期西安有名的碑帖铺"博古堂",地址在碑林西边的三学街。当时许多文化名人都为其题字题匾。这是著名画家张大千题写的堂号。

无论是进货，还是出货大都是亲至一线。过去长安城中的碑帖铺，除了少量从旧家收购传世的碑帖外，绝大多数是在西安城碑林里现拓的，也有去外县如去汉中拓《石门十三品》，去宝鸡以西去拓《西狭颂》，去白水县去拓《广武将军碑》《仓颉庙碑》等。过去在府学巷口谢秀峰的碑帖铺内，有大量的《广武将军碑》都是谢秀峰本人亲自去白水洗碑监制、捶拓的，质量要比其他人的拓本高出许多，墨色轻重适中，纸张则用当时最适合拓碑的上好连史纸，手法全使用陕西特有的、最精熟的双拓包扑拓法。从目前文字记载和传世碑拓实物中，我们能见到的传统拓碑方法这样几种：一、毡卷擦拓法。就是用羊毛毡卷成鸡蛋粗细，约二十公分高的一个卷儿，用线绳勒紧，成圆柱形，将侧面取齐，然后施墨擦拓，这种方法宋元明时期较为盛行，主要用于表面较为平整的碑石，因为宋元明刻帖较多，而刻帖多用枣、梨木板或细致平整的石头，故宋元明几代的名帖多为擦拓而成。二、拓包扑拓法。即拓包用毡片垫底，包内再裹以稻糠或棉絮，用丝绸细布包起，施墨时轻轻扑打。这种拓法即可用于较平的碑石，也可用于凹凸不平的摩崖石刻。这种方法能使碑石上所敷纸张受墨均匀，字迹清晰，大约明清两代名碑的捶拓多用此法。三、蜡拓法。即将蜡与墨汁融合，制成墨蜡块。遇有需要急就而成的拓碑时，敷上纸后用蜡块擦摩纸上，即可拓出字迹来。这种方法也可用于表面过于凹凸不整，或物体小，拓包不易施墨的地方。蜡拓的墨色效果不及其他几种方法，但特别适用于野外潮湿地区，碑石上敷上纸一时难干，使用蜡拓就无虑水阴而字口模糊了。另外，还有蝉翼拓、乌金拓等，这些都是以拓出的效果而命名的。古人喜欢蝉翼拓，取其淡雅之趣，近人爱好乌金拓，因其饱满费功夫，真是一个时代有一个时代的价值追求。

陕西遍地林立的碑版文物资源，不仅为碑帖商们提供了得利之便，也为金石文化研究者提供了丰富、可靠的第一手资料，并创作出了影响巨大的金石著作，如宋代吕大临的《考古图》《续考古图》，明代赵崡撰的《石墨镌华》，明末郭宗昌的《金石史》，清褚峻、牛运震的《金石图》，清毛凤枝的《关中金石文字存逸考》，等等。由于经得多，见得广，又有文化环境，陕西许多碑帖金石经营者、收藏者，最后都成了鉴赏专家、研究专家。比如清光绪年间在北京专营碑帖的陕西礼泉人杨华亭，在数年经营中，不仅对碑帖拓本有了认识，而且熟读了《金石萃编》《金石文跋》等书，就是京城的许多文人也问不倒他。户部主事王步瀛因也是陕西人，经常去杨华亭的店里去坐，因而由杨华亭帮忙得到了不少金石碑帖善本。民国年间在北京琉璃厂当学徒的合阳人马子云，也是对碑帖研究有所专长，并且有一套拓碑的技法，后来进入故宫博物院成为专家，并出版了《碑帖鉴定浅说》一书，被收藏者视为得力的工具书。

长安是个内陆城市，虽说是历史名城，但经济并不发达，比起北京、上海还是有差距的。遇有高档的好东西，要想卖出个好价钱，肯定要去北京、上海才行。尤其是北京，文人云集，有钱人也多，所以谢秀峰就经常把上等级的碑帖拿到北京庆云堂等专业碑帖店去卖。据前人所记，谢秀峰曾经携明拓《东方朔画赞》、明拓《皇甫诞碑》、宋拓《集王圣教序》等到过北京出售，而且得利颇丰。

三、长安城中的大玩家

前文说过，这本《长安骨董客》虽然重点写的是古玩行、骨董客的事情，但文化界、艺术界甚至一些政府官员都与这些骨董客们有着千丝万缕的联系。有些文化名人、书画家、教授学者甚至也加入到了古玩行业的收藏交流之中。从而也大大提高了古玩行业的水平和骨董客们的品味。因此，说骨董客中的大玩家，就不仅仅局限在骨董商之中，一定会有其他方面的名人。

那么，我们还是从白辑五开始说吧，白辑五是我的邻居街坊，听老人讲了不少白辑五的故事，也与他的后人稍稍熟一些。白辑五去世早，本人没有机会瞻仰他的容貌，但白家二儿子常在巷子里出现，小时候看到他时总觉得他身材很魁梧高大，大盘盘脸，大眼睛，风流潇洒，我猜想大约白辑五就是这个样子吧。似乎白家的条件好，年轻时看到从白家院子里出来的女娃都很漂亮。这也许是因为家庭富足，儿辈们少有发愁的事，吃得好，脸上也就显得展拓，再加上穿得好些，自然就更显得漂亮了。

白辑五自从盖成了小洋楼瑞庐，就经常召集长安城中骨董行内的大家到瑞庐聚会。比如李西屏、刘汉基、李长庆、陈少默等，个个都是长安骨董行业里的精英。他们每隔十天半月就会各自拿上两三件藏品或新得到的东西来此聚会，或互相交流，或互相品鉴，为长安古玩行业的发展起到了很好的推动作用。当时长安的骨董行内称此种活动为"轮子会"，也就是轮换着拿东西出来，轮换着组织安排。据说长安这个"轮子会"是中国骨董行业中最早的行内组织，在当时全国的同行中影响很大。

白辑五自然是"轮子会"的主要组织者、参与者。据陈少默先生讲，40 年代后期至 50 年代陈老常去白辑五家打牌、聚会，在白家见到了不少骨董和书画珍品。一次，有人携来一件清代大画家周荃的花卉长卷，画法古朴，色彩沉着，装裱得也极精致，长卷后有关中名士毛凤枝、毛昌杰父子，刘春谷，宋伯鲁，宋联奎等人的题跋。仔细一看内容，此物竟是陈少默先生幼年时的老师，前清进士周子缙家故物。陈老见此心情一阵激动，急忙问来人，这手卷要卖多钱，来人乍了俩指头说："两百大洋"，陈老叹道："太贵！太贵！"但来人始终不肯降价，陈老只好作罢。后来听说这件东西卖给了在五味什字开医院的高智怡高医生，"文革"期间烧"四旧"时被烧毁了。陈老说在白辑五家经常能看到好东西，1949年初，在白家聚会，见到一件清代大画家李方膺的十二开水墨花卉册页，前面有清代大书法家杨见山的题首，笔墨秀逸，让人喜欢。这件东西经白辑五介绍也卖给了高智怡医生。高医生收藏字画颇多，"文革"中烧毁他的字画时，高医生几次投身火中，想要一同自尽，被人强行拉住才免于出事，后来，因为他脑子受了刺激，精神有了问题也就不再行医了。

白辑五为人还是比较大气的，在他家里聚会他也不是净推销自己的东西，或者遇上好东西他先买。白辑五作为东家，有人送东西来他先问朋友要不要，然后自己再决定是否留下。朋友要出手的东西他也尽量推荐给自己的客户。陈少默先生曾以很便宜的价格买到一件明末清初江南书画大家吴期远的《茂林结茅图》，疏密有致，意境高旷，极具黄公望笔意。陈老专门托人带到北京，花大钱请荣宝斋的师傅揭裱重装。后来因为经济状况不好也请白辑五帮着卖了以渡难关。

白辑五和陈少默先生的关系不错，陈老经常去白辑五家，在白家的客厅总能看到靠墙处摆放着一座英石摆件，连楠木

晃鸿年，陕西三原县人，清光绪十六年(1890)进士，翰林院庶吉士，后为知县。书法有宋人气象，又学何绍基用笔法，是清末陕西具有特色的书法家，惜书名不显于今日。

宋联奎，字聚五、菊坞。清光绪十五年(1889)举人。民初曾任陕西巡按使，后为陕西通志馆馆长，主编《续修陕西通志稿》，书法严整，名于一时。

宋伯鲁，字芝栋、芝田，陕西礼泉人。清光绪十二年(1886)进士，翰林院庶吉士。后因积极参加戊戌变法，而遭撤职，遣回原籍。宋伯鲁书画俱佳，清末民初名扬于关中。

毛昌杰，字俊臣，陕西咸宁县人(今西安市)，清光绪年间举人。是陕西近代著名的学者和金石学家。从民国年间所刊印的《君子馆日记》中可见，毛昌杰对金石考据极有见地，其书法在清末民初亦被藏家所重视。

座子有近两米高的。玲珑剔透，沧桑古润，状如危峰耸立，可称英石中的妙品。英石产生于广东省英德市，故称英石。是我国园林四大观赏石之一，具有皱、瘦、漏、透等特点，自宋代始就是皇家的贡品之一，并深受文人雅士的喜欢，成为家庭书房、客厅的重要摆件。陈老每次看到这座英石总是开玩笑地对白辑五说："把这石头送给我吧，我那院子里还有一块地方空着呢。"白辑五说："这石头不能给你，这是我从蔡友石家弄来的，还有些纪念意义。"蔡友石是南京人，清咸丰、同治年间来西安做官。颇喜欢收藏英石，曾请当时的画家改七芗、钱叔美、张夕庵、陈鸿寿等各绘一幅英石图，凑成英石六条屏，上款皆为友石。蔡友石辞官后就落户长安，府邸设在城西北边的九府街，即后来的青年路中段。白辑五爱此英石也是因为有蔡友石的缘故。不过为了不驳朋友的面子，白辑五还是送给陈少默先生一座太湖石，约一米高，陈老就把这块太湖石安放在夏家什字老宅的后院花池中了。

　　大约是1975年前后，西安市文物局清退"文革"时的抄家文物，请陈少默、阎秉初、陈之中等人参加，陈老午间休息时在小雁塔院内的办公室竟然见到了白辑五家的这座英石摆件。睹旧物而思故人，不免让陈老感慨了许久。

1951 年的春上，在西安新成立了"西北文化部文物处"，处长是赵望云。赵望云是河北人，但长期居于长安，绘画活动也在长安。民国年间由田亚民的青门美术服务社给他举办过多次画展，后来便成为近代"长安画派"的创始人之一。赵望云对西北文物很熟，也与长安的文化界、文物界的人很熟。在赵望云的建议下，由长安八十多位文物界、古玩界的名人组织成立了"西安历史文物研究会"。会址就设在现西安碑林博物馆内（当时叫做西北历史文物陈列馆）。白辑五被选为副主任委员，政治上也要求进步了，据说在后来的"抗美援朝"捐献活动中，白辑五把家中许多文物变卖成钱捐给了国家，所以，后来在"文革"的抄家中已经找不出好东西了。

因为和白辑五是街坊，白家"文革"中被抄的情景我还是依稀记得一些。大约是 1967 年夏天，马神庙巷 10 号白家院子里的紫藤花开得正盛，一群学生娃闯进了白家的院子，后面还跟了不少巷子里的大孩儿和小孩儿。学生娃先是占领了白家瑞庐的上房，然后把白家老太太拉出来，让她跪在瑞庐前面的小广场上。这时白辑五已经去世好几年了，没有人陪

20世纪50年代成立的陕西文物管理委员会,会址就在现在的碑林博物馆内。

伴的白家老太太显得有些孤单，从上午十点多学生娃们进门，到午后两点多竟然没抄出啥值钱的"四旧"，这让学生娃们很有些生气。白家院子靠西墙有一口井，这井好长时间不使用，已经有些干涸了。有几个学生娃围着井边对其他同伴大声喊着："这井里有东西！这井里有东西！"于是一个胆子大些的男娃，用绳子吊着下到井底。马神庙巷这一代的井都不深，而且井水都是苦咸的，一般人家用这井水洗个菜，浇个花还可以，但是不能吃。因而，许多人家的井长期不用也就干了。据说"文革"开始的时候不少大户都把值钱的东西往井里扔，学生娃们抄家时检查枯井也成了一项重要的工作。那么白家的井里有啥东西呢？把井底的男娃拉上来时，只见他手里举着一块儿大约宽八寸、长二尺的铜板板。清洗过后上面露出了图案和文字。我那时候才上小学二年级，肯定不敢凑到这些抄家的大男娃身前去，就是凑上去恐怕也认不得上面的文字，看不懂上面的图案。从井底上来的这个男娃，手里拿着这个铜板，嘴里骂骂咧咧的，晃着脑袋似乎听见他说："都转移咧！都转移咧！"在瑞庐一层客厅的墙上有一面穿衣镜，穿衣镜拉开，后面就是一个地道。地道只有几十米长，能通到院子里的青砖

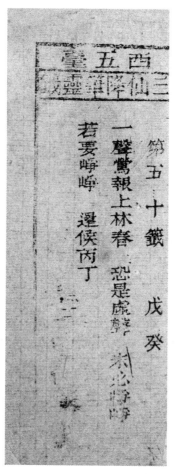

西五臺

仙三降筆靈籤

第五十籤　戊癸

一聲鶯報上林春　恐是虛聲

若要崢嶸　還候丙丁

这是一张当年在西五台所求的卦本。西五台在长安城的西北隅，本名云居寺，寺依唐宫城基址而建，自东至西依次为五殿，故俗名西五台。此寺历来香火甚盛，而能抽签问卜者，知之者则不多。

台阶边，从一个暗门可以出来。学生娃们发现地道后先是大喊大叫，好像是发现了藏宝洞，于是钻来钻去，钻了几个来回，里面啥东西都没有。正是六七月的大夏天，白家院子里的紫藤花开着，石榴树的果子也挂得很多，树枝弯弯地压了下来，院子中间有两棵梧桐树长得很粗、很高，树干、树枝、树叶都是绿颜色的，只有汤匙形的梧桐籽夹亮着金色，就像几双大眼睛，随着微风东看看，西看看，闲淡得很。奋战了几个小时，前来抄家的学生娃们有些疲劳了，有的靠着粗大的梧桐树一个劲儿喘气，有的在紫藤花的荫廊下懒散地躺着。这时，有一位领头的男娃大声喊道："把'四旧'能拉的全部拉走。"不过白家真没见什么珍贵的"四旧"，搬了一大卡车，只有那个楠木底座的英石显得有些高大，剩下就是些旧书、旧画、瓷瓶瓶、陶罐罐之类。巷子里的老人说："以白家人的精明，能把好东西留在家里等人来抄吗，早就处置和转移了！"嗯，果真革命学生的眼睛是雪亮的，他们也是看到了这一点，因此也就早早收兵回营了。

民国初年在长安城中的骨董行中，阎甘园无论如何也是一个举足轻重的人物。但阎甘园早早就去了上海，做了上海的寓公，以书画之名反倒在上海影响很大。20世纪60年代上海俞剑华所编纂的《中国美术家人名辞典》中这样介绍阎甘园："阎培棠（1864—？），字甘园，陕西蓝田人，侨居上海。仿制古铜器有独到技能，收藏书、画、碑帖颇多，书法篆、隶、真、草，随意挥毫，指头书、画、山水、花卉饶有佳趣。抗战时期逝世，年将八十。"所谓"仿制古铜器有独到技能"，大概是说阎甘园仿制的青铜器皿做旧做得好，能以假乱真吧。

在民国时期或更早一些时间，那时人们信息交流不畅，不是皇家的六百里加急，马不停蹄的送信形式，普通人五六百里路程的家信恐怕也要走上十天半个月。再加上骨董行的保密习惯，出土的东西不会马上公开，另外青铜器也出土少，而且是为数不多的几个有资金能力的人，才可以去乡下收购得来。过去乡下挖墓的，或走街串巷的骨董客有了东西，总是要等到自己经常交往的客户来了才拿出来。其他人出钱多少都说没东西！这一是为了安全，因为不论什么年代官方都会禁止你挖墓。二是老客户一直照顾自己，价格也给得合适，而且还有个信任和交情在里面。阎甘园在乡下的关系不少，一有青铜器、玉器、刻石等高档东西出来，便会很快送到阎甘园手中，别人不会知道形制，不会知道纹饰图案，不知道重量，不知道锈色程度，各方面的条件使得阎甘园仿制的青铜器很容易打人眼。当然，阎甘园造型的能力，铸造的技术都是很高的，特别是材料，一般都是利用破碎的废旧铜器，这样铸出来的铜器质感上先有时代气息。下来最重要的一项工作就是"做旧上色"。据民国年间某个杂志上一位记者没有提名的报道说：到西安南院门一位名人家去访问，只见这位名人正在后院给复制的青铜器浇屎浇尿，然后再埋回土里。过去的做旧方法比较笨一点，不像现在有各种化学药水，弄出来的红斑绿锈和真的一样。但是过去的做旧手法也有它的长处，生锈慢也就显得结实和饱满，不像现在仿制铜器上的锈色，常常一动就掉渣儿。这里有一个鉴定青铜器锈色的简单办法透露给你，你可不要轻易说给别人。现在的青铜器做旧都是用化学药水，铜器表面的锈色一般都是用胶水调好铜锈渣粘上去的，你先用鼻子凑近锈色闻一下是否有一股酸味，有酸味肯定是假的。闻不见味时你可以用针扎，针尖能穿进锈色里，或针能立住，肯定也假。最后就是抠下一小块锈来，用火一烧，有强烈的刺鼻气味，也就是假的了。强调说明一下，这种办法是你要征得货主的同意才行，不要出了麻烦，有了纠纷，就把事情赖到我身上，说是在我书上看见的办法，我可不负责任。

民国时没有化学生锈法，阎甘园的做旧方法足以挑战当时的权威，即可知其做旧的水平之高了。阎甘园不给当地人卖这种东西，都运到了北京、上海甚至更远的地方，据说日本好几个公私博物馆里，现在还陈列着阎甘园卖给他们的青铜器。其实，阎甘园主要还是收藏经营字画的，他自己也是一笔好字、好画，阎甘园堂号叫"晚照楼"，并不是他晚年用"夕阳晚照"的诗意给自己取的，而是有个出处和典故的。

民国五年（1916）的秋天，陈树藩正式被北洋政府任命为陕西督军兼省长，陈树藩是有些学问的，但毕竟还是军人出身，要想治理民事还得用一些文人不可。于是他就想邀请这位秀才出身，并且诗、书、画俱有名气的阎甘园出任幕僚，辅佐他处理陕西政务。陈树藩的属下说："阎甘园一向不爱当官，当年光绪皇帝来西安，几次给他封官他都不干。辛亥革命后，秦陇复汉军大统领张凤翙多次请他也是遭推辞，督军你可能请不来。"陈督军说："我自有办法。"于是就手里拿了个纸卷，到阎甘园家里拜访。阎甘园见陈树藩来了自然不敢怠慢，沏茶递烟，脚手忙乱。陈树藩说："阎老兄不要忙不要忙！我今天来是给你送礼来了，这里有两件礼物，但你只能收一件，你看如何？"阎甘园惊奇地说："啥礼物，让我看看！"陈树藩说："第一件礼物是督军府的聘书，请你出任我的参谋。"阎甘园笑了笑没接话，"第二个礼物就是这幅画。"阎甘园赶紧说："啥画？啥画？"随手就接了过去，放到桌案上展开一看，却是一幅元末明初大画家滕用亨所画的山水中堂《云山晚照图》。滕用亨，初名权，字用衡，后改名为用亨。明成祖永乐三年（1405）滕氏七十岁时被授予翰林待诏。滕用亨精于鉴赏，诗、书、画也精通，画学赵孟頫，青绿山水极工秀，这幅《云山晚照图》即是他的经典画法。阎甘园一眼就看上了这幅画，也知道这幅画的稀有与价值，赶忙说："谢谢督军的礼物，画我就收下了，其他事回头再说。"送走了陈树藩，阎甘园把《云山晚照图》挂客厅墙上，细细欣赏，手里端着茶缸子对着画儿品麻了一个下午，没几天就把自己的堂号改为"晚照楼"了。

由于各种原因，阎甘园早早地就离开长安城侨居上海了。虽然也时不时地回趟长安，但长安城中的产业全都交给阎甘园的七子阎秉初经营。阎秉初的年龄跟陈少默、刘汉基、李长庆等几个人相差不多，也主要活动在 20 世纪 40 年代，所以说民国时期长安城中的大玩家，阎秉初绝对算是一个。要说是骨董行里的大玩家，先要看你收藏了些啥东西，够不够档次，而不是数量多少。当然，这个档次不仅仅是以其价值多少钱来作为衡量标准的。一件艺术品的价值应当包括：第一是历史价值，即由此件艺术品所反映的当时社会发展的状况，当时的民风民俗，以及重大的历史事件对艺术审美的影响等等；第二个是文化价值，既包括反映出当时人们的文化追求，也包括此件工艺品的精美设计以及工艺制作水平；第三就是存世量，一件艺术品如果随时的、满大街的都能找到，你说它再值钱也不够档次。现在市场上有些热销名人画，构图、用笔千篇一律的极多，画个仕女，头永远偏向一边，用墨一样，用彩一样。画个山水，树木永远是一种，石头结构也不变，山间无见空隙，堵得严严实实，谓之"满工"。这种千篇一律的画你就是收藏了一百张，又有什么价值呢，今天炒成天价，明天一落千丈，这都是眼前可见的事。

阎秉初经手收藏的字画就不一样了，让我们先看几件：

明崇祯进士，入清后被顺治朝授以员外郎的王含光善画山水，笔墨流畅，似晋人风骨。阎秉初藏有其一幅巨制山水，深厚肃穆，曾多次在马神庙巷白辑五家和南院门的胡让之店里展示过。

民国二十四年（1935）秋天，阎秉初在南院门家中晾画，墙上挂有明末清初著名画家，"金陵八家"之一龚贤（龚半千）的一幅绫本水墨山水，尺幅很大，笔法也精，画上题诗云："山中宰相陶真白，高筑空楼满贮书。萧帝尚然咨国事，转令敕使费辽东。"此画毁于1966年秋。

民国三十年（1941），阎秉初从竹笆市街口陈德明的澍信书店里，得到一册明崇祯十五年（1642）举人徐昭法的山水册页。因徐昭法诗画立品甚高，故被世人所重视。

吴历，字渔山，号墨井道人，清初号为"六大画家之一"，所谓"四王吴恽"，"吴"即指吴历。上世纪30年代中期，阎秉初从长安城中一旧家得到吴历一幅山水中堂，水墨淋漓。因吴历晚年的画受西洋绘画的影响，重块面而不重线条，故山石多在形似之间。此画上有清末民初书法家李葆恂的题跋，也是难得。

高凤翰，字西园，清代著名的书画家、篆刻家。阎秉初藏有一幅高凤翰所绘《鸦阵图》，满纸寒鸦，极具高旷冷峻的意境。上有清代书法家张问陶一段精彩的题跋，此画原为昆明名医杨敬之所藏，后归阎秉初。陈少默先生曾多次见到，今则不知尚在人间否？

好东西看得不少了，足可见阎秉初收藏的格调与水平。阎秉初不是仅仅收藏书画，他的古籍碑帖收藏数量之大、质量之高，也足可雄视长安城。阎秉初家在南院门一直有一家古旧书店，藏书很多。20 世纪 50 年代公私合营，与书院门的韩家、竹笆市的陈家等一起被市新华书店合并，成立了西安市古旧书店，阎秉初任经理。据民国十四年（1925）著名古物研究者陈万里来长安旅游时所记，阎甘园另外两个儿子在南院门也开了一家古玩店，专卖古今各种扇子、扇面，名叫"风雅庄"，生意也是不错。

1948 年初，长安骨董行的几位大家白辑五、阎秉初、李长庆、李博学合股，在南院门开了一家"西安艺林文物店"，专门以青铜器、玉器、瓷器经营为主，也兼有字画。这是内行人开的店，东西好，价格合理，于是生意很好，影响也大。

碑林博物馆大门口的这对狮子据说很有些历史，艺术性也很高，如同照片上小脚的老太太，这对狮子已不知去向了。

只是没过两年，时局发生了变化，市面上的一切资源要重新规划，"西安艺林文物店"也只好关张了。借着这个话题引出了李博学，下面就说说李博学的故事。

李博学，名静滋，字博学，以字行，生卒年月不详。以其民国年间与长安诸名家张寒杉、李问渠、李西屏等人的交往称谓来推算，李博学当生于清光绪三十年（1904）左右。家住长安城中大车家巷北头横巷内9号，是路南的一座清幽小院。过去长安城中的老院子并不都是两进三进的深宅，也不是标准的四合院，而多是大门带门房，进大门是院子，穿过青砖小路再到上房，近似于关中农村庄院的形式。一般上房的边头留有小道通往后院，后院一般都不大，种上一株椿树或者枸桃树，枸桃树也称假杨梅，结的果子有些甜味，小时候吃货少，有时候也摘儿颗来吃，只是枸桃树大多种在厕所边，苍蝇爱爬在上面吮吸花蜜，人们嫌脏就很少去吃它了。后院的椿树下砌有短墙就是厕所，厕所多为露天的，讲究的则要盖个小房以蔽风雨。大约旧时多以茅草来搭盖厕所，所以，关中方言多把后院的厕所称为"后茅子"。

长安城的院子只有家里人口多了才去盖厦房，而且尽量只盖一边，留下一边的院子种上果树，种上花草，爱好的还用青砖砌个十字透空的花坛，这样，不仅有了四时不谢之花。还能有秋天累累的果实。如此家居环境在民国时的长安城中那就要算是小康之家了。

李博学能写能画，对中国的传统经史典籍，对长安城的历史掌故都稔熟于胸。但他更长于碑帖、字画的鉴赏，民国二十三年（1934）三月，在长安城鼓楼东边民政厅二门内（清代时为藩司署院），发现了一块唐代兴庆宫的全图刻石，这对唐代长安城舆地的研究，对唐代宫殿布局的研究都有着重大的意义。在此石初出土的拓本上，陕西著名的学者，民国时期陕西考古学会的张扶万先生，曾以题跋的方式对此石进行过考证，并称此石所刻宫图旧长安志书均未记载，而此石图中宫殿的分布、水流池沼的走向、位置都可校旧志书之误。李博学也藏有一件兴庆宫图刻石的拓本，顶上还有张寒杉先生篆书题名"唐代兴庆宫图"五个大字，后有落款小字数行："此拓最为珍贵，博学名家属题，寒杉。"张寒杉题名下有李博学自己所书隶书体的题名："故唐代兴庆宫平面图石刻残石拓片真本，公元一九四一年谨志，静滋。"由此可见，此石拓本传世极少，以李博学在长安城中的活动能力，至此石出土数年后才得到拓本。在此件拓本的右上角，有李博学朱砂笔所书题跋十五行，把唐代太极宫、大明宫、兴庆宫的关系与位置阐述得甚为清楚，可见其对长安历史的熟悉。题跋是这样写的：

> 此拓残缺图考为大明宫唐之东内也。大明宫本
> 太极宫之后苑，在北面射殿也，高宗改为蓬莱宫即
> 后蓬莱池名也。三殿皆在龙首山上含元殿基，高于
> 平地四丈。含元北为宣政，再北为紫宸。每退北辄
> 加高，至紫宸而极。其后蓬莱殿，殿间池则平地。
> 又曰，大明为东内，太极为西内，兴庆为南内。此
> 三省者皆常更迭受朝，而大明最数兴废。虽有夹城
> 可以潜达，大明要之隔衢路，亦当名为离宫而已。
> 李静滋谨识。

毫无疑问，一个真正的古玩艺术品玩家必须具有一定的学识和人品素养。不论你过去有没有功名，今天有没有文凭，用一颗文化的心来经营古玩与艺术品，你才能够长久，你才能够收获，你才能够得到人们的尊重。李博学既无显赫的家世，

也没有前清的功名和近代学堂的文凭。李博学凭着自己对文化的热爱，对人的善良，对事的勤奋，在民国时期长安城中的骨董行中取得了一定的地位，就如寇遐这样的长安名人、文化大佬，也会信任李博学的眼力，也要请李博学替他寻购名人书画。民国三十二年（1943）春节刚过，寇遐就让人给李博学送去一封信，信上说："有友人欲买宋芝老山水一条，请速费神代寻几件，以便拣选。并祈于今晚送来。博学弟鉴，遐日即午。"中午送的信，晚上就要看几件宋伯鲁的山水画，可谓难度极大。但勤奋而有人缘的李博学还是完成了寇遐先生给他的托付，从南院门的荣茂斋、古庆轩，北院门的文宝堂调集来了四五件宋伯鲁的山水条幅，让寇老选择出一件替朋友购买。在过去的骨董行中一直有这样一个规矩和习惯，就是某一家店内来了客人，当需要某种商品，这家店内没有或不够时，可以去其他商店借来，以底价加手续费卖给客人。这种方法过去称为"串货"，现代称为"调货"。其他商店的主家即使知道买家是谁，也不能"翻墙"直接去找这位客户卖东西，更不能用诋毁的语言说这家店里货不好，我这最好等方法推销自己的货物。我不知道民国时长安骨董行"翻墙"

的人多不多，反正现在这个行里"翻墙"的人不少。

民国时期陕西著名的书画家，后任陕西省文史馆馆长的张寒杉也时常托李博学出售字画，有民国某年某月二十六日的信上这样写着："送上扇三件，皆照订之件。空处请告订画先生，再补款也，未干请留意。李博学先生。杉顿首廿六。"

民国时的书画家常常自订或请开店的朋友代订润例，也就是销售字画的价格。比如四尺中堂若干元，条幅若干元，对联若干元，扇面若干元，粉笺纸要加价，劣纸不书等等。这些润例和要求常常悬挂在古玩店里面，也有登在报纸、刊物上的。当然，艺术品的义卖活动更是经常在报纸上出现。民国三十四年（1945）《西京平报》上有一则西安孤儿教养院的启事，文曰："敬启者：监察院于院长书法超群，举国共仰。兹以敝院等筹集礼堂建筑费，愿为各界书写屏、对、中堂（以十件为限），每件润格五十万元，凡爱好先生墨宝并愿襄助敝院义举者，请驾临崇悌路公字一号敝院庶务股接洽为盼。此启。"西安孤儿教养院是陕西民国时期著名慈善家张子宜先生创办的。张子宜，名典尧，字子宜，以字行。陕西兴平人，辛亥革命前夕加入同盟会，参加了陕西辛亥革命的起义。

曾任陕西富秦钱局局长，陕西第一平民工厂经理等职。后专门从事慈善事业，并于民国八年（1919）创办西安孤儿教养院，院址设在今解放路民乐园北边。民国时为崇悌路一号的空地内。数十年来，教养院为社会教育培养了数千孤儿，为西安的社会公益事业做出了很大贡献。张子宜先生在民国时期为社会名流，与国内许多名人，书法家相识。但张子宜先生却从来没有将这些书画名人相送的作品收藏起来留给后人。1943年，徐悲鸿先生曾为张子宜画了一幅翠竹图，此时正值孤儿教养院经济困难的时期，张子宜便将此画变卖。用卖来的钱补助孤儿教养院之缺。70多年后的今天，这幅有张子宜先生上款的徐悲鸿的翠竹图，竟然出现在广州的某个拍卖会场上。张子宜的后人闻听此消息只能望洋兴叹了，虽是一件珍贵的历史文物，但他们无力去购回，因为张子宜只留给了他们精神财富，但这数十万、上百万的名画对于张子宜的后人只是增加了一段回忆而已。按理说，张子宜与于右任关系极熟、极好，要他几幅书法不成问题，但为了慈善事业，张子宜就像这场义卖一样，一件不留全变卖了。张子宜的后人对我说："1949年以后，我们家几乎成空壳了，值钱的东西

陕西近代著名的慈善家，辛亥革命的参加者张子宜先生。

全卖了！全卖了！"这里作个注释，前面启事中所言"于右任先生书法每幅五十万元"。那是1945年抗日战争时期长安城中的价钱和当时的货币单位。1948年西安《民众导报》上所开列的长安《商情表》："牛肉一斤四十五万元，羊肉一斤四十四万元，大米一斗一百八十万元。"虽然是已过去了三年，物价巨涨，但这几年内物价与生活状况应该基本相同，也应该可以作为参考。也就是说于右任的一幅书法作品也就是一斤牛肉的价钱。

还是说李博学吧。民国三十年左右，也就是1942年前后，有一长安旧家想出售一件南宋画家赵伯驹的手卷，内容为《春江浴马图》，青绿重彩的山水上有工笔的人物与白马。当时大家都不敢认，以为南宋画少见，岂可轻易流出。此画曾托李向渠先生代为寻主，据毛昌杰《君子馆日记》言，此赵伯驹手卷为渭南赵乾生家故物，赵家孙辈有赵叔扬者，托毛昌杰为其出手。但也是价高，终于未能出手。1987年前后，西安市南郊文艺路南段形成了一个旧货市场，当地人称之为"档子"，每周日为集市。那时候大多交易市场都没有开放，为了生活许多人想买卖家中的旧货、骨董，不少人都在周日一

从民国年间《西京平报》上的这则启事，我们便可看到：长安城中慈善家的情怀和书法家的爱心。

大早来文艺路摆摊。这年夏天，天明得很早，我骑着自行车从城西北角的莲湖路穿过北大街、西华门、新城广场，向南走端履门、柏树林，一直下来就到了文艺路的旧货集市。20世纪80年代时候的旧货集市东西真多。除过每集都有的土货（行内将出土文物称为土货），如秦汉瓦当，当时普通一点儿的文字内容像"长乐未央"、"长生无极"，二三十元即可买到一枚。小件的汉代青铜器时常可见，至于汉罐、唐俑随便就摆了一地。经常见一些熟人一早就用自行车驮着两蛇皮袋子的瓦当回家了。由于爱好不同，兴趣不一，我则更关注地摊上的旧书、碑帖、旧字画之类。在文艺路集市上靠路西的花坛边，常有一个大个子的男子摆着旧书摊，当时看年纪也就三十几不到四十岁。他的摊子上基本都是旧书、旧纸，还有些许旧画，我每次赶集实际上是直奔他的摊子去的。一次，在他的摊子上见到一副张寒杉先生的篆书对联："小米结庵仍题海岳，太玄覆瓿终遇桓生。"上款为"博学仁棣书家属正。"下落款"癸酉十二月寒杉张靖呵冻作于青门。""癸酉"是民国二十二年（1933），那时候长安大名家张寒杉先生就给李博学写了这么精的一副篆书对联。"这个李博学是什么人呢？"我问摆摊的大个子，他说："这是我父亲。因为大车家巷的老宅拆迁了，暂时搬到西门外南小巷一栋楼房里，屋里乱七八糟的东西太多，我就来处理一些。这对联写得好，你要爱了就给八百块钱吧。"本人当时的工资也就一百出头，虽说东西好，但大半年的工资也不是个小数字。经过再三谐价，大个子说："看你也是真心想要，那就给五百块钱不能少了。"我望着大个子一脸忠厚的样子，知道也不是奸狡之辈，聊了一阵儿，也知道其父李博学的大概情况，特别是李博学与长安老辈的来往，这正是我所喜欢的。于是就一咬牙、一跺脚掏出了五百元。大个子见我喜欢旧字画，就约我去西门外南小巷他的家里，说还有几件东西不便拿出来，让我过去看看。两天后，我按着大个子给的地址找到了他的家，那是一套非常简陋的筒子楼式的两居室，光线也不怎么亮堂，房子里散发着一种旧书、旧画才有的特殊味道，稍稍寒暄，大个子便拿出一轴手卷，包首是明代五彩的锦缎，家里桌案小，我们就放在客厅的水泥地板上展开来看，手卷被缓缓地打开，先是引首题字，行书写得很有味道，可惜时间过得太久，忘了书者为谁，下来是原画，层岚叠翠，金碧辉煌。山脚下一泓泛着涟漪的池中有人刷洗着一匹白马。笔法细腻，线条流畅。画卷最末的左下角有"赵千里恭绘"数字。以我的眼力和见识，我是不敢判定这手卷确为南宋赵伯驹赵千里的真迹。另外听了大个子李先生的开价，也不是我这个爱好者所能承受得起的。今天想起来这轴流传于长安百十年，被许多名人所记载的赵伯驹手卷竟然曾经落到了李博学处，而四五十年之后，今天本人竟然能在李家亲眼目睹，可谓眼福不浅啊。因为开价太高，而且我自己也断不了真伪，所以就失之交臂了。至今也不知道此画是否还藏于长安城中。无论真假，长安城中有此物便会多了许多关于文化的话题，也会多了不少文化的韵味。过去听老人们讲，当年赵伯驹还来过陕西，也画了不少陕西风景的画，他有一幅著名的《九成宫图》，画的就是今天麟游县的唐代宫殿"九成宫"。这幅《九成宫图》民国年间曾在北京所出的《湖社月刊》上刊登过。或能证明赵伯驹与陕西还是有些关系的，留给陕西几幅画作也许有些可能。

李博学的公子的确也热情，又让我看了李家旧藏的印章，封泥和几片殷商甲骨文字。末了正欲告辞，李家公子对我说："你喜欢长安老人的东西，这有一本册页让给你吧。"接过册页粗略一翻，知道是民国二十五年（1936）前后长安诸名家在"西京金石书画学会"时期，寇遐、张寒杉、党晴梵诸老写给李博学的信件及"西京金石书画学会"的一些资料，这可是有关长安文史的珍贵文献，我自然不能放手。今天写《长安骨董客》，正是由李博学先生的这些信件而引出了"西京金石书画学会"的话题。

说长安的骨董行，说长安的书画行，说民国年间长安城中的文化名人，不能不说到"西京金石书画学会"，以及与这个学会有关的人和事。

"西京金石书画学会"是陕西历史上第一个具有完整的组织形式，完整的章程宗旨，众多收藏家、画家参与的艺术组织。"西京金石书画学会"不仅在民国当时产生了重大的影响，对以后陕西地区、西安地区的艺术活动，艺术发展，以及艺术品的经营活动等多方面都具有深远的意义。"西京金石书画学会"更是在战争年代里对中国文化的传播、对中国文化的延续与自信起到了不可估量的作用。我们今天仍然把"西京金石书画学会"作为一个话题，说他们的事，说他们的人，说他们的艺术藏品，这实际就是在说"西京金石书画学会"

留给我们的文化。人类的文化大多数是从这种民间的文化活动中被后人继承下来的，并且继续地影响着人们的生活。

民国二十一年（1932），国民党四届二中全会决定将长安定为陪都，改名西京，并任命国民党元老张继先生为西京市筹备委员会委员长。张继先生是一位非常热爱历史文化的人，他的书法也是很精，一手极具文人气息的章草体更是名于当时。清末民初，写章草的人不少，但像张继先生这种妍美清净，又具古意的书法却是少见，这是他的学识滋养的结果。西京市筹备委员会刚成立不久，张继先生就组织当地的学者撰写关于长安历史文化、历史古迹的著作，出版了诸如《西京考古》《西京之现状》《咸阳周陵考》等许多部著作，对提高长安在中国的影响力起到了很好的作用。这时节，正是中国提出"民族复兴"的口号高唱入云之时。有识之士都明白，要"复兴民族"，必须从"复兴文化"开始。于是民国二十一年（1932）的秋天，在长安的一部分文化人士就提出成立"西京金石书画学会"。通过展览出土的文物，先贤的遗作，以及当时人的书法绘画，用来引起人们对文化的兴趣，进而得到宣扬文化、增强民族自信的效应。经过多方筹备，第二年，即民国二十二年（1933）

这是20世纪50年代长安城中的一个清晨，城中的背街小巷中显得非常的静谧、安详、干净。老人坐在大门口的石墩旁边看着报纸，沐浴着早晨的阳光。

七月二十六日，"西京金石书画学会"就在南广济街富秦钱局的院子里召开了成立大会。让我们先浏览一下"西京金石书画学会"组织者的名单，你便会了解因为有了这些人的努力和影响，"西京金石书画学会"才能有如此轰动的效应。

名誉理事会　　邵力子

名誉理事会　　杨虎城

理事会　　　　寇玄疵（寇遐）

理事　　　　　王卓亭

理事　　　　　赵友琴

理事　　　　　党晴梵

理事　　　　　谢文卿

事务主任　　　张洁甫

设计主任　　　张寒杉

设计主任　　　匡厚生

保管主任　　　李维城

干事　　　　　李明卿

干事　　　　　陈尧廷

干事　　　　　李西屏

干事　　　　　史丹青

干事　　　　　李博学

干事　　　　　张子久

在"西京金石书画学会"第二周年的报告书上，有一段文字概括地介绍了清代以来陕西地区有名的金石古玩藏家，正好适合于本书的内容，现抄录如下，以供读者参考：

　　详检清代各家金石著录，周秦铜器多出陕西。

　　历年所获曷啻数千，其收藏赏鉴亦不乏三秦人士。

　　沚园则集镌础碣；槐里则搜罗印玺；宋氏来鹤亭，斑斓古物；张氏式好堂，陈列奇珍；轩号百瓶，姚裕如之流风；堂开宝兰，程杏牧之韵事。吴道子粉本，散佚于开元寺；王摩诘墨迹，流落于冯翊民间。

"西京金石书画学会"自成立起在长安城中马坊门的民众教育馆、南四府街、广济街的富秦钱局和鼓楼之上，前后共举办了数届大型古物和书画展。民国二十五年（1936）十月十日在鼓楼上举办了第五届古物与书画展，被当时报纸称之为"本年西京最大的金石书画展览"。据长安骨董界的前辈讲，这次展览会共展出古今书画家的作品数百件，有许多是陕西当地的书画家与历史名人。比如清康熙、乾隆年间，陕西兴平人杨六峰的一幅《城楼待晓图》即引起了人们关注，此幅作品画面上有二人在城楼上远眺，似乎是在观天气，又像是在探讨前程路线。城下，两个仆人牵着毛驴整装待发，一勾残月高悬在朦胧的天空之上。远行者披星戴月之境，历尽辛劳之苦跃然纸上。杨六峰原名杨岫，字双山，号六峰。是清代陕西著名的农学家和理学家，随李二曲学习理学。杨六峰曾著《豳风广义·弁言》，认为兴平、武功、周至、户县一带均有养殖桑蚕的"豳风"。所以，他在书画作品上亦署"古豳杨岫"，因此有人就认为杨六峰是"豳人"，即今彬县与旬邑一带的人，另有人认为是武功人，等等。但无论如何，杨六峰的这幅《城楼待晓图》中堂确是震撼人心，展览会上，时任陕西教育长的景梅九当即以二十元大洋订购了此画，并贴上红签，以示归属。西京金石书画学会展览会的一个特点就是连展带销，这样就大大地调动了参展者与参观者的热情。记得西京金石书画学会成立之前，长安城中的几位名家就举办了一次称为"秋英书画展览会"，展销一体。结果，一呼百应，竟然收集到了六七百件新旧作品，而且其中不乏精品之作，由此亦可见长安民间收藏实力的雄厚。主事者兴奋之余，也就借着这股东风筹划成立了"西京金石书画学会"，并且每年都举办一次这样的展览会。第五届展览会上有几幅难得一见的书画值得一提：

一、宋代画家黄筌之子黄居寀仿吴道子观音像，高约两米五，古色古香，慈祥庄严，令人敬畏。

二、宋代崔白所绘溪禽长卷。崔白的画存世不多，此卷长约六米，画面上绘有水禽二百余只。赋色炫丽，世所罕见。后有明代人所题两段跋语，均为章草笔法，尤为精彩。

三、周长公百花长卷，此卷约三米多长，全用恽南田笔法，题字亦极似南田。可称精品之作。

四、文徵明大笔水墨丈二长山水。文徵明的粗笔大画极少见，此幅可称神品。

五、明代吴小仙丈二长绢本山水《渔家乐》。吴小仙即吴伟，字次翁，号小仙，湖北江夏人。他以画家的身份却被明朝政府授以锦衣卫武官官职，这在明朝是很特别的。吴小仙的画在明朝时即被视为左门外道，是言其画恣意纵横，劲健豪放的气势，如此丈二巨幅更是世所少见。

六、元代人无款绢本山水，亦是近丈大幅。其上有明初文学家危素的题识。行家认为：此画气象淋漓，非元人不能成也。

七、周昆来水墨巨龙大中堂，云气郁郁，可称上品。周昆来即周璕，清代画家，以画龙马人物著称。

八、陈道复水墨猫。此幅墨猫着墨不多，而神气十足，可称精品之作。道复初名淳，字道复、道甫，号白阳山人，明代花鸟画的代表人物，与徐渭并称为青藤、白阳。

九、张桂岩着色山水大幅。清代画家张桂岩的画无一不精，此幅山水为绢本，更是难得。

十、林良绘花鸟三幅。林良以画鸦著名，其画传世甚少。

十一、边寿民芦苇雁中堂。边寿民以画芦雁闻名于世，此幅参展的芦雁更是精彩。

十二、张维寅绘墨兰四屏。张维寅号东白，陕西蒲城人，清代关中名士。书画丝竹无一不精，尤以山水梅兰见称。此幅墨兰苍劲清逸，有山林之趣味。

十三、唐琏绘浅绛山水。唐琏为甘肃皋兰（今兰州）人，清代乾隆年间著名画家。但其画仅流传于陕甘两省，潼关以东甚为少见。今甘肃人极推崇此人。

十四、王席珍人物大幅。王席珍字玉堂，号摩摩居士，长安人。在清代乾隆年间有画名，其笔墨纵横气度不凡。

十五、书法类的展品以宋代大家米芾的行书长卷最为震撼。此件为三原薛氏所藏。

十六、韩长公草书单条。此幅作品气势雄强，笔力刚劲。

十七、韩苑洛巨幅长屏。韩苑洛号苑乐，明弘治、正德年间陕西朝邑人。与其父韩莲峰，其弟韩五泉并称于世，一时人们比拟如宋代三苏。韩苑洛墨迹存世不多，虽不能称书法之精，但作为陕西名家也弥足珍贵。据说民国时，此件书法作品保存在朝邑县义仓之内，今不知藏于何处。

十八、李楷书法中堂。李楷，陕西朝邑人，清初逸老，与李因笃、王弘撰齐名。书法学颜真卿，而兼有董其昌之秀美。惜作品传世稀少，今人不能得见其优美之处。

十九、吴可读书法中堂。吴可读字柳堂，号冶樵，甘肃皋兰（今兰州）人，道光年间进士。光绪五年（1879）以死谏慈禧废除垂帘听政而声名天下。吴可读的书法传世极少。此件书法中堂秀美而无纤弱之气，不愧为名士风骨。

二十、李洁贞长联。清气满纸，非大家不能。

二十一、张穆斋小中堂。穆斋名良朴，以字行。篆刻家。此幅参展作品神似颜真卿"裴将军诗"，刚劲静穆，有书卷之气。

二十二、马位行草中堂。马位字思山，号石亭，又号南垞，陕西武功人。清乾隆时官刑部员外郎，著有《南垞诗稿》《秋窗随笔》等书。马位的书法有王右军的秀美与欧阳询的劲节，与常人书法自有不同之处，甚有秦人风骨。

二十三，陆润庠对联。陆润庠字凤石，清同治十三年（1874）状元。曾随西太后来西安避难，故西安留有其不少书法作品。一般认为其书法清朗秀美，但馆阁气稍重。但此幅参展的对联却秀整庄重，脱去馆阁面目。可见一个人的书法作品是随时间、随地点而有变化的。

二十四、洪亮吉四尺对联。洪亮吉字君直，号北江，江苏常州人，清乾隆五十五年（1790）榜眼。清代著名的文学家、诗人。平时所见多为其行草书，此件对联为正宗小篆，亦是难得。

二十五、戴熙四尺对联。戴熙字醇士，清代画家。此件书法作品风流中有端庄之气，有画家之风韵。

二十六、阎敬铭四尺对联。阎敬铭字丹初，陕西朝邑人，清道光二十五年（1845）进士，是清代陕西的著名人物，书法学颜体，甚有意味。

二十七、王文治红绢对联。王文治字禹卿，号梦楼。清代著名书法家。

二十八、吴大澂篆书中堂。吴大澂字清卿，清代著名书法家、金石文字学家。其篆书风格成一代风气。此件篆书对联是在版绫上所书的，难度极大，正可见其书法功力之深。

二十九、马思远对联。马思远，陕西朝邑人，清代地方著名学者，一生致力于教学。书法劲健，长于隶书，笔意多从《礼器》《孔庙》出。

三十、张祥河八言长联。张祥河字元卿，清嘉庆二十五年（1820）进士，书画俱佳。曾任陕西巡抚，故关中多其墨迹。

三十一、宋心符对联、册页。宋心符为长安著名学者宋联奎之父。宋心符的书法习《张迁》《华山》诸碑，匀整肃穆，可称隶书大家。

三十二、贺瑞麟八言长联。贺瑞麟字角生，号复斋，陕西三原人。清末陕西著名的理学家、教育家。其书法秀美敦厚，耐人寻味。

西京金石书画学会第五届展览会上的东西太多了，要想全部写出恐怕我的手腕要断，所以，只能选出部分呈现给大家了。就这些作品也已经可见长安文化积淀之深厚了，地处内陆的

此图为陕西辛亥革命参加者、西京金石书画学会主要人员景莘农先生所绘，上款是另一文化名人党晴梵先生。党晴梵先生在其上题诗，叙述了民国年间长安画坛几位名家的特色。

长安古城并非是荒蛮未开发之地。就在这次展览会热火朝天地举办之时，长安的文人们还就著名画家张大千参观东岳庙壁画时所发的感叹大大地不满了一次。

事情是这样的，自民国二十一年（1932）民国政府决定把西安做为陪都，成立西京市。民国二十四年（1935）夏天，著名画家张大千借去敦煌写生之机来西安参观。张大千早就听说西安城东门内东岳庙的壁画有名，并传说是唐代所绘。但张大千在东岳庙参观后却大失所望，称此壁画最多为明代人所绘，并感叹传说之不实，语言中有长安无人识货之意。这下，惹恼了长安骨董艺术圈内的人。著名收藏家、金石研究家薛定夫就在报刊上著文辩说，东岳庙是宋明以后重修的，庙内大殿墙上的壁画明确说的是清代画家袁耀所绘。张大千不去了解长安东岳庙的历史沿革，反而抱怨长安城中无人识货，岂不是自作多情，自找不愉快。长安城中不是无人识货，只是外人太自以为是了，认为只有他们才是有学问的，也只有他们才有资格、才有能力来研究历史文物。很快，民国二十四年（1935）十月二十一日出版的《秦风周报》上也刊登了一篇文章，题目是《张大千与西京文化界》。文中介绍了张大千东岳庙考证壁画和"西京金石书画学会某君"，也就是薛定夫的文章大意。然后指出："不知道哪一个始作俑的人，给西北头上加了'开发'二字。于是，凡来西北的人们，不管是干什么的，口里说，手里写，总离不开这两个字眼。……认为（西北）是未开发，无文化的部落，……认为是千万年未启之秘的宝库。这勉强武断的说法，可以说是'开发西北'的原因。来此的人，所以就不知不觉地趾高气扬、目空一切了。张大千之所以为东岳庙壁画做考证，亦不过是受此种观点熏陶的结果而已。有人出来辩证，不但要令张大千吃一惊，一般高喊'开发'的人们恐怕也要连带吃一惊。"我不知道这是长安文人的幽默呢，还是鸣不平呢，总之，这语言里总有一种"用不着你们来开发"的意思显现。长安，或者说西北的能人多着呢，只是不太喜欢崭露头角而已。

比如说这位在报刊上写文章与张大千辩论的薛定夫，他可是民国年间长安金石研究界内有名的人物，当时的报刊上常有薛定夫关于碑石考证的文章。而且收藏的碑帖、字画、瓷器极有品位，在骨董界也是法眼如炬的人。薛定夫的旧宅在小莲花池街对面王家巷的24号，薛定夫的亲戚住在马神庙巷我家老宅的对面。所以，我对薛定夫还是稍有了解。1995年前后，薛定夫的后人约我去薛家看碑帖，说是有一箱碑帖想出手，请我给帮忙整理一下。

这是一个春雨濛濛的午后，我和朋友一起来到薛家。薛定夫王家巷的老宅早已拆迁了，这个家是拆迁后分配给薛家的居民楼。那些年居民拆迁分配的楼房很是简易，小区里也没有啥绿化环境，就这样，还是让居民感到条件好了一些的，就是自来水管进了家门，不用再到街口去挑水了。房子里也有了卫生间，上厕所不用去巷子里的公厕，或者担心院子自家的茅厕满了，环卫上没有来人及时清理，等等。除过大户人家和住在独门独户院落的人，一般人家还是觉得拆迁楼房比过去好些。薛定夫的老宅我没有去过，听说也不小，所以，分配时给他们分了三套住房。我们要去的就是薛定夫孙子的家。进门稍稍寒暄，小薛就从床底下拉出一个用藤编的箱子，不大，长有一米，宽有六十厘米，但是感觉很老，让我想起电影里经常看到的车站码头上行人所提箱子的样子。箱子打开，全是碑帖，细细翻看，基本上都是陕西所出碑石的拓本，其中一套民国拓《石鼓文》拉得散乱了，费了半天劲才把它们整在一起。在碑帖的下面，挨着箱子底，有两包用报纸包着的纸卷，打开一看，全是薛定夫先生的手稿、题字。碑帖尽管我非常感兴趣，但平时更注重的是前辈史料的收集，这些手稿中也许有不少长安近代金石研究方面的文献资料。清理毕这箱碑帖，我让同行的朋友问问小薛，这些碑帖卖不卖。小薛说："可以卖。"问："多少钱？"小薛说："五万。"我不知道小薛是拿什么标准来开价的，五万元在当时能买一套简易楼的单元房。以当时碑帖的价格，我想出上三万元已经是天价了。因为这一箱子的碑帖数量并不多，而且都是民国年间所拓。其实我看重的是薛定夫先生的手稿，这对于后人研究西安地方史肯定大有用处。谐价再三没能成交。过了三两年后，听人说薛家这批碑帖卖给了上海人，我不知道那些手稿是如何处理的，只是它们让我魂萦梦牵，至今不能忘怀，这大约是我收藏古籍碑帖数十年来最纠心的事了。

薛定夫原名薛勋，字定夫，陕西三原县人。出生于清光绪五年（1879），清光绪三十四年（1908）以优贡身份发往山东为候补州判。辛亥革命后回陕，民国七年（1918）落户长安。一次，与长安骨董客张志杰一同前往北京出售骨董，归来后即对此行业产生了兴趣，并通过骨董而对陕西历史文化多有研究。民国十一年（1922）被陕西通志馆聘为采访，协助编修陕西通志。民国三十二年（1943），西京市筹备委员会成立，又被聘为专门委员（专门从事文物研究）。1950年被选为西安市各界人民代表会议代表，1951年被聘为西北历史文物研究会会员、1953年被聘为西安市文史研究馆馆员等。薛定夫精于文物考证，写过不少这方面的文字，可惜未能结集出版而利于后学。今天仅从一些拓本和书籍的题跋上，还有民国时期杂志上的零星文章，尚能了解到他的文化功力。据西安市文史研究馆的档案记载，薛定夫1956年至1968年时为市文史馆副馆长，他的去世年月大约就在1968年前后吧。薛定夫先生曾担任过西安文史研究馆副馆长，而我现在也在文史馆挂了名，忝陪末座。虽然隔着年代，也算是同道人，但愿薛先生保佑，说不定某一天我还能见到那批手稿，为西安的文化史增添一些趣谈。

还是说"西京金石书画学会"吧！

民国二十三年（1934）四月出版发行了第一期《西京金石书画集》，而且是在北平故宫印刷所印刷的，纸张、排版、印刷在当时均属一流。原来计划每月出一期，前几次还算正常，但第四期开始就感觉困难重重了。一是组稿困难，二是远地印刷不便，三是资金来源不固定，难以维持。所以，至民国二十五年（1936）五月，才将第四期编辑印刷出来。但这四册《西京金石书画集》却收罗了当年长安所收藏艺术品的精华，从这些青铜珍品、宋元书画、明清遗墨、当时名人的作品中，无不反映出长安乃至陕西宝物之多，文化积淀之厚的情状。特别是当年藏于长安城中的不少精品，今天仍散在全国各大博物馆之中，成为镇馆之宝。现在，我把这几册《西京金石书画集》的目录开列出来，也许能让你联想起某一件珍品你曾见过，某一件宝物就在你曾参观过的博物馆。

《西京金石书画集·第一期目录》：

一、商立戈鼎

二、周盂鼎文最初拓片

三、汉霍去病墓道石马

四、唐景龙观钟

五、魏杨范墓志

六、魏仇臣生造像记

20世纪50年代的长安城中的东大街，那时叫中山大街。大街两边还保留了许多民国年间的建筑，中西结合，风格别具。

附本会会员作品：

一、寇遐隶书

二、陈琪花鸟

三、张伟花鸟

四、陈尧廷仿拓及篆刻

原本想着把《西京金石书画集》四册的目录都给大家抄录出来，但抄完第一册，看着目录中所示的宝物，真是让人眼热心跳，如此珍贵的东西全部展现出来不免有些暴殄天物了。一张大盂鼎的最初拓本，四屏稀见瓦的拓片及题跋，已经够我们欣赏半天了。何况还有宋夏珪的《溪山无尽图》。此图高一尺四寸，长五丈有余，为陕西著名金石家、收藏家，大湘子庙街的赵乾生物物山房所藏，现藏台北故宫博物院。赵乾生，名元中，字乾生，以字行。陕西渭南人，居长安城南门内大湘子庙街。清咸丰、同治年间官宫詹，告归后专事金石考订，并精于书法绘画，著有《物物山房诗文集》。此件夏珪的《溪山无尽图》，自归赵乾生后，当时名人硕彦如宋伯鲁、张扶万、宋菊坞、顾寿人、李子逸、武念堂、薛定夫等均有诗文题跋，以证其盛，赵乾生将这些题跋另裱为一册，其中梁济谦的一首长歌记录了此画的特色与来历。"丹丘生，赵夫子，示我宣和大内纸。纵横无尽溪山图，缩入四丈尺有咫。巧夺造化笔何奇，云是北宋夏彦之。"《溪山无尽图》现在藏于台北故宫博物院，而这册诗文题跋则不知落在何处，令人遐想。

说到《溪山无尽图》却让人想起了清末民初的陕西一位著名书画家祝竹言先生。祝竹言祖居河北大兴县（今北京市大兴区），以县贡生受教于樊樊山、李慈铭、端午桥，国学根基甚厚。民国初年来陕任政务厅长，故而与长安文化名士多有往来。后离开政界，却以书画名于长安，一时求画者络绎于门。祝竹言学问深厚，所以他的画才能充满诗意与境界。当时有名家题诗，赞其所绘山水扇面云："临水数间屋，山窗面面开。云边一艇出，应是故人来。"由此诗即可见祝竹言先生绘画的意境。

一天，长安名家高汉湘来到祝宅，求祝竹言先生为他画一幅《溪山无尽图》的四条屏。这时已经是午后两点多了，今天肯定是无法画成这么复杂的四条屏，祝先生说："那你改日来取吧，我画好告知你。"高汉湘却说："最好你现在就画，明后天我要用这幅画呢。"高汉湘是民国初年长安城中的名

陕西的文人自来都喜欢书画艺术，你没看，聚个会，合个影都要配上个大对联，联上写着"竹深留客处，荷净纳凉时。"可谓雅集也。

人，富收藏，极爱好祝先生的画，与祝先生往来也多。所以，祝先生实在也不好驳他的面子，只好铺纸开笔了。从午后一直画到傍晚，还只是初稿，高汉湘也正好在祝家混着吃了晚饭。饭后又接着画，一直画过午晚，一幅四屏通景的《溪山无尽图》才算画成功。远处苍茫，近处灵动，祝竹言先生用浅绛烘染的手法，把北方山水的浑然苍劲充分地表现了出来，看到这幅佳作高汉湘乐得嘴都合不到一块了。"想不到！想不到！祝先生真是丹青高手。"高汉湘说着还不停地朝着祝竹言先生眨眼睛。祝先生觉得奇怪，就问高汉湘："你眨啥眼睛呢，是不是不满意？""哪里，哪里！"高汉湘急忙说："是没想到画得这么好，这么快。""还快？现在都半夜了。"祝先生一边收拾着毛笔，一边说。"半夜好，半夜好！"高汉湘也高兴地叨叨着，这才离开祝家。

第二天，有人来告诉祝竹言先生，高汉湘磨磨蹭蹭不想回家是害怕他几位妻妾的纠缠，他经常找借口晚些回家。祝先生闻听大笑道："这一段风流佳话不能无诗，不能无传。"长安城中的大学者毛昌杰先生欣然答应，并做下了这样一首诗，题目是《高汉湘丐祝竹言绘溪山无尽图，深夜坐索，图成始归，盖借避群姬之扰也。竹言云，此风流嘉话不可无诗，戏成一律》诗曰："高适深耽画里禅，乞求暮夜亦堪怜。畏罥迹等逃诗债，坐待严于索酒钱。一幅溪山入怀袖，满身花露湿归鞭。那知寂寂香闺里，红烛烧残人未眠。"

毛昌杰先生诗写得好，常与祝竹言先生互相砥砺。毛昌杰曾作《六十生日志感》，祝竹言为改易数字，毛昌杰先生戏称自己为诗弟子。民国时期长安文化人之间的友谊可谓充满了艺术性。

祝竹言先生及其子祝仲迪均以画名闻于长安，因祝家与本人为街坊邻居，其后人又与我相善。所以，对祝先生的事还是知道的稍微多一点，关心的稍微多一点。因为在其他地方还要讲到，这里就先住笔了。

"西京金石书画学会"历次展览、展示的历代名家作品非常多，如董其昌、祝允明、八大山人、刘石庵、四王吴恽，多不胜数。一般收藏者都喜欢收藏自己熟悉的名家作品，特别是本地名家的作品。一是对书画家本人的情况、艺术水平比较了解，二是本地书画家所表现的艺术手法容易为本地人所接受。但是，随着时间的推移，特别是民国时期长安城中的这些书画家，艺术水平虽然很高，在当时也有些名声，比如"西京金石书画学会"的那些会员，今天却很少有人知道了。虽然有历史的原因，这百年来对传统文化的间断性破坏，也有缺少文字记录与宣传展示的原因。比如当时长安城中的许多名家如李问渠、李西屏、陈尧廷、李游鹤、查少白、张洁父、祝竹言、祝仲迪、冯友石、阎秉初、程仲皋、李博学等等。

这些人或写或画或刻印，在当时影响很大，也很有市场。民国二十四年（1935）八月五日出版的《秦风周报》封底上就专为这些书画家刊登了出售书画的润例：

陈琪（仲甫），画例：山水、人物、花卉、翎毛，每条每尺三元，以半开宣纸为一条。

扇面：册页，每件三元，工细加倍。

书例：行草对联，四尺六元，加一尺加一元，中堂同。屏条同琴条，四尺每条四元，加一尺加一元，楷书篆隶加半。

扇面、册页每件二元，榜书、寿屏、碑志、诗文、题跋面议。

刻印：每字二元，边款每字二角。劣石、金、玉、牙、晶等类不刻，字太小不刻。

寇遐（玄疵），书例：楹联，四尺十元，加一尺加二元。册页，方尺内六元。中堂四尺十六元，加一尺加三元。屏条，四尺每条七元，加一尺加一元，琴条同。横幅，整纸同中堂，半幅同屏条。分楷照例，篆书加半，行草八折，来文另议。

寿石、刻石、题跋另议。劣纸不书，润资先惠，墨金加一。约期取件。

张靖（寒杉），书例：整纸大幅，每尺四元。半破，每尺二元，屏以幅计。楹联，以字记，每二字一元，每字以五寸为度，均系篆书之值。

画例：整纸大幅，花卉松梅之类，每尺七元，半破每尺四元。屏以幅计。劣纸恕不加墨，先惠润资，定期取件，例上未定者不应。

张伟（洁父），画例：花卉翎毛，每尺二元。扇面，每件三元。工笔菊花，每尺四元。册页，手卷，每尺二元，工细加倍。劣纸不应，润资先惠，约期取件。

查善之（少白），书例：楹联，四尺四元，加一尺一元。中堂及整纸（均以四尺为准）横幅、照楹联、单条、屏条及半开横幅照楹联减半。

手卷册页，每方尺二元。寿屏、碑志、榜书等另议。

画例：山水水墨浅绛，每尺四元。扇面四元，青绿加半，细加倍，点品及描金山水、人物、佛像均另议。劣纸，油绢，劣扇及立索均不应。润资先惠，约期取件。

灵泉村人笔例：金文对联，十元。中堂，十元，甲骨与金文同。行草书对联，二元，中堂，二元。

定件处有两个地方，一个是西大街鼓楼上的西京金石书画学会，另一个是东大街马厂子口西安汽车站对面的《秦风周报》社。《秦风周报》社还经常打广告收购名人字画、古籍碑帖等。可见长安城中不少文化的人，或不便出头露面的人，都是通过《秦风周报》的内行来获得藏品的。因为《秦风周报》的主持人成伯仁也是有学问、懂字画的内行，与长安书画界、收藏界的人也极熟，应接事情一般不会有啥闪失。

在"西京金石书画学会"之后，1937年，由长安城中一部分书画家、收藏家及社会名流发起，又成立了一个书画团体——"长安青门美术供应社"。社长是画家田亚民，股东有于右任、张伯英、张广居等人。顾问有张寒杉、高又明、寇遐等人。美术社又聘了省内外的不少画家做为社内中坚力量，比如袁伯涛、星冠五、赵望云、何海霞、钱瘦铁、方济众、黄胄等等。"长安青门美术供应社"的主要工作就是为画家策划展览、推介画家的作品。同时又组织收藏家把各自收藏的精品展示出来，推广其文化、艺术价值，为提高人们的艺术修养，提高文化水平做出贡献。当时省内外不少画家都由"长安青门美术供应社"主办，在西安城里举办过画展，比如张大千、齐白石、黎雄才、关山月、赵望云、何海霞等等。

"长安青门美术供应社"的这些成员为陕西的文化事业做了不少工作，但在行内提及到他们名字的却很少。人们也许知道他们是革命家，是画家，但却不知道他们也是旧时长安城中的收藏家和文化推广者。比如"长安青门美术供应社"顾问、创始人之一的高又明。

高又明以字行，本名明德，意出《大学》首句"大学之道在明明德"。晚号师佛子，大约喜读佛说。高先生是陕西泾阳人，辛亥革命陕西首义的领袖者之一。民国后居长安城内东木头市街，是长安城中颇具实力的收藏家和书画家。高先生为人低调，所以，长安城中很少有人知道他的收藏水平，很少有人知道他到底收藏了哪些精品。当时的人不知道，今天的人就更不知道了。我们只是从研究西安地方文化史的过程中，从高先生后人的回忆中，从"文革"后期退还书画的收条，和高先生家属捐赠给省博物馆的单据上，才略略看出了高先生收藏之丰富的些许信息。

　　章太炎、于右任、胡笠僧这些民国人物书法作品就不用说了。《唐人写经》手卷、赵千里《桃源胜迹图》、傅山书法条幅、王鉴山水条幅、王小梅《四福八逸图》……就这几件，无论在什么时候都能够雄视收藏界，何况高先生还收藏有唐人墓志原石一方、明代龙泉高足碗一件以及商周青铜器等等。在高又明先生所遗留的文物之中，有两件小纸片让我颇感兴趣。一件是1929年高又明先生在北平参加拍卖会时的一张宣传单，这是当年北平一家名为幸福拍卖行拍卖清代和硕郑亲王府物品的一场拍卖。拍卖会是在1929年2月举行的，也就是旧历年的春节之前，按中国人的习惯此时仍是上一年，所以高先生自己在宣传单上题写的是"民国十七年冬月"，有文章据此称拍卖会是"1928 年"举行的，实际当天已是 1929 年的 2 月了，宣传单上的英语说明书写得很明白。这天，高又明先生在拍卖会上买到了清代著名画家钱维城的一本山水册。又买到了两套清内府刻印的古籍善本，其中一套是内府刻《道德宝章》。在这部书里，夹了一张小纸片，上有高先生的题字："中华民国十八年（1929）余寓北平，时值前清郑亲王府以债务原因而拍卖所有什物、书画。于时，余购此书又开花纸印《易经》一部，师佛子志。"

人生的机缘是很多的，冥冥之中的安排，你可会遇上这样的事，得到那样的物。我喜欢收藏古籍碑帖，十几年前的一次机遇，让我得到了高先生小纸片上所说的"开花纸印"内府本的《易经》。当时，从《易经》书上的藏书印得知此书曾经高先生收藏过，但书上有许多笺注墨迹却不知是何人手笔。今年得见高又明先生此跋，方知此书来历，书上墨迹或为郑亲王所书亦有可能，这真是喜出望外了。

高又明先生之子高启宏兄十几年前即与我有来往，启宏之兄长启伦、启维也都是书画家，二位老兄都送过他们的书画大作给我。以书画的形式保存着家族的一线文化传统，并将其扩散开来，这大约也是中国文化传承的一种方法吧。

在清末民初，长安城中还有一位以学问、书法闻名于世的人，值得一提，那就是邢翰臣。邢翰臣，字廷伟，长安人，学问深厚，清末著名学者。诗人樊樊山来陕为官时，即聘请邢廷伟到樊府教授其子弟。邢廷伟的书法以晋人二王为法则，参以北派书风的雄健，深受陕西人喜欢。其长子邢均，字伯举，颇有乃父风韵，不但书法写得好，更是兼善绘画，笔法清逸。不仅关中人士喜欢，就是陇右四川，也常有人来长安以重金求其片楮尺幅。在清末民初，邢廷伟、邢伯举父子以书法绘画名扬于世，但不过百年，知道这二位的人就已经很少、很少了。

前面介绍的这些书画家，不论是在清末，还是在民国都可称声名远播，而且他们的书画经济价值也不低，但是，在近二十年内所出版介绍陕西文化名人的书册中，却几乎看不见这些人的名字，就更别说介绍文字了。如果再不去记录，过上十几年，知道民国地方掌故的人就更少了，这些为陕西文化做过贡献的人，这些当年的文化名家必然会沉没于历史的长河之中，被后人所淡忘。鉴于此，根据手中的资料和一些访问记录，我还是觉得，应该把这些民国时期长安城中大玩家的星星点点写出来，留给后人以供瞻仰。

李问渠，原名李集，号苦李，江苏彭城（今徐州）人。出生于清光绪十年（1884）农历九月十五日，卒于1967年农历正月初八。有其他文字中写作：卒于1964年，或另有所据。但此处的资料是李问渠的孙女李明女士所给，应该问题不大吧。李问渠早年一直供职于实业界，曾在徐州兵工厂工作。民国十年（1921）后即寓居长安城南门内西边太阳庙门街48号。李问渠富收藏，精鉴赏，善诗文书画，是民国年间长安书画界、收藏界的顶级人物。书画家、收藏家李西屏称李问渠为"师爷"，而陈少默又经常问道于李西屏，称李西屏为"师傅"，故陈老也经常尊李问渠为"太老师"。虽为戏称，但也可见当时这些大家们之间的关系。李问渠先生于金石书画、古籍碑帖都有研究，而且收藏也颇丰。清末民初长安文人圈里，一般收藏的古籍多以自己阅读为目的，并不注重版本的善劣。而李问渠则不同，他收藏的宋元版、明版书，刻校之精、印刷之美，在民国初年就已经声名于长安了。比如宋版《景德传灯录》、元大德九年（1305）所刻《太平路儒

长安收藏鉴赏大家李问渠先生20世纪40年代时的照片。

学新刊班固汉书》、明嘉靖三年（1524）刊本《张文潜文集》等都是古籍收藏者梦寐以求的上品。另外，李问渠收藏的秦汉铜印、碑帖，唐人写经卷子、名人字画等品质之高，一般收藏者是不能望其项背的。这批珍贵的收藏如果能留传下来，仅古籍一项即可让长安在全国增光不少。可惜的是，民国十九年（1930）六月七日，李问渠先生在太阳庙门的住宅遭遇火灾，绝大多数藏品毁于一旦，这不仅仅是他个人的损失，也是长安文化界的损失。火灾后的十月，李问渠在劫后残存的半幅敦煌写经卷子上记下了火灾的具体时间与情状："敦煌石室藏经，徐州李问渠得自伏羌县，民国十九年六月七日住宅被焚，庋藏书画全毁。独此卷幸免。亦异事也。灾后十月问渠记。"另外，在一本清人的信札册上，李问渠也沉痛地题道："原所集书札明人数十通，清初二百余通，均装裱成册。未裱者一小箱，林则徐寄刘闻石者占多数，几至数百页。均毁于火城，不可复得矣。然积习未忘，每遇辄收存，恐难及昔日之盛也。"

战争、水火之灾是收藏家们最可怕的灾难，特别是那些古书、碑帖、字画收藏家的大灾难。更古一些的收藏家不必说，就是清代以来许多大藏家都是因为遭受火灾而损失惨重。

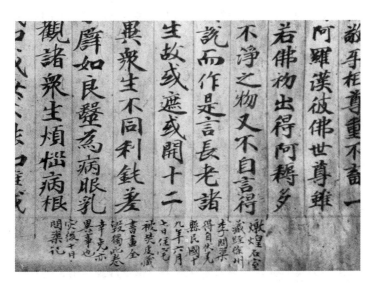

李问渠先生在所藏敦煌写经卷子下题跋，记录了家中被焚时间、情况。

清代江南藏书家江元叔，藏书数万卷，后被下人窃去以供灶房生火。钱牧斋绛云楼的藏书可称雄视江南，无可匹敌。谁知一天傍晚，钱牧斋的幼女和佣人在楼上剪着蜡烛上的灯花玩儿，不料，一段灯花扔到了旁边的废纸堆上，你想，那松软、干燥的纸见火还不迅速燃烧吗？等钱牧斋发现从楼下跑上来一看，只能是救起女儿仓皇逃命，那傲视群雄的绛云楼与万卷藏书很快就化为云烟了。其他如清代的大家贾祯、董恂、张之洞、钱应溥都是以藏书家闻名于世，但最后都是遭受火灾而一无所有。民国年间长安收藏大家李问渠是一例子，现代住在长安城中东厅门的学者鲁申也曾遭火焚，鲁申先生长于地方史研究，与本人来往颇多，每每提到藏书，提到火灾，鲁申先生总是哀叹不已，所以他后来的藏书多为残本。我曾到他东郊纺织城的家里看过他的藏书、字画，残卷很多，倒也有不少明版的善刻。另外字画中也有不少清末民国长安地区的名人佳作，如贺复斋、牛兆濂、叶访樵、星冠五之类。鲁申先生身体不好，想托我找人出手。可是过了几周，听说鲁申先生已经去世了，再过了几周，听说鲁申先生家遭了水灾。我记得鲁申先生家住在四楼，怎能遭水灾呢。朋友告诉我，纺织城地区因为地势高，那几年每到夏天就经常停水。他家人白天开了水龙头见无水，也就没有关闭。谁知半夜来水了，家里没人，一下水漫金山，堆在地上的书全部泡成了纸浆。鲁申先生最后一点残书也就化为乌有了。水火之灾让一个人全遇上了，真可谓命不太好。

说这些，无非是想提醒收藏家们水火无情，即就是在家居条件如此好的今天，也一定要慎防水火之灾。不说收藏品的价值如何，一生收藏聚得的所爱真是来之不易啊。另外，我还有个建议，就是在书房和收藏纸质品多的地方千万不要燃香。现在有些人喜欢玩香道，我诚心诚意地提醒，让明火远离书房，人离火灭。五年前本人曾在书房焚香品画，后几乎酿成火灾，不是发现及时，再耽误两分钟，恐怕今天我就当不成收藏家、研究者，也就写不出那三五部书了。

收藏是文人生活中的重要组成部分，没有了收藏，文人的生活就难以称之为完满。李问渠先生所说的"积习难忘"，实际上就是文人骨子里特有的文化追求。受灾后不出十年，李问渠就以自己精到的眼光和众多的关系，又收集到了不少名人字画、碑帖、古籍和书房文玩。在陈少默先生40年代所记的笔记中，数次提到了与李问渠鉴定、收藏书画有关的事。

1945 年的某一天，在南院门开古玩店的阎秉初得到了一幅清代著名画家吴历的山水中堂，水墨淋漓，满纸云烟。裱件边头的绢上还有清末书法家李葆恂的题跋。阎秉初兴奋得不得了，他就把这幅画挂到店内，请朋友来欣赏。画是不错，又有名人题跋。但吴历毕竟是江苏常熟人，在江南活动，传到长安的画作甚少，所以许多人不敢认，或不置可否。这下弄得阎秉初心里不美得很，于是，他就去请教长安城中的鉴赏大家李问渠先生，想让李先生发个话，真假也就没人再说啥了。李问渠家在太阳庙门，穿过卢进士巷几百米就到了南院门阎秉初的店里。烟茶侍候过，就请李先生看画。李问渠手扶着眼镜，端详了一晌画，又看了看题跋，说了一声："画得好！"下来就岔开话题说别的事了。最终也没有断定此画是真是假。为什么李问渠先生不当面就给阎秉初断定真假呢？因为李问渠久在骨董行内活动，知道这里头是有规矩的。店里面挂着一幅画件，也不知道这是谁的东西，底价多少钱，成交了没有，你贸然给人家说贵贱、断真假，就有可能坏了人家的生意。特别是在商店里也许有其他客人在场，也许有货主在场，定了真，皆大欢喜，说了假，货主不愿意，如果买主已经掏过钱了，东西成了假的卖不出去，心里更是不高兴。所以，知道骨董行规矩的人，是不会在商店经营场所里说这真、说那假的。关系好的，自然会在下面告诉其实情。

不论是现在还是过去，总有一些人喜欢替别人鉴定，爱说话。进了店看着这件东西摇摇头，看着那幅画又诡异地一笑，然后就对店主说："老板，你这东西对不对呀？"问的店主不好回答。就这，他还不依不饶，给你比画着："这一撇有些弱，那一画不到位……""关你何事！"脾气不好的店主常常会把这种人赶出店面。过去关中道上有句老话："弹嫌是买主。"就是说想买东西的人往往会说一些这东西如何不完满的话，也是为了好搞价钱。如果你不买东西，"弹嫌"的话就不要说，何必替人鉴定真假呢。逛骨董商店多欣赏、少说话是最起码的个人修养，李问渠先生是十分有修养的人，自然不会在商店里随便说话。

由于李问渠先生没有断言此画的真伪，阎秉初心里也就没了底，后来就把这幅画便宜卖给了在五味什字开诊所的高医生。

过去长安城中有好几幅郑板桥的大幅竹子图。陈少默先生说：我所见的板桥竹子，以问翁所藏大幅绢本为最好，白辑五纸本为第二，其他假的不少。在清末时，山东潍坊有一人专做郑板桥的假画，水平不低，而且行销全国，这主要也是一般人总爱慕名，图便宜而成就了造假者。

李问渠自火灾后不数年又买了不少东西，除了字画，也有不少善本书，其中大部分藏品"文革"中又流了出来，可谓几聚几散也。本人处也得到了几部李问渠先生曾经藏过的古籍，上面多有李先生题跋，其中一段这样写着：

"长安张某设冷摊于市，颇识法书名画，人以'冷张'呼之。数十年来须发皓然，设冷摊如故。偶相遇必出古物见示。国难以后甚少精品，此书即其所收也。准长安人（李问渠印）。"

所谓"此书"即清刊《北狩见闻录》，是笔记文体的宋代历史书。这位"冷张"不知何名，也不知住哪。但他却是民国年间长安骨董界的热门人物。他在南院门小广场西边设摊近二十年，寒来暑往，这种执着与坚持行为也是难能可贵的。也不知道"冷张"从哪里弄来的货，时不时总有些东西让人不敢小瞧这个地摊儿。20世纪40年代初，有一位骨董客携一

20世纪50年代初,在大雁塔门前卖香烛摊子的掩护下,还有几个人在卖些小骨董。

方清代收藏大家马曰璐"小玲珑山馆"所藏的端砚，推荐给陈少默先生，此砚颜色青紫，石质温润，一看就是老坑的料。砚不大，有十五公分大小，方形无盖，砚背刻"小玲珑山馆珍藏"七字。这位骨董客说，此砚从南院门"冷张"摊上得来，在"冷张"处珍藏了多年不肯出手。这时，"冷张"已经年老体弱，准备回乡养老，所以打算出让此砚。陈老见此砚不错，又有来历，就欣然买下了。陈老曾经告诉我，他在南院门见到"冷张"时此人已经很老了，驼背弓腰，整天袖手枯坐在那里，见客人来也不大兜揽，态度特别冷漠，很有陕西人的生、冷、狰、倔之相，所以人称"冷张"。这与李问渠"冷摊"之说又有些不同。

清末民初，在长安城的西北角出土了一方汉代的残碑，书法极精整。专家们以此碑文字首行有"朝侯小子"四字，而定此残碑为"侯小子碑"，据阎秉初告诉陈少默，此石出土先归"冷张"，而后"冷张"又售予阎甘园，阎甘园又售予天津周季木。另据先师曹伯庸先生言，此石出土后乡人携至城中兜售，当时并无人要，正好骨董商兼篆刻家马良甫在鼓楼西边开一刻字铺，乡人想，这种有字的老石头刻字铺一定要，就卖给了马良甫。马良甫又转售给阎甘园，再归于天津周季木。清末民初长安名家毛昌杰先生《君子馆文钞》中有"汉朝侯小子碑跋尾"一文，文中亦详证此碑出土地及流传："右残石民国初年出长安城西北十三里杨家城，即汉都故城。始为帖贾马、张二姓所得，售之蓝田阎甘园，阎售之天津周季木，闻近已转入东瀛矣。"由此说可知，此石出土时，马、张二人均曾过手。

民国时期在南院门摆地摊，但却在碑帖收藏界大名鼎鼎，这个人就是梁正庵。梁正庵本名正安，生于清光绪二十八年（1902），卒于公元1981年。梁正庵先生原住五岳庙门，80年代时已被拆迁，后人也不知在何处，几乎无人知其生平与生卒年月。我曾托当地公安派出所的朋友，在20世纪80年代前的旧户籍簿上，才查出梁先生的生卒年月，这也是为梁正庵先生做了一件事情，也了却我的一段心意。因为梁正庵先生可以说是本人收藏、研究碑帖的启蒙老师，他的许多欣赏、研究碑帖的方法惠我颇深。在民国年间长安肆上出现的汉魏碑拓，特别是外地的碑石、旧拓几乎都曾经梁正庵先生的手把玩过。本人收藏的不少碑帖上都有梁先生的题字或印章。

梁先生关于碑帖从文字、内容、书法艺术等角度研究欣赏的方法，至今仍是碑帖研究的主流。外人谁能理解这个南院门摆地摊的小商贩竟有如此的学问！梁正庵先生因为去世稍早，他的身世，他的学问就成了一个谜。大约 20 世纪 50 年代后期，南院门已经不能在街上随便摆地摊儿了。而这时，从国民政府监察院审计署长位上回到西安的茹欲立先生，由新政府给予副省长待遇赋闲在家。茹先生早年长于书法，魏碑体楷书名扬海内，有"活碑板"之誉。此时休闲在家正好练字习帖。因为常年在外工作，家中并无多少碑帖收藏，于是茹先生就请陈少默先生为其物色一些碑拓，并且常来谈论碑帖、书法。茹先生早年参加辛亥革命起义，与于右任、陈树藩同为首义之士，陈老因晚茹先生一辈儿，茹先生又是父执，恐不好说话，就推荐梁正庵先生前往冰窖巷茹宅。茹先生是学养、经历很深的人，见到梁正庵后，除了购买一些碑帖外，两人常就书法、历史谈论得也十分融洽。梁先生曾对我说："茹先生当年对明史很感兴趣，几次问到有无关于明代历史的碑拓。可惜搞碑帖的人多数只重汉魏，最多唐宋，谁又重视元明清的碑石呢，实际上，有许多历史的珍贵资料藏在那里面。"那时我刚二十出头，受李正峰先生的指导才开始了解书法、碑帖，梁先生给我的拓本也仍是汉魏碑为主。所以，对于茹先生问有无明代石刻拓本的事并不是十分理解。现在想来，抛开名人书法不谈，明清石刻中有许多史料是史书中所缺少的，这是因为明清都有禁书、毁书、改书之举。所以，石刻文字就显出它的历史珍贵了。这大概是茹先生问明代石刻的一个重要原因。

梁正庵先生的书法亦极佳，老辣朴拙。茹欲立先生当年让长安诸位书法名家每人写一幅真、草、隶、篆四条屏，余所见到的有：刘自棨、张寒杉、陈尧廷以及梁正庵。你要是见了梁先生的这幅四条屏，其书法之美，你绝不会联想到南院门路边的摊主。

当然，要说长安城中玩碑帖的，历史久、场面大，肯定就是居于府学巷10号碑林博物馆旁边的段家了。前面曾说过，清末民初段家翰墨堂的主持者是段仲嘉，但到了民国三十年也就是公元1941年后，主要经营管理都是由其子段绍嘉（名泮森）来主持的。有人说段家经营碑帖远至明代，有"六代经营"之说。本人藏有一批魏晋墓志拓本，多数上都有段氏父子的印章，其中一纸"北魏杨范墓志"的拓本上，有一方"长安段氏四世藏石"的方形印，所以说即使没有六代，四代藏石玩碑应该还是没问题的。段绍嘉的书法写得非常有功力，也有特色。据传，当年段家得到一块从未面世过的北魏墓志，文字结构别致，书法也极有特点。段仲嘉就让儿子段绍嘉临习这碑石上的文字，数年之后段绍嘉的书法有了新的面貌，绝不同于其他临习魏碑人的风格。再过了几年，段绍嘉已经用笔纯熟，不需要临写碑上的文字也能写得神似。于是，他就把这块墓志埋到枯井里，为的是不让别人知道自己书法的来历，别人见不到拓本也无法学习这种风格的书法。所以，段绍嘉就以其独特的书法风格闻名长安数十年。在民国二十二年（1933）"西京金石书画学会"成立之时，段绍嘉就以骨干会员被接纳入会。大约在20世纪70年代后期，长安城中一年轻人专门学习段绍嘉这种书法风格，用写美术字的方法创造出了一种所谓的"新魏体"，在标语宣传界很是流行了一阵子。

段绍嘉不仅懂碑帖，善书法，还长于鉴赏，瓷器看得最好，特别是对明代官窑的瓷器很有研究。一次，有人请长安著名收藏家李西屏鉴定一刻花大瓷瓶。李西屏看了一眼瓷瓶，随口喝出四句词来："我是宋元眼，不看明成化。要看明成化，府学段家娃。"李西屏的意思是说，他本人是看宋元以上古瓷器的，明成化瓷不看，这里当然不是仅仅指明代成化年间所造的瓷器，"成化瓷"是明代瓷器的代表作，所以用"成化瓷"泛指明代瓷器。明清瓷器段绍嘉看得最好。李西屏在长安收藏界辈分高，称段绍嘉为"段家娃"也无不妥，"娃"关中方言里也是指"年轻人"、"小伙子"之意。

段家做了上百年的骨董行，虽说以碑帖为主，但其他骨董艺术品也是有所收藏的。比如曾收藏有一幅明末清初画家王鹤山的大幅山水，常被陈少默、阎秉初等人赞赏不已。段绍嘉有过一幅明代祁豸佳所画的山水，绢本，立轴。只可惜在重装裱时让不懂行的裱工冲洗得太过，墨彩尽失，把一幅好画给糟蹋了。

在书画经营的行业里，裱工是非常重要的一个环节。前人常说：三分画，七分裱。就是说一件完美的艺术品，裱工的技艺要占七分。这虽然有些夸大的成分，但是你想，一幅名家的书画作品，你能交给普通的裱工去装裱吗？先不说名画的安全问题，仅就绢绫色彩的搭配、格式、工艺流程这几点，就会影响到书画装裱出来的效果，也就影响了这件艺术品的价值。难怪当年陈少默、阎秉初等人见了段绍嘉的这幅祁豸佳山水画裱工要大呼扼腕呢！

与陈少默先生闲谈时，陈先生曾对我讲：翰墨堂段氏藏砚也不少，多数有名家题跋。其中一方上有清初著名画家宗元鼎所书铭文。宗元鼎是江苏广陵人，其兄元观，弟元豫，侄之瑾、之瑜皆能诗善画，当时人称为"广陵五宗"。陈老说："都是你宗家的能人"。"嘿嘿！"我可不敢攀亲，只是同姓而已。吾宗氏本小姓，有几个露脸的不容易，也不妨多说上几句。

这方宗元鼎铭文砚，段家一直珍藏着，而且秘不示人，不知今日尚在段家否。

这一章节文字的名称叫"长安城中的大玩家"。可是"大玩家"太多，全部写到的话这本书的章节比例就失调了。好在全书主题明确，都是写长安骨董行，古玩界的事，有一部分人将在下文的内容中涉及，这一节也就赶快住笔了。

四、骨董行里总有些秘密

骨董行业存在了上千年，从行内人讲，这是一个充满了故事、经验、技术手段、丰厚利润与倾家荡产的行业。从行外人讲，这是一个充满了秘密、高深莫测、暴富、露脸与让人羡慕的行业。毋庸置疑，骨董行业能够生存上千年，除了社会文化的需求，个人生活的需要外，还有经营者不断修复行业经营中的缺陷，并创造出各自不可言传、不可外传的"家法"，从而使这一行业得以维系、得以生存、得以发展的重要原因。

我并不想得什么"普利策奖"，我也并不想写出什么"揭秘"之文而引起轰动，博人眼球。骨董行里总有些秘密，但不全都是诡计。诡计是以害人和谋利为唯一目的，而秘密的"家传"除谋利外，还有继承、保护和发展文化的功能。所以，用一种平常心，写出几段"秘密"，从人类文化的角度，反映出人类文化生活的侧影，不亦快哉！

清同治、道光年间，山东金石大家陈介祺给长安骨董客苏老六、苏老七的信中多次提到："关中近日出土古器上文字多有伪者，别人不认得，我却认得。"为什么陈介祺能认得古铜器上的真伪呢？一是他对文字有一定研究，有一定的历

长安鉴赏大家陈少默先生(左一)与作者(中)、收藏家谢欣民先生相逢
于北京琉璃厂时的留影。

民国时期，大雁塔下的院子里就设有接待室，接待室墙壁上悬挂有不少拓本、书画供客人欣赏、选购。从照片上可见，大雁塔内的不少名碑都在其中，比如《雁塔圣教序》。

史知识。二是他对古铜器刻字的工艺也颇为熟悉。比如，商、周、战国时期青铜器上的文字多是翻模铸造而成的，如果要给素铜器上加字，则只有凿刻这一种方法。如果先秦三代的铜器上有文字而又是凿刻的，那就要留意是否为后加字了。当然，我们也不能说先秦三代铜器绝对没有铸成后凿刻文字的可能。在古铜器上凿刻文字，起笔处多见刀冲起的铜刺，这种现象在汉代的铜器凿刻文字上表现得尤为突出，无这种铜刺痕多是伪刻。在前面也说过，鉴定青铜器上文字要注意文字的内容，看文字上所说的器名是否与本器符合，时间、内容是否与器物年代符合。本人曾在四川成都购得一弩机，长有十五公分，器物宽大而锈色斑斓，用审查形器、锈色的办法定此弩机为秦代早期问题不大。但关键是此件弩机上刻有文字，细审文字内容，起首有"邢伯在宫见"等字，显然是从其他商周铜器上移来的文字内容，为了提高此件弩机的价值，骨董客们加刻上了文字，但内容似乎又太不慎重，有历史常识的人稍加考证便能认清。

对于没有刻文字的青铜器，鉴定时你就要注意了，过去没有碳14测量之类的科学手段，只能凭眼睛看，用手抚摸，所以遇上造假高手，打眼上当是常有的事。就是像故宫这样的专业机构，在20世纪50年代也收购了不少假铜器，据顾颉刚《读书笔记卷二十·伪造古器物》一节载："闻故宫博物院内部曾开伪品展览会，据伪造者自己列之。于思泊（于省吾）、唐立厂（唐兰）见之均大骇，谓凤昔固视为真古器也。"可见伪造者技术之精，其足以迷惑专家者如此。当然，国宝重器不易见，普通读者在古玩市场所见多为一般的铜镜、铜壶、铜印之类，就是这类东西，一般人也并不能完全鉴定，如果想收藏，而且有一位有经验的人跟着把把关，那不用说。如果自己想实战，那就先拿起东西来感觉一下，行内称之为"上手"，"骨董不上手，白在行上走。"玩骨董不"上手"，光看书上介绍那是白搭，"上手"就是看感觉。汉以前的古铜器如果很重，很压手，多半都是假的。然后再观察锈色，锈色不能浮在上面，古铜器的锈色常常是从内部发出来的，生锈处多呈小包形（铜镜的锈色最典型），而且坚硬。手一动便掉渣渣，那就赶快给人家放下。另外，把铜器的锈色处放在鼻子下闻闻，有一股酸味就坚决不要。在这里还要告诉你一个逛骨董行的注意事项或者说规矩，在地摊上或进店面里遇上你想看的东西，先问主家可以不可以拿起来看，然后问问价钱多少，再去伸手拿东西。因为有些东西极易损坏，一旦不小心损坏了，你又没有问价钱，骨董这东西价格可高可低，主家索要个天价你走都走不开了。我也曾遇上一件类似的事，一次与几个朋友去逛古玩店，进门见柜台上放着一枚铜镜，汉代的，个头很大，还有一圈铭文。朋友一激动拿起来翻弄着观看，谁知稍一用力，"啪"的一声断成两截。店主的脸色马上就变了，赶快接过铜镜，看着断裂的茬口说："这是你掰断的，早上人家刚刚送来，要三万多块钱，钱还没给人家呢，你说咋办！"按当时的行情，这种铜镜也就值五千元，但你给人家掰坏了，人家索要高价你也是没有办法。费了许多口舌，经过许多调解，朋友只好花了八千块钱把这枚破碎的铜镜买了回去。你去问问骨董行的人，这类事情绝不是一件两件的。总之，进了古玩店还是注意点为好。

自从清乾隆、嘉庆年以后，金石文字的研究大兴。有一批文人学者通过研究金石碑刻上的文字，来对古代儒家经典进行考证解说，这就是著名的"乾嘉学派"，"乾嘉学派"影响了中国学界几百年，也影响了中国的骨董行业。特别是清代后期，从事文字学研究的文人都搜罗金文、石刻与砖陶文字。秦汉瓦当文字是砖陶文字的代表之作，瓦当文字的内容所包含的历史、文化信息量特别大。其中包括历史事件、官职设置、宫殿名、宫殿位置、地名变革、文字变化等诸多方面。所以，秦汉瓦当数百年来一直是文人与骨董客们寻求的目标。

早年陕西境内的瓦当并没有像近几十年来出土的那么多，那是因为当年并没有多少开挖土地的建筑工程。当年瓦当之类的砖陶文字出土，多是农民犁地或雨水冲刷而出土的，因而数量也有限，品种也不多。由于需求量增大，瓦当做假自然也就应运而生了。从目前流传下来的旧瓦当来看，清末时做假主要有两种方式：一是用旧砖瓦刻成动物形瓦和文字瓦。当时人们接触的瓦当不多，资讯又不如现在发达，只要书法写得还行，刻工线条还流畅，这种瓦当拿到南方或京津，可足以打倒一批人。当然现在的人打眼一看，就知道是假的，因为太不自然，后世人工制作的痕迹太多。所以，当时有些骨董商为了掩盖一些造假痕迹，在刻制的瓦当表面贴上一张很薄的麻纸，对人说这是为了保护瓦当表面，实际上这是掩人耳目。20 世纪七八十年代时在南院门和北门里一老户玩家手上见过这种东西，现在则极少见了。第二种是烧制新瓦再做旧。这当然需要模子的字形准确美观，一般都是照原物而来，不会太走样，但是需要一定的时间，放在露天土地里风吹雨淋，还要不停地浇上些泥水才行。新瓦和千年古瓦在时间上还是相距很大的，古今人的工艺水平也不一样，本着这几点，细细审察估计这类东西打不了现代人的眼。

现代人做假瓦当那就高级多了，20 世纪 90 年代初盛行一种用真瓦，就是用不值钱的云纹瓦，抠掉瓦当中间的图案，再用旧砖瓦磨成的粉面，和以强力胶堆出稀有的文字瓦或图案。这种瓦当仅看表面、背面全是真的，只是你搭鼻子一闻，有一股刺鼻的化学胶水味道，用水一冲，浮土一去，新堆的地方就露出不同颜色来了，而且其他地方见水都吸进去了，新堆文字的地方因为是胶水和成的，所以水就吃不进去，一试水便知真假。

近几年瓦当收藏更是大热，价钱也比二十年前翻了近十倍，造假的技术也就更是提高了。刻字、堆字法买家早已熟悉，而且一试便知。现在则是用电脑制作模型，这样就和原物儿乎是一丝不差。然后压模制瓦，烧制好后把瓦当后面的多出部分敲掉，做成从旧瓦筒上残下来的感觉。然后再埋到土里做旧，这土一定是生黄土，或者是农村的土炕拆下来的土，这种土的味道极大，会很快渗入新制瓦当内部。挖出来见见太阳，再见些雨水。如此几番，有一年工夫，你无论看表面还是闻味道都与真瓦当相似了。特别是刚挖出来潮潮的时候更容易蒙人。你要是想收藏这类东西一定要经常逛逛市场，买不买要和市场上的人谝谝聊聊，了解一下最新假货上市的动态，这样你就不会随便买东西了。千万不能自以为是，一知半解地总以为自己捡了个大漏，得了个宝贝，到头来倒霉的都是有这种想法的人。

碑帖在收藏行里算是品位较高、条件要求也较高的一个门类。由于碑帖内容、书法艺术的特殊性，在旧时完全地仿刻碑石是十分困难的，稍稍对碑刻书法有些了解的人一望便知真假。因此，过去有些碑帖商就在碑拓的局部上做些手段。比如西安碑林里的汉代名品《曹全碑》，清初康熙、乾隆年间拓本首行"秉乾"，"乾"在左旁"卓"的竖笔未泐成"車"字形，故称"乾"字未穿本。有些碑帖商就用清末拓本在"乾"字左旁内填些墨，做成未穿本。这种本子因为拓碑时用墨与所填墨常常不能一致。所以，细看便能看出此处的不自然来，于是，有人就在拓碑时将此字的残损处填点儿蜡或其他东西，补成完好字形，这样拓出来就可充"乾"字未穿本了。所以，鉴定碑帖不能仅看一两处"考据字"，而要看整体。《曹全碑》"乾"字未穿时，首行"周"字左上也未损，十行"七年三月"的"月"字也未损，等等。另外，清初拓本经数百年，墨色、纸张的感觉也和清末民初有所不同。在碑拓的收藏中，有一种形器拓本一直被尊为上品，这是中国捶拓艺术中的瑰宝，无论从工艺技术、表现形式上讲，形器拓本都是中国传统艺术中唯一的、特有的品种。形器拓又称影拓，就是说把器物的影子拓出来了。形器拓最早出现于宋代，明代使其技术完善，清代则更将此技术推向艺术的顶端，并加入了许多绘画、照相的技术手法，使所拓形器更加准确，纹饰表现更加细致。形器拓本不仅仅限于青铜器皿，陶器、玉器、石器都可以被表现。在没有照相技术的古代，形拓技术对于文化艺术的传播研究起到了重大的作用。但形拓的拓术却不是什么人都能学到的。会形器拓的往往是碑拓研究的大家，或家传的技艺，这种技艺一般不会传给别人。一是为了技艺人的生活保障，减少竞争者；二也是为了此种技术的纯正不至于泛滥得满大街都是，也就是说宁可少挣钱也不能毁了这门艺术。过去传说，形器影拓法是在实物上敷纸施墨，然后慢慢移动捶拓而成为全形。曾经也听某人说他会这种全形拓法，而且要现场表演。于是取来一个汉代陶罐，上面有浮雕的走兽人物，十分适合于捶拓。但此人在那里捣鼓了半天，把一张宣纸拓了个稀烂，全形拓终也未能完成。其实，全形拓是有一定技术和技法的，不是你想象的那么简单。清代同治、道光年间，山东潍坊的陈介祺就以善拓形器而闻名。在他与朋友的往来信件和本人的日记中多次提到，他时常请刚从国外学会摄影的一位晚辈帮忙，先将形制、图案好的铜器拍照下来，再放大冲洗出照片，按照这个照片制作勾勒出大形，然后再上器捶拓，这样所拓出来的器形就十分准确了。

陕西是青铜器的主要出土地，明清以来也有不少专拓青铜器的高手。现在传世的许多清拓本形器，如毛公鼎、大盂鼎、周皇父鼎、商立戈鼎等拓本多是陕西拓工所拓，可惜早年的拓工多未留下姓名，但其技艺还是通过不同的方式被传承了下来，甚至得到了更大的发展。清末民初，陕西的拓工除了捶拓铜器、陶器等器皿外，还发明了一种方法，可以捶拓大型的石刻、石雕。如陕西最有名的石刻唐太宗的昭陵六骏，在清末就曾有人施技而捶拓出来，这种巨幅的原大石刻全形拓一出世，就立即轰动了全国。虽然当时也有几种昭陵六骏的拓本，那都是缩小版的，而且是和原物有差别的"昭陵六骏"。而原大的昭陵六骏拓本则不同，这种拓本用墨自然，浓淡有致。把昭陵六骏石刻的气势、线条、造型，甚至石刻上的斑斓五色都充分地表现了出来。在民国十五年（1926）出版的《右任诗存》上，于右任先生有一首《昭陵石马歌》，把昭陵六骏的来历、遭遇以及全形拓本的拓工、特色一一道出，其中关于昭陵六骏全形拓的拓工是这样介绍的："杨君老去丁君死（杨为杨石斋，丁为丁铺仁），拓石关中无名士。悬金四访莫敢应，龙种王孙（李君月溪）攘臂起。奕奕生气毫厘见，英姿飒爽犹酣战。"

李月溪（1858—1931）是清末民初关中地区著名的收藏家和碑刻拓工。他所创造的一套昭陵六骏全形拓法至今没人超越。在1999年前后，我曾见到了一套民国初年于右任送给当时刚刚成立的"陕西省图书馆"的昭陵六骏全形拓。上面有于右任亲书的这首著名的《昭陵石马歌》，落款为"中华民

此图为清末民初陕西著名拓工全形拓的代表人物李月溪先生。他所创造的昭陵六骏立体拓至今未有人超越。

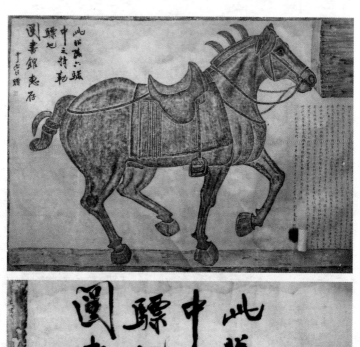

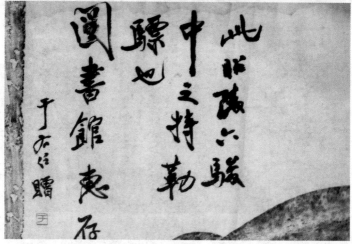

唐昭陵六骏原大全形拓本，李月溪先生手拓。左上角为于右任先生亲笔题跋，右为长达千字的《昭陵石马歌》。

国六年（1917）七月十八日，右任作于关中道署"。钤印为"于思"，这是于右任早期的印章，这首《昭陵石马歌》手迹，也是于右任此首诗的最早版本。细读拓本上题写的这首《昭陵石马歌》，较民国十五年（1926）出版的《右任诗存》上的《昭陵石马歌》多出了十数句，对于研究于右任的诗歌创作，对于研究陕西捶拓艺术的源流与发展，都可称为珍贵的历史资料。当时应主人之请求，将此套《昭陵六骏》介绍给碑林博物馆，但馆里以价太高而推辞。后此套于右任题诗的昭陵六骏全形拓送到了北京，在某个拍卖会上，被一位识货的藏家以七万元购去。

曾经不少人问我，昭陵六骏全形拓是原大吗？是从原物上拓下来的吗，是用怎样一种技术拓下来的？

说实在的，我不是拓工，也没有亲自去看过如何捶拓昭陵六骏，也不能武断地说昭陵六骏石刻就不能拓出来。但我可以肯定地说：李月溪所拓的昭陵六骏全形拓本与原石大小无有差别，细细观赏李月溪所拓的昭陵六骏，其上的石纹肌理，马匹的动态造型，与原石也几乎无有差别。那么，李月溪是以一种什么样的技术捶拓出来的呢？许多人都喜欢探秘，但中国传统的许多工艺都有其独特的方法，每家人都有着自己的绝招，是不允许、也不必都要公布于天下的。只有这样，这些传统的工艺才有其魅力，才有其价值，这也是现代提倡知识产权保护的目的所在。如果人人都会干，满大街的形器拓片就像摊头的洛阳牡丹、桂林山水，岂不让国人丢弃，外人耻笑与小瞧。

清末民初长安著名学者、金石家毛昌杰在《君子馆文钞》中有短文，透露了李月溪捶拓昭陵六骏和当时此类拓本的其他版本。在这里不妨了解一下："昭陵六骏刻石，旧在礼泉县北五十里。昭陵北阙下。民国初元辇至省城……捶打本从来未见。以镌刻深浅悬殊，难施毡蜡故也。同里李君月溪素通绘事，因仿捶拓钟鼎彝器之法，变立体为平面，用油纸规其外，节节捶打，打成与真形无异。怀宁柯莘农亦擅此术，兼能比例尺寸，任意缩小之。"（《跋昭陵六骏缩本为柯莘农》）民国二十四年（1935）西安出版的《秦风周报》二十一期上刊登了李子逸先生《昭陵六骏和于右任先生五首》的长诗，诗中也提到了李月溪原大拓本的价值与六骏的流传，对缩印本六骏拓本也给予了赞赏，"风霜兵燹历千年，灵寝荒芜胜迹残。翁仲在秦遭一炬，仙人辞汉泣成铅。遗文屡费搜求力，片石何来盗卖钱。今日迁移五都市，良工捶拓远流传。考订纷纭忆往时，叹兹尺幅更精奇。"另外毛昌杰《为路禾甫题昭陵六骏图》诗中也提到路禾甫（又作禾父）："手摹昭陵六骏马，偏征诗句收邮筒。"可见，当时除了李月溪的变法捶拓，柯莘农的缩放捶拓外，还有路禾甫的摹拓法，也就是所谓的颖拓法，清末姚华最擅此技。另外，听说长安学巷宝经堂碑帖铺的夏子欣也擅长摹拓昭陵六骏。

说到柯莘农，在这里还得要提上几句。柯莘农是清末民初长安城中有名的收藏家，居于长安城中北大街曹家巷路北，旧宅名为"半园"。柯氏喜金石收藏，亦好碑拓，所藏各类拓本约两千张之多。其中，秦权拓本、刘平国碑拓本、汉代砖文拓本等都是精品之作。曾选出千余张金文拓本付之石印出版，请毛昌杰为之序。柯莘农亦爱绘画，曾用龟甲拓成山形，补绘成米家山水的感觉，颇为世人所感叹。当时名人毛昌杰等多为其题诗。柯莘农收藏的字画、铜器、陶器、瓦当，数量也不在少数，无疑是民国年间长安古玩界里的大玩家之一。其子柯仲容先生与本人有交，2002年前后为其家所藏"虘簋"

上的铭文多次来找我讨论释文解字，并出示了许多柯莘农先生的手稿、照片等。因为当时忙于碑帖书的写作，未能记录下柯莘农在骨董文物界的逸事掌故，实在是有些可惜。

关于昭陵六骏这里多说两句。一般传说都是民国三年（1914）袁克文命文物商人将昭陵六骏中的"飒露紫""拳毛䯄"二石盗往洹上村。因袁克文嫌石刻破碎不要了，遂后又被文物商卖给了美国人，现置于美国宾夕法尼亚大学。其他四骏也曾被打碎装箱，盗运时被截获云云。我所了解的另一种说法是：昭陵六骏在清末时已经破碎。长安著名的文人、清代举人，民初曾任陕西民政长的宋联奎，在其《苏庵杂志》中这样写道："唐昭陵在礼泉县东北四十里九嵕山上，陵北存石室三楹，六马列于左右，高可四尺。马躯可三尺。虽半刻而棱棱露骨。西第三石已仆，五马已多断裂，然气不彫丧。""余既志昭陵石骏于前矣，乃未几，复为某洋商所觊觎。竟举陵北所余四石辇之而去。当道者急追之，始璧还。今存图书馆陈列所中。石骏旧多断泐。经此往返输运益形破碎。"这大约就是清末民初昭陵六骏损泐情况的确切记录。民国十四年（1925）二月，古物研究者，江苏吴县人陈万里随敦煌考察团来到西安，

190

在他的日记中也记录了昭陵六骏当时尚在南院门东边陕西图书馆院内，"破碎数块，而委卧于地。"近来从美国以及上海档案馆等处发现的历史文献知，当时将"飒露紫""拳毛䯄"盗运至上海又卖给美国一事中，陕西军方即参与其中，由新发现的往来电报中知，陕军第一师师长张云山等人就在南院门东边马坊门的一房间内筹划了盗运六骏之事。宋联奎《苏庵杂志》中亦称："辛亥后，石骏为师长张云山取其二，移置长安旧督署（俗称南院），然断泐不堪矣。"可见"飒露紫"、"拳毛䯄"是先被盗运至当时督都府的南院，后由张云山等人联系卖给了上海文物商，再转卖给了美国人，当然此中的细节随着时间的推移将会愈来愈清楚地展现给世人。

还是再说李月溪吧。李月溪不仅是清末民初时期长安地区的著名拓工，同时也是古玩行业的收藏家与鉴赏家。当时，长安城中许多收藏家常请李月溪代为寻购书画与骨董。据清末民初关中学者张扶万日记中记载，李月溪经常携上等的骨董、字画让张扶万品鉴，或售于张扶万。

民国七年（1918）八月十四日："李月溪送阅明人王用宾家信一册，魏学曾信札，温恭懿公来往信札。有恭懿子自知跋文。"

民国十一年（1922）正月二十四日："李月溪送'与天无极'瓦当二，价五元。"

民国十一年（1922）二月二十九日："得咸阳出土之"'加气始降'瓦当，李月溪送来拓纸二片。"

现在说来，汉"与天无极"瓦当算是中档水平的收藏品，民国初年即值两个半大洋，与现在的物价和生活水平相比，那也是相当高了，当时普通政府公务员每月工资也就三五个大洋。"加气始降"瓦，即"嘉气始降"。瓦当上"嘉"字用了省略。此瓦出汉武帝茂陵附近，是西汉早期的瓦当，出土甚少，价值也大。以现在的价格恐怕要值两三万元才行。

李月溪去世后由其公子李松如继承了传家手艺。李松如的拓工技艺也是声名于当时，昭陵六骏的拓本水平不亚于其父李月溪。民国三十年（1941）前后，西安被定为陪都，改称为西京市，又是中国抗战的大后方，政府所派各种考察团纷至沓来，"西北实业考察团""西北艺术文物考察团""西北教育考察团"等等。由王子云主持的"西北艺术文物考察团"因为要搜集西北出土的石刻艺术，也想以拓本的形式收存资料，所以就聘请了李松如为随团的职员与拓工。此次西北之行为政府所收集的石刻拓本（包括昭陵六骏），多出李松如之手。李松如不仅拓工技艺高超，书画水平也不错，曾见其后人出示李松如一山水册页，笔墨简约、意境古雅，极具传统功力。可见，一个有成就的中国艺人必然有传统文化作为修养和支撑。

李松如夫妇同时继承了李月溪的捶拓技艺，李松如只有一个女儿，20世纪四五十年代时年龄尚小，等能够理解拓工技艺了，此行业已被冷落，许多拓本也被当作封建社会的遗物而遭火焚。因此李松如没能把技艺传给他的后人，而是由夫人王佩芬隔代传给了他的外孙范振家，这当然是有历史的原因和家庭的原因。振家是一个非常善良和诚实的人，有着西安老户人家所具有的特殊品质，知书达理，而又勤奋好学。我有幸认识振家将近二十年，几次看到过他捶拓的青铜形器和瓦当陶瓶等拓本，其技艺之精不亚于前人。他对全形拓工的理解与提高更甚于前人，可以说在继承了家族传统技艺的同时又有所提高。我知道范振家是如何拓出精美的青铜器全形的，也了解昭陵六骏石刻捶拓的一些技法。但为了这门传统

李月溪先生的拓工技艺传到了第四代传人范振家先生手中。工艺水平不逊于前人。

艺术的纯正与高雅，为了知识产权的维护，在这里就不一一写出来了。

骨董行里向来有这样一个习惯，就是玩出土货的人很少说自己的东西具体从哪里出土。这当然有怕官府追究的意思，因为不论古今，随便挖坟掘墓都是犯法的行为。另外一点，也有同行竞争的原因。你明确地说了这东西在哪出土，大家一拥而上，轮到你去掏货恐怕也没什么东西了。再说市场就是这么大，一旦货物大量出现在市场上，价格必然会下降，想卖大价是不可能了。骨董行就是"物以稀为贵"，一种东西刚出土，肯定先不去张扬，货主会拿上一两件货物去找大买主兜售，因为只有他们才能出得起高价，只有他们才想抢占先机。等长安城中的几个大买主都买到了货，然后余货才会陆续上市，这时就便宜很多了。

骨董客不仅不说自己手上的东西从哪出土，甚至会指东说西，混淆视听，华县出土的硬要说是咸阳原上所出，这对纯粹的研究者来说是个最大的困惑。因为一件文物准确的出土地点，对研究历史地理、社会变革、文化内涵都有着非常重要的意义。错误的地点不仅对个人的学术研究产生歧误，也会对论述的历史文化产生副作用。

　　过去在没有专业考古机构的情况下，这种情况时常发生，也难怪过去学者的文章、观点常常会被质疑。民国三十四年（1945），长安城中曾出土了一块魏正始年间所刻《三体石经》的残石。这一块魏正始石经的真伪问题暂且不说，就是出土时间和出土地点就成为争论的焦点。大家知道，魏正始年间所刻成的《三体石经》，据史书记载，一直树立在洛阳太学门前，与汉《熹平石经》相互印证，便于学生经常阅读。宋以后所出数大块《三体石经》残石均出自洛阳，长安距洛阳有千里之遥，何以能有魏《三体石经》出土，而不是近人自洛阳携至而归的呢。长安城中此块残石为《尚书·康诰》，原为某人所得，一直未能出售，后归长安著名书法家刘自椟先生。刘先生曾撰文考证此石为隋开皇年间"自邺京载入长安，置于秘书内省"者。后因战乱未能立成。至唐贞观年间才由魏徵出面"收聚之"。隋唐长安城中的秘书省即在内宫承天门附近。旧址就在今天莲湖公园内南墙一带。刘自椟先生曾将此残石拓出数纸分送朋友，其中自留一纸请陕西诸名家党晴梵、张寒杉、薛定夫、茹欲立，以及岭南文字学家商承祚等均题有长跋，可谓洋洋大观。后刘自椟先生将此残石捐给了碑林博物馆。但千百年来仅见一两块三体石经的残石出于长安城中，虽史书中亦有零星记载，但很多人并不能确信此石为长安所出。另有一块三体石经残石《尚书·梓材》篇，也仅存十数字。据说是1957年出土于长安城中青年路某处，今藏西安碑林博物馆。但研究陕西碑石的机构和专家对此石均闪烁其词，都不愿确定其真伪与来源。关于此二种《三体石经》残石的出土地点，至今聚讼纷纷。1990年陕西三秦出版社所出版的《陕西石刻文献目录集存》引明代于奕正《天下金石志》云："魏三体石经左传遗字，魏正始年间刻，原在西安府学。著录见《天志》页五五。"此是说长安曾有一块三体石经《左传》文字的残石。近读翁方纲《复初斋文集》，中有翁氏给长安某人的信札中也提及了西安府学有残石经的事：

> "西安府学新获石经残石凡五片，一片为《左传》：'不言出奔，难之也。'至'宋穆公疾'一段，凡两层，十四行。一片《春秋》：'何始于鲁隐'至'若年'，凡六半行，是杜预《左传》序文。一片'镌刻已毕'云云，至'臣覃状进'，共大小字合六行。

民国时期长安城的交通工具主要就是这种人力车，南方叫"黄包车"，北方叫"胶皮车"，在那个时期还真解决了人们出行的不少问题。

又一片'广大悉备'云云，至'国子祭酒同中'，共大小字合四行。此二片皆是郑覃进表，又一片书'石学生'云云，至'二千户臣覃'，共十行，是石经尾系衔。以上凡五片，务请多拓数本见惠，感甚，感甚。"

检近代所出有关陕西碑石的《辞书》《目录》，均未见提及翁方纲所说的这几种石经残石，此残石经为汉、为魏亦未可知，但残石所言呈进石经者为"郑覃"，郑覃为唐文宗时宰相，而文宗开成年间又刻全部十三经为《开成石经》，是否因郑覃呈进了残石经，唐开成年间文宗才有重刻全部十三经的想法，此事件真是扑朔迷离。

所以这些未能明确出土时间、出土地点的模糊概念，都是骨董商为保护自己的利益所为，站在他们的角度这也无可厚非，尽管他们心里明白如镜，但对于后来研究者、学习者却多了重重的困难。也许有一天你能明白，也许永远都是个谜。

第二章 骨董鬼市的生存方式

　　"鬼市"一词原指夜间的集市，至天明而散，如鬼之不能见天光。早在唐代时就有了"鬼市"之说，唐代郑熊的《番禺杂记·鬼市》："海边时有鬼市，半夜而合，鸡鸣而散，人从之多得异物。"宋代孟元老的《东京梦华录·潘楼东街巷》："又东十字大街，曰从行裹角，茶坊五更点灯，博易买卖衣服、图画、花环、领袜之类，至晓即散，谓之鬼市。"简单地说："鬼市"就是夜间开始经营的集市，起初这种市集内还没有那么多"鬼意"，后来鸡鸣狗盗之徒携物掺杂其间，另有落魄人家羞于颜面，只能晚上出门营生，也混杂其中，于是"鬼市"的鬼气就重了许多。

20世纪50年的北大街就是这样子,两边没有什么高大的建筑,路显得也宽敞。左下那个挂有宣传画的小房间里曾经卖过油糕和醪糟,非常好吃。

一、每个城市都有鬼市

不论从古代人的文字记录还是现代人的亲身经历，可以这样说，在中国几乎每个城市里都有过甚至现在仍然存在着鬼市。比如北京，据说京城里早年有八个鬼市，以西城老皇城根底下的那个为最大，因为这里离皇城近，经常有太监、下人从宫里顺出来东西在这里出手。因此，上鬼市来的人"捡漏"是其主要的想法。上海自开埠以来就是国际化大都市，各色人等杂厕其间，在鬼市中讨生活的人也不能说是少数。上海的城隍庙，福佑路都曾经有过鬼市。

陕西是文物大省，旧时长安城中的鬼市里文物占了很大的比例。特别是辛亥革命之后，长安城满人的聚集地皇城里流散出不少骨董杂货，大多都在东门里的北顺城巷和西华门的鬼市上出现。民国初年胡景翼的日记里就有从顺城巷买东西的记录。《胡景翼日记·1919年3月12日》："今日一早在鬼市买《文献通考》六十本，版尚佳而数不全，所差尚多。此书为鄱阳马瑞临贵与著，用票钱七千。"《文献通考》是南宋江西人马瑞临（字贵与）所著的一部历史资料书。全书三百四十八卷，分为二十四门。以明嘉靖年冯天驭刻本共八十册为通行善本。胡景翼所得即是此版本。

长安城的鬼市并不是一夜都有人，而是凌晨三四点钟开始，天麻麻亮就要散摊。由于晚间交易的不透明性，而且也为盗贼提供了销赃的场所。所以，在民国时期官方即多次发布禁令：杂货市场必须白天营业，傍晚散集，并且规定了集市的地点。但是，"鬼市"自有"鬼市"的特点，也有它特别的生存方式和从业人员，不论是在社会经济不发达的清末民初，还是号称世界第二大经济体的今天，"鬼市"是人类社会发展中不可避免的现象。单是靠政府的行政命令，"鬼市"是不可能被消除的，越是在困难的年月，"鬼市"越是热闹。就像民国十五年（1926）"二虎守长安"的惨烈日子里，"鬼市"仍然是十分活跃的。

"二虎守长安"，也就是"西安围城"事件，这是西安近代史上一个重大的历史事件。民国十五年（1926）四月十五日，曾任陕西省省长的河南军阀刘镇华，率十数万镇嵩军包围了西安城。城内由李虎臣、杨虎城组成陕军，对抗前来侵占地盘、围攻长安城的刘镇华，从民国十五年（1926）四月十五日开始围城到十一月二十八日解围，七个多月时间里，长安城里的军民死伤数万，惨象不忍目睹。而领导坚守长安城的就是李虎臣、杨虎城，所以，近代史上就称此次事件为"二虎守长安"。

长安城毕竟还算一个大城池，在围城最初的一两个月里，城外虽然炮火连天，镇嵩军一会儿爬城墙，一会儿把城门炸了个洞。一会儿说有间谍在南院门第一市场放了火，烧了民房；一会儿又传南门的守军叛变了，河南人马上就要进城等等。但城里的普通老百姓似乎并不慌忙，骡马市街北口三意社还准备演戏呢，天刚擦黑，王文鹏主演《葫芦峪》的水牌子就高高挂起来了。三意社王文鹏的《葫芦峪》十天之内就要演两三次，这是他的拿手好戏。在当时，王文鹏被誉为秦腔中的谭鑫培，唱腔浑厚而有韵调，并不是暴着脖筋硬吼的，所以非常受人欢迎。这不，售票窗口外早已围了不少看客等着买票呢，长安的天气向以四季分明著称，端午节刚过，棉夹袄就穿不到身上了。看客们上身多穿着白布衫子，下着黑色的挽裆宽裤，男人手上都拿着一个烟袋锅。装扮一致地像一个村上来的旅游团。案板街底下路西的易俗社戏开得早，今天演的是《春秋刀》，算是大戏。"枞、枞、枞！枞、枞、

旧时的大雁塔只是大慈恩寺的一部分，安静、纯朴，没有今日的繁华。

枞！"秦腔的梆子敲得人心里痒痒地，不由得想进去看上一场。

不要说关中人心大，也不要说长安人缺心眼。利害没有关系到谁头上，谁都会无动于衷，这实在是中国人的天性。

当然，也不能说长安城中就没有关心政治、关心时事的人。城外虽然围着，城内激进一点的人士，在"五四""五九""五卅"这些纪念日，还是组织学生娃们在南院门《大公报》门口、钟楼广场一带游行、演说，"打倒帝国主义军阀！""要民主救国！"等口号声一阵一阵地。学生娃们慷慨激昂，泪流满面地讲演着，墙根下休息的士兵也神闲气定地听着。秦人的沉着与胆大由此可见一斑。

但是，七八月一过，到了九月，长安城里就忙乱了，十几万人口的城市，半年没有粮食补充，家家吃饭都成了问题。粮价陡然而涨，小麦一斗要十四块大洋。（一斗约十二市斤左右），小米一斗要十二块大洋，稻米一斗要十六块大洋，就连麸子皮每斗也要两三块银圆。蔬菜、调料、油盐更是贵得出奇。过去的人经常受苦受难呢，所以，对付饥饿的办法多得很。民国十五年（1926）九十月间，粮食短缺的长安人，想出了两种辟谷的办法以应对饥饿。第一种叫"诸葛亮干粮"，方子是：白茯苓二斤，白面二斤，干姜一两，黄米二升，山药一斤，麻油半斤，芡实三斤一同蒸熟，焙干为末。每服一匙用水送下。日送一匙不饥渴、不知乏。

这方子也不知道从哪里弄来的，要是有这么多好东西和着煮熟，一天一匙，肯定能忍得住饥饿，但是这些好东西如何得来却没有说。第二个方子是"辟谷休粮法"：用白面一斤，黄蜡四两（化开），白茯苓一斤（去皮），三味为末，调成糊状烙成饼子吃。吃一顿七天不觉饥饿，再吃一顿一月不知饥饿。我觉得这方子还是有些道理的，因为黄蜡不好消化，在人的胃里支撑几天还是有可能的。但是我总对这两个方子的名称不满意，既然是"辟谷"，就是避开谷类，咋每个方子都有米面呢。后来又传出饮酒可以疗饥，这方法简单易行，在当时颇为流行。大约是喝酒喝醉了能睡上两天，这样也就省得吃东西了。这可不是我胡乱编造的，有当时人所作的诗为证："刚试神仙辟谷方，旋闻酒可疗饥肠。平生哪有刘伶癖，怅望空厨一举箸。"（匡厚生《长安围城记事诗》）

清末民初以来，长安城中的北门里、东门里顺城巷、西华门顺皇城墙根等地都有"鬼市"。五更天聚集，披星戴月而来，

208

天刚见亮就散。长安城被围的时间一长，城里的穷困人就多了，鬼市也显得热闹了不少。原来北大街、西华门早上的鬼市也就百十个人，早来早散，但是围城后期早间鬼市上人头攒动，有数百人之多，早来早散的方式显然不合现实。于是不少人白天就聚到了南院门，当时南院门省议会大门的两侧，又形成了一个大白天的"鬼市"。南院门地区及以西的居民区，住了不少大户人家。因此，这里的鬼市除了一部分破烂衣物外，古籍、碑帖、字画、金石雕刻、玉器铜器，无不具备。过去数百块大洋买的名人字画，现在能换二三斗麦子赶紧就会出手了。

长安城中的盐店街，向来都是官宦人家的居住地。曾听一位老画家对我讲，围城的时候他去盐店街路南一李姓大户人家看望朋友。这位朋友一向是红光满面，脑门子流油，身材也高大。但今天见了却又黑又瘦，老画家忙问："你是得啥病了？咋成了这个样子？"那位朋友说："啥病也没有，就是饿得来了。"老画家说："哎呀，哎呀，你要是饿成这样子长安城里早就没人了！"大户朋友摇着头苦笑着说："人都说我有钱，饿不下。而且有这么大一院子房，珠宝、玉器、骨董字画摆了几架子，但是爱藏骨董的未必爱藏粮食呀，没有粮吃骨董字画也不顶饥。"老画家听了这些话也是叹息："唉，那你咋不拿出几件骨董换些钱，买些吃的呢？"朋友听罢赶忙说，"能换钱不？我给你拿几件烦劳你给我试试。"于是，朋友急忙进内间，拿出一串顶红的珊瑚朝珠递给老画家。老画家一搭手就知道是好东西，珊瑚朝珠上的朱砂红色泽均匀玉润。朋友说："这串朝珠是当年老父亲随慈禧太后到长安来，在北院门一家骨董店买的，据说当时也花了几十个大洋呢。"光绪皇帝和慈禧太后仓促出京辗转来到长安城，许多随行的大臣朝服、朝珠、平日在京城的行头大多未能带来。到了长安城稍稍安顿下来，各地送来了衣料贡品，这才找人做了服装。随行的李相国见自己脖子上空荡荡的，总是不太习惯，在北院门几家骨董店一转，结果就发现了这串珊瑚朝珠。骨董店的老板眼睛多亮，一看是大官，直接开了个天价"八十大洋"过去。骨董行里的开价有这样一个说法："宁可价大吓跑了，也不要便宜松饶了。"但是李相国是啥人，走南闯北多大的事没经过，几句话过后，老板就以二十块大洋卖给他了。有一天早朝，李相国戴上了这串朝珠见驾。光绪皇帝和慈禧太

20世纪50年代长安城中心的钟楼及50年代的人,风格不与今人同。

后见了甚是惊奇，"你咋戴了这么好的朝珠呢，前几天咋没见你戴过？"李相国就据实以对，君臣不免高兴了一阵。光绪皇帝看着珊瑚朝珠就想起他的鼻烟壶："唉，着急出宫，也忘记带朕的鼻烟壶了。"李相国闻听急忙从怀里掏出一个鼻烟壶呈上："皇上，这是我在北京时买的，是最近所出辛家的皮料壶。"光绪皇帝是内行，一看就知道这是好东西，在北京这种套色料器的鼻烟壶常常卖到一千大洋一个。"哦，不错，不错，"光绪帝就欣然接受了。当时人有诗为证："草草穿成百人珠，朝冠一样伴珊瑚。探囊幸有辛家料，未必千金值一壶。"

听了这故事老画家心里很有把握，想着这串朝珠咋不卖几十块大洋，换几斗麦应该没问题。谁知道跑了几天，骨董店也去了，鬼市上也转了，竟然没人出大价买这串珊瑚朝珠。老画家不禁叹道："这真应了那句老话，'丰年的玉，荒年的谷'。唉，唉，唉！"

在长安城中心地段，明代钟楼的东南角，有一座据说是唐代时建成的开元寺。开元寺的旧址在民国时期还有不少房屋建筑，当时政府想把南院门的古玩市场搬迁过来，布告发了几

212

次都没有效果。因为开古玩铺的人觉得南院门还是方便一些，周围又多是大户人家、名人府第，人家方便来闲转，生意也好做些。结果古玩市场没有搬来，倒是南方来的妓院把开元寺给占领了。20 世纪 40 年代时，一说到逛开元寺，一定是去逛妓院了。50 年代初妓院废除，开元寺的建筑大半也被拆除了，盖了个解放商场。解放商场是一个像大仓库一样的，直通通的，房子只有一层但是很高，东西宽有五六十米，南北长有一百多米，正门面向北，位置就是现在的开元商场东半部。解放商场周围就叫解放市场。五六十年代这里有许多茶馆和小吃店，茶馆里也有说书的、唱皮影的、耍把戏的。老西安的话把小魔术、小杂技都叫耍把戏儿。我记事以来第一次看小魔术，就是在解放市场门口看到的。其实也就是个地摊，没什么道具，地上铺了块白布，布上写了不少字，当时年纪太小，认不得几个字，布上写的什么到底也没记下来。白布上扣了三个搪瓷碗，碗底下都扣着几个小球球。揭开让你看时，每个碗底下都有两个，但是玩把戏儿的人把碗的位置换来换去，不知咋回事，你指哪个碗，哪个碗底下就没有东西了。

在解放商场的东墙下，常常有摆地摊卖骨董杂货的。当然高端的东西不能摆，也不敢摆出来。一般都是在地上铺一块粗布，上面摆几个麻钱、摆几本古书、摆几本碑帖。地方名人的字画也会有几幅，比如寇遐的篆书对联，于右任的单条，牛才子的横批之类，现在说来都是值些钱的东西。据说在20世纪60年代初，"瓜菜代"的年代里，也就三两块钱一件。

这些摆地摊的人大多是50年代从东门里顺城巷、北门里大街鬼市摆摊摆到60年代初的，都有十几年以上的工龄。长安著名骨董鉴赏家刘老先生的二公子刘长平告诉我，1960年到1963年这段时间，他几乎每天都要去解放市场摆摊。刘家存货不少，所以刘长平经常能拿出些稀奇的东西。比如有块两寸大小的银牌，上面錾有"赏"字。据书上记载，这是当年慈禧太后西行的路上专门赏赐给有礼兴、看着顺眼的妇人的。刘长平说，不知道为啥，他每次拿旧书都卖得很快，后来细细一翻才知道，刘家藏的这批旧书都是从满城里出来的，上面都盖着陕甘总督升允的印章呢。60年代初正是困难的时期，钱紧张得很。说是去摆摊卖东西，但是真正卖现钱的并不多，最多的情况是用粮票结算的。在粮食定量供应的年代，西安城镇居民每月供应27斤半粮食，在这27斤半粮食中百分之

214

三十是杂粮（包括几斤苞谷糁、几斤豆子、红苕等），最高的时候杂粮比例达到百分之四十。细粮里面西安人一般不给供应大米，过年过节或有几斤，有南方人证明的可以特别多供应一点。当年京剧大家尚小云先生就住在离我家不远的莲湖路上，楼下临街有一排商店，自西向东有食堂、百货商店、食品水果店、照相馆、理发馆和粮店等。这组建筑群在五六十年代的西安城中是赫赫有名的，被称为莲湖大楼，现在看来就是一个居民小区加裙楼商业点，但在当时城内没有几座高楼，也没有几座看起来漂亮一些的建筑，住在这里的人自然会让人觉得不一般。尚小云先生是从上海来支援大西北的艺术家，按粮本上的规定是要享受多一点的大米供应的。但每次去买米时，粮店工作人员总要说大米没货，或者说只能一次买五斤米之类的话。我的邻居有一位赵大妈就在这个粮店里上班，一次尚小云先生家里的人来买大米，赵大妈翻开粮本一看，户主写的是尚小云。赵大妈爱听戏，知道尚小云是谁，但她当时也没有卖给尚小云家大米，只是说："今天大米不好，过几天来了好大米我再通知你，你把你家门牌号码留下就行。"第二天，赵大妈叫她的儿子赵大山，扛着一袋大米就给尚小

20世纪五六十年代的幼儿园,虽然设备简陋,但保育员、幼儿教师都很负责,几乎很少听到有虐待儿童的事情发生。

云家送去了。哎呀，尚小云老先生还有他的家人能不高兴、感激吗？这样一来二往，赵大妈与尚家倒成了熟人，聊得多了，尚夫人知道赵大妈和她同时认识市上的一位女干部。这下关系更近了。后来"文革"开始了，尚小云先生被下放到农村劳动改造，家里一大堆杂物没法带走，就寄放到赵大妈的后院里。赵家在我们巷子里也算个大户，人口多，住的院子也大，有个后院，后院有树，有井，还有个柴房，尚小云家的东西就堆放在柴房里。过了几年，抄家灭"四旧"的运动高涨，赵家后院柴房里堆的大多是"四旧"。于是大人们害怕了，先是把那些信件拉出来，信封上全是孙中山、蒋介石的头像，还有国民党青天白日满地红的徽章。这些东西要让红卫兵看见那是不得了的大事。于是撕信封，往井里扔；撕画，往锅灶底下烧，成了这俩月的重要工作。那时候我刚刚上小学，与赵大妈的小儿子是同学，每天到他院子拿着撕下来的木头画轴当剑对打玩耍。有些轴头黑红黑红的，拿着也顺手，就像剑柄，不免卸了几个拿回家，现在一看说是紫檀的。尚小云的这批东西毁了不少，到底最后还有没有存下一些来我不知道。后来我只见到一本册页，装裱得极精致，封面为宋团花锦面，红木镶边，正方形，有一尺大小，翻开来左面是画，右面是题诗。这是当年凌香泉画给尚小云的一册工笔草虫，细腻雅致，很有宋元画风。另一件东西就是尚小云先生曾经使用过的一把宝剑。剑匣是鳄鱼皮做的，上有红铜炮钉，剑身是白钢锻造的，剑刃锋利。剑身上还镶嵌有六个黄铜星点，以剑尖为一准星，称为"七星剑"。所谓"七星剑"是指剑如北斗七星变化莫测，剑尖为一星，正可领着剑身随意变化，如果给剑身把七星都镶上，那就是图案而不是"七星剑"了。

现在想来，如果尚小云先生的这批文物、字画能够保存下来，那是多么珍贵的文献资料呀！但历史就是这样，大多是后世叹息前朝，而现世中却总是浑浑噩噩，不去珍惜平凡中的伟大。所以，我认为只要是有关人类社会生活的东西都可以去收藏，都可以去记录，特别是那些已经逝去了的历史文物，哪怕是片纸只字，也会反映出历史的真实细节，也会让篡改历史者有所忌惮。

还是说粮票的事吧，用粮票不仅可以去粮店买米、买面，还能作为有价证券换物易货。每斤面额的粮票在20世纪60年代初要值两三块人民币呢。所以，刘长平说每次摆摊能换四五斤粮票那就算发大财了。当然，这也不能太公开，在粮食统购统销的时代，倒卖粮票也是犯法的，被算做"投机倒把罪"，抓住至少是判三年劳改。刘长平在解放市场摆摊时，左右常有几个熟人在"跳货"，也称"调货"。就是在你的摊儿上卖不出去的东西，给了他却能卖掉。在刘长平的旁边有个叫焦学礼的人，在20世纪四十年代末至20世纪五六十年代长安城中的骨董行中还是有些名气的。焦学礼住在长安城内西北隅马神庙巷19号，其父焦老爷子是前清的进士，祖籍在南方某县，因到陕西来做官，辞官后就落籍到了长安。有人传说焦学礼民国时当过西安市公安局的局长，其实不然，但确实在公安局干过，也就是一名科长之类的小官。焦学礼操着一口南方腔的普通话，常常对刘长平说："这个我帮你卖卖吧。"结果，东西总是能卖出去。这也说明焦学礼的路子广，有些眼光，能看出骨董的好坏与销路。西安著名的书法家，陕西师范大学教授曹伯庸先生是我中学时期的老师。记得70年代初，先师李正峰先生经常骑着自行车，带着我去后宰门曹先生的家里去看古书、赏碑帖。曹伯庸先生曾多次对我讲："你们巷子里有个焦学礼，家里藏了不少敦煌经卷，写得极

旧时，长安城中的老院子前院总是栽种有梧桐树，寓意着可以招凤凰，呈吉祥。而后院常常种的是椿树，那是长寿的象征。

精，我经常去看。也买了几种。"哦，这就引起我的不少兴趣，但我当时年纪甚小，几乎没见到过焦学礼，也没有什么印象，倒是焦学礼的儿子焦满意与家兄是同学，见面总是打招呼。焦满意在马神庙巷也算有点儿名气，不是他干出了啥事业，而是他自行车骑得好。那时候，家里有辆自行车不容易，要是有辆飞鸽、凤凰、永久牌更是露脸。焦满意骑的就是一辆永久牌二八车，每天擦得光亮亮的，而且加装了自行车变速器，当时人称之为"三飞"。加了"三飞"的自行车骑起来"嗒、嗒、嗒"地响着，巷子里的人一听见"嗒、嗒、嗒"的响声，就知道是焦满意来了。焦满意车子一出巷口先表演一个急转弯立马停车，人在自行车上十分钟不倒。然后，用力一提车把，自行车就上了台阶。其他像双手撒把，倒背骑车那都不算啥事。焦满意见人总是客气得很，我问了他几次敦煌写经的事，他总是笑而不答。后来听人说，他家不少字画、骨董都是通过巷子里一个有海外关系的人卖出去了。因为七八十年代长安城中已没有了古玩市场，而且很少有骨董商店收购文物字画。另外，很多藏有骨董的人，也害怕别人知道他家有东西，都是私下通过关系偷偷地卖出去一部分以解决生活问题。

二、骨董行在夹缝中生存着

骨董行业由于主要经营的是"四旧"物品，所以，20世纪60年代中期以后，还是在政治运动的横扫之列。因此，60年代以后，长安城中的骨董商店、古玩市场基本上都不存在了。政府允许还能进行骨董文物经营的，仅有东大街路北马厂子口的省外贸文物商店、钟楼东边路北的市文物商店和南院门的古旧书店。还有一种商店可以打个擦边球，变个名称经营一部分骨董文物，那就是寄卖商店。

寄卖商店过去叫典当行、当铺、货铺、押当等。就是顾主以实物作为抵押，当铺付给低于实物价值的货款，并收一定的利息。到期不能归还本利者，所抵押的货物归典当行，称之为"出当"。长安城里有据可查的典当行大约出现在清朝末年。当时城内约有20多家，民国十五年（1926）围城事件以后，仅剩同丰当、同泰当、同兴当、景胜当、复庆当等七八家。景胜当、复庆当一直开到40年代，景胜当在南大街，复庆当在东大街大差市口，景胜当的经理是任阁臣，复庆当的经理是渭北富豪焦文卿。这两家的生意一直做得很大，但寄卖典当的主要还是衣服、家具等。后来有个浙江人周杏轩在西大街开办了"西京寄卖所"，另一位南方人在东大街路北的集贤巷开办了"公平寄卖所"。40 年代初，长安著名的骨董商阎秉初与其侄阎联云在南院门开设了"惠群寄卖所"，这可以说是将典当、寄卖的经营方式引入骨董行的正式开始。

过去寄卖所的货物主要有三个来源，一是家庭经济遇到困难，或社会动荡引起了家庭变故，只得出售一些家中物资以渡难关。由于市场上不好马上出手变现，只得以低价在典当、寄卖所换现。二是寄卖所以其处理抵押品为号召，可以低价出售商品，因此，也有从外地进货以充抵押品，在寄卖商店出售的。三是有一些专门"吃寄卖所饭"的人，一类是专门在"鬼市"上掏货，然后加点钱卖给寄卖所。一类是有眼力、有知识，如对骨董、文物、皮毛、钟表、水晶眼镜等有辨别真伪好坏的能力，专门去一些大户人家掏货，或去地摊、商店捡漏，然后再卖给寄卖商店的。无论是过去和现在，绝大多数的物品送到典当行、寄卖所很少是打算以后还赎回来的，其实就是为了卖给寄卖行。

20 世纪 70 年代长安城中有两个大的寄卖所，一个是西大街路南广济街口的西大街寄卖所。一个是东大街路南骡马市口的寄卖所，这个寄卖所后来叫"东方委托商行"之类。70年代没有了骨董商店和古玩市场，在这个行业上还要讨生活的人多是借助于寄卖所。我有一个朋友的父亲是玩玉的专家，也兼玩石头眼镜，姓侯，家就住在端履门街路西的三台巷。每次从三台巷出来站在巷口，老侯总要先把鼻子上架的石头眼镜拿下来，先用嘴呵一口气，再用手帕擦一擦，重新戴上眼镜，左右看一下，觉得非常合适了，这才迈着方步往端履门北口走去。老侯戴的是一个叫"托力克"的圆形茶色石头镜，比我们平常见到的石头镜都大许多。据老侯讲，好的石头镜白天戴着往天上看，满天的星星都能看见。夏天戴上，眼睛迟早都是凉飕飕的。我是不懂石头眼镜的好处，也不知道石头眼镜的价值如何，过去常听老侯的儿子给我讲："俺爸有十几个石头镜呢，哪一个都能换辆自行车。"老侯的儿子爱练书法，每次到他家看他写字，都会见到不少人在他家摆弄眼镜，据说这些人都是从山西来的，从乡下收购了石头镜然后送到西安来，西安老侯出价最高，所以老侯家也最热闹。老侯买了眼镜，好一点的先留着，其余的就拿到骡马市北口的寄卖所。寄卖所的人都认识老侯，知道老侯懂行，东西好，

20世纪六七十年代，长安城中西大街寄卖所前，图中女士就是寄卖所的职工，面对寄卖所，后面是钟楼，街道停放的架子车就是那个时代的特征之一。

一般都会要上几个。说是寄卖，其实就是收购了，但照例是要开个委托寄卖的票据，有底价，有委托时间。寄卖所和修锁、刻印章的一样，50年代以后都算是"特行"，就是"特别的行业"，官方监管得很严。寄卖东西可以，但必须出示户口簿，有些东西寄卖甚至要单位、街巷的证明。送来东西登记完，就由专人验收。寄卖所也有懂行的，也分衣物、家具、电器、珠宝、玉器、眼镜、字画等专人收货。字画不是谁画的都行，要老的，要够年代，是名人的才行。石头眼镜那时候很少有新做的，也没有太老的，以民国初年的石料为最好，眼镜架子又以东洋玳瑁的为最好。老侯认识人多，特别跟火车上跑车的乘务员有些关系，从北京、上海弄点货，再卖给寄卖所，多少挣些钱，也就把几个娃养大了。听人说，老侯民国的时候就是东大街端履门西北角"华美利钟表眼镜行"的老店员，经常去南方进货，当然是内行了，要不，他的周围怎有一堆人向他请教呢。

大约是1973年的冬天吧，那时候我刚上初中，字认得多了就爱看书。家里的那一点藏书早已看遍了，连我爷旧社会开铺子时的账本都翻了两遍。账本上记的都是送货到哪、多钱，进货多少、多钱。因为卖的是文具书籍，送货的地点、人名现在想来还有些史料价值吧，比如："洪子明，挂面营 11 号"，问了许多人都不知道西安城内哪里有个"挂面营"。"张建民，九府街 16 号"。"九府街"就是现在的青年路。"孙重道，马神庙巷中巷子 28 号"。马神庙巷中巷子是我家老宅的所在地，我出生、成长在这里近三十年，1986 年西安城内大拆迁，才把我们家的老宅院给拆除了。回迁后，又在原地的一座砖混楼上住了七八年，最后还是搬离了这个令我经常梦中都留恋的巷子。孙重道的这个院子极大，约有三十亩地大小，在民国三十年（1940）印行的西安城区地图上还标出了孙重道院子的位置。当地人称这个院子为"孙家花园"。"花园"里还有个环形的小铁轨，可用小火车拉着客人在花园里游览。"孙家花园"的树木、建筑之美，园林规模之大在长安城中都是首屈一指的。后来扩建莲湖路占了其中一部分，又把"孙家花园"的西半部改建成了"海洋针织厂"，"孙家花园"也就不存在了。巷子里的人都知道有个"孙家花园"，但主人是谁都不知道。后来我翻看这个账本，才知道"孙家花园"的主人叫孙重道。而且有文化，与军政各界人士多有来往。虽然一时查不出他的生平、经历、职务，但有了姓名，也许以后有机会能在哪里见到孙重道的记录。这多少为长安城中的一位名人留下了点线索，多少也是弥补了我们街巷历史的缺失。

账本上还有一个名字我很熟，就是祝仲迪。祝仲迪住在马神庙巷 1 号，与我家也是街坊邻居。我记事的时候只听说祝仲迪夫妇都是老师，尤以他夫人胡老师的名气为大。胡老师在巷子里的小营盘小学当过教务主任，书教得真好，我家大姐就曾得到她的教育。祝仲迪则很低调，听陈少默先生讲，祝仲迪先生的画很有功力，山水学"四王"，花卉果蔬出虚谷，近白阳，格调不俗。20 世纪 40 年代中期，祝仲迪曾在西大街开了一家美术学校，此时，陈少默先生正养病赋闲在家，于是应祝仲迪邀请在美术学校讲了半年美术欣赏课。祝仲迪在长安的美术界成名很早，一是因为其父祝竹言的训导与影响。祝竹言曾先后受教于李慈铭、樊樊山、端方，在端方幕中任职，科举废后以优贡生任知县等职，民国初年在陕西为政务厅长并代理省长。祝竹言的山水画极佳，在当时已声誉关中。祝仲迪能成为书画名家另一个原因也是很有理论水平，当时长安城中的画家名人如景莘农、张洁父、史丹青、查少白等都喜与其交接。民国二十二年（1933）"西京金石书画学会"成立。祝仲迪即由学会的事务部主任，画家张洁父（张伟）、画家史丹青二人介绍加入了"西京金石书画学会"。史丹青当时在省政府任职，祝仲迪在学会通讯录上的地址写的也是省政府，二人在当时应同在一处工作而又互相提携。从"西京金石书画学会"历次展览参展作品目录上看，祝仲迪均是以山水为主，"设色山水中堂一件""山水横披三幅""山水琴条二十一件"……可惜，不过五六十年的时间，长安许多有品位，重文化的书画作品都已销声匿迹了。一个城市的记忆，一个城市的文化也就少了一根传承的线索。

还是说读书的事。家里的书已无可读，我就经常去对门院子甘老太太的家里去寻找。过去住平房的时候，邻里之间的关系似乎都很近，特别是有年龄相近的、能玩到一起的小孩儿，那家庭间的关系就会更好。不论是午饭、晚饭，隔壁两邻的孩子们总爱端着饭碗串门，不论你碗里是苞米糁子加红萝卜丝，还是白米饭有几块肉。大家可能会去问："今儿吃啥饭？"但也不会羡慕、嫉妒、恨，也不会太表现得馋嘴。小孩子们谝的都是学校的事，无非是与老师如何捣乱，同学又有啥能

高大的牌楼，牌楼上横着挂的老匾上写的是"长安木偶剧社"。"木偶剧社"1956年改名为"木偶剧团"，所以这张照片至少是1956年前拍的。至于牌楼在哪里，因为拆得早，现在很少有人知道了。这个牌楼是在西大街社会路南口，20世纪60年代拆除。

耐的事。我虽不是端着饭碗串门子，但放学了大多数时间都是在对门的院子里玩。向甘老太太的孙子借书。甘老太太是一位有文化的人，她的儿子在天津大学任教授，长期不回西安，她就和孙子大头居住。甘老太太民国年间即开办了一家幼稚园，一是为教育儿童，二也是一种慈善事业。甘老太太的丈夫姓李，民国年间是西安第一家西安到临潼线路上运输公司的经理。原住九府街，后来买了骨董商白辑五在我家对面盖的一个大院子，成了我们家的邻居，20世纪80年代拆迁时，我还看到甘老太太家房子大梁上写着白辑五建于某某年的字样。甘老太太的孙子，毕竟是小时候营养好，长得很壮实，个子高，头也大，因此巷子里的小孩儿们都叫他大头。大头比我长三四岁，学习很好，也爱看书，他有三四架的书，这在那个时代是很奢华的事情。我一放学几乎都要去他家翻书，可以说，我童年生活中快乐的时光都是在甘老太太家与大头的书架前度过的。这真是不容易，也是值得庆幸和感谢的事。70年代中期，甘老太太得了重病，冬天了，老人不好过，她就让孙子拿了一对翡翠镯子，去钟楼东北角市文物商店换些钱来。市文物商店是当时长安城中仅有的几家允许收购骨董文物的机构。另外，文物商店中有一个姓李的老头，曾经是甘老太太丈夫运输公司的账房，因为有个熟人的关系或能顺利地收下手镯。

　　大头拉了我陪他去，市中心的钟楼距我们家大约有四五里左右，过去上街基本上都是步行走路。从马神庙巷向东，穿过教场门、二府街，拐到北院门，再走北大街向南就到钟楼了。西安市文物商店在钟楼东北角一百米处，正门在东大街，收购部则在西侧通往平安市场的小道上。从收购部小门进去，先是一个很小的房间，有五六个平米的空间。左手是一个很高的柜台，让人觉得像过去当铺子的样子。大头进了门向柜台里探探身，想看一下那个姓李的老人在不。这时，一个大胡子老头却站了起来："哟，俺娃来了，有啥东西没。"大胡子老头似乎知道大头的来历，还是很热情地招呼着。"我看俺李爷在不。"大头嘴里嘟嘟囔囔也没说清。"你李爷退休了。"大胡子老头说着还看了一眼大头手上拿没拿东西。大头犹豫了一阵，还是从口袋里掏出了一个用手帕包的小包。"俺奶说把这给看一下，看能值多少钱。"大胡子老头接过小包，放在柜台上的一个小木盘里。慢慢地打开，只见是一对浑身翠绿翠绿的翡翠手镯。大胡子老头是内行，一搭眼就知道是好东西。这对手镯绿得自然均匀，露白处通透晶莹，是真正的玻璃底子，基本上没有什么瑕疵。"俺娃，这对镯子给你开二百元咋样？""不行！不行！"大头有些口吃了，伸出一个巴掌结结巴巴地说："俺奶说了，至少得五百元。"大胡子老头说："这东西现在不好卖，二百块钱就差不多了。"大头赶紧把玉镯重新包好，揣到口袋里，"那我回去再给俺奶说一下。"大头一边说着一边走出了收购部的小门。小门外有几个围观的人，还想和大头搭话，大头理也不理拉着我从平安市场拐了下去。

　　毕竟是在市中心的钟楼根儿底下，平安市场啥时候都是人多。平安市场最早是易俗社的露天剧场，过去一到夏天，易俗社总要在这里演戏，票价便宜，四方来的人就会多得很。人多了，旁边自然就有了卖小吃、买茶水的摊子。到了 20 世纪 40 年代，这里经常是商贩云集，地方上还组织了合作社，称为平安市场。1955 年又在平安市场上盖了一个大房子，和马路对面的解放市场的形式一样，直通通的像个大仓库，南北也有百十米长，北边通到了新化巷，现在叫西一路上。平安市场也更名为新安市场，到 1981 年又恢复了原名。

大头领我向北边的平安市场走去，几步路左手就是钟楼电影院。这时节正在放映谢晋导演的《春苗》呢，我以为大头要请我看场电影，心里有点激动，因为《春苗》我没看过，听说电影里有个演员还是我们巷子里张黑蛋他嫂子。钟楼电影院门口围了很多人，售票窗口早已关闭了，挂着票已售完的牌子。有人见大头和我走过来，便问："有票没，有票没？"看来吊票的人还不少，这电影恐怕也看不成了。其实，大头眼睛就没朝左边的电影院看，而是向右，下了台阶朝北走着。钟楼电影院门口右边有几级台阶，下去就是平安市场的场子。场子东北角有一座三层楼高的建筑，这就是有名的望春楼餐厅。"大头不会请我在这儿吃饭吧？"我心里想着。不过大头确实在望春楼的门口停下来了。

现在已是冬天了，望春楼下有几个窗口翻腾地往外冒着白色的热气，大头往窗口里望了望说："一人来一碗热藕粉。"我当然同意。热藕粉是五分钱一小碗，现场用开水沏的，沏好后再加一匙白糖，在寒冷的冬天吃上一碗热藕粉那感觉就别提了，在那个年代可以用"幸福"二字来形容一点也不为过。

吃完热藕粉，大头领我又进了平安商场内，这也是一个百货商场，各种日用品都在卖。柜台中间的空地上安装有一人高，两个人搂抱粗的铸铁大炉子。炉子里的钢炭噼里啪啦地响着，燃烧着，炉子散发的热量让人无法靠近，这就是过去商场里冬天的取暖工具。大头在铁炉子旁边烤了一会儿火，皱着眉头像是思量着啥，然后对我说："走，咱们再去一趟文物商店。"

大头一晃一晃地进了文物商店收购部的小门。看看柜台内，大胡子老头还在那坐着。大头笑了笑对他说："刘爷，俺奶说了可以少一点，但不能太少，你知道这东西的价钱，你看给多钱合适，我就不去别的地方了。"大胡子老头赶忙站了起来说："你让我把东西再看一下。"大头又把镯子递了上去。大胡子老头拿出了放大镜，在柜台里桌子上的台灯底下看了半天，然后说"娃呀，爷也不少给你，就开三百元吧。"大头摇了摇他的大头结结巴巴地说："刘爷，你……看四百块、块、块钱算了。要不我就拿走去外贸文物商店俺张爷那里了。"大胡子老头又拿起翡翠镯子看了有五分钟，最后说："俺娃既然来了，又是你奶说的价，我也不敢剥擦，四百就四百！"很快，票也开了，钱也领了，大头就领着我哼着小调回了巷子。

这是我第一次进文物商店收购部，也是第一次见人卖骨董。四百元现在来说数量不大，但那可是当时普通工人近一年的工资。要是把这对翡翠镯子放到现在，拍卖会上恐怕得上百万元了。这真是此一时、彼一时，骨董再值钱在那个时代你卖不出去也等于零。一个城市只有三两家能出钱收购，私下买卖还要以"倒卖文物罪"论处，因此，能把骨董卖出去，能拿着几百块钱回家，似乎还要感激一下谁呢。说到这儿，又让我想起钟楼文物商店收购部里的一件事。这大约是在1985年冬天吧。年底了，天气很冷，我在大荔县下乡时，村上一位和我多有交往的老先生来找我，说是因为要看病，想把家里藏的一面古代铜镜卖了。当时我也没有见过几面铜镜，也不知道好坏优劣，只能把老先生领到钟楼东边市文物商店看看。进了文物商店收购部，见柜台里坐着一位精瘦的老头，一缕山羊胡子飘在前襟，显得非常精神。"老师傅，你把这个铜镜给看看，看能给多少钱。"大荔县来的老先生解开手里提的布包，掏出来一面泛着银光的铜镜，背面似乎还有动物图案。瘦老头站起身来，接过铜镜看了一眼说："真的假的？""真的！真的！"大荔县来的老先生说，"这是我在土壕里挖土

20世纪50年代的照相馆为"福利公司"管辖，这还是第一次听到。有照片为证，也算是长了知识。不过，整齐的房屋更让人怀念。

挖出来的。""哦，"文物商店里的瘦老头不再看铜镜了，而是在他办公桌上的一摞书本里翻着什么，一会儿，翻出了几张纸片放到柜台上，然后对着大荔县来的老先生说："你看，这是国家发的文件，这是省上发的文件，这是市上发的文件。"瘦老头指了指文件上用红笔画出的地方说："这上面写的是：一切出土文物都归国家所有。你这铜镜是出土文物，国家肯定要收回了。"大荔县来的老头一听就急了，赶忙改口说："哎呀，这是俺村上一个老人留下来的东西，传了几辈了。老人现在有病要抓药，听说我到西安办事就让我捎上，看能不能卖俩钱回去。你这要是没收了让我回去咋交代？"文物商店的瘦老头说："东西虽然是归国家，但是按规定还是要给你几个奖励钱的。""那好，那好。"大荔县来的老先生急忙问，"那你能不能给我写个条子，我回去也好说？""条子当然有。"文物商店的瘦老头转过身，对着靠里面桌子前坐着的一个年轻人说："写，小汉镜一面，有锈色。"那个年轻人在一本发票上戳戳点点地写着，然后抬起头来问："写多少钱？"瘦老头慢声慢气地说："两元。"大荔县来的老先生接过发票，看着上面写着"两元"，脸上难看得很，但是也没有办法，"你不是说还给写个条子吗？""你去会计上把钱领了，你留下的一联就是条子了。"瘦老头完成了他的工作，说着坐下来，端起他的茶缸很优雅地喝了口茶。大荔县来的老先生低声嘟囔着："我咋看这像旧社会的当铺子。"我不明白旧社会的当铺是怎么回事，也不明白为什么亮铮铮的铜镜要说是"有锈色"，更不明白这么好的东西为什么只给老先生两块钱。想问问大荔县来的老先生，但看着周围有人，老先生又要去会计上办手续，也就把这些问题给岔过去了。

这位大荔县来的老先生，民国时曾在三原女子中学当过校长，很有学问。我在大荔县下乡时经常去他家，听他讲旧掌故、旧传说，得到了许多快乐。自从来西安卖完铜镜，不过半年老先生即去世了。其实，老先生真是想把铜镜卖几个钱给自己看病的，但是那个时候也真不是卖骨董的时节。

这大约是我第二次进钟楼文物商店收购部了，以后就再也没有机会进去过。到了20世纪90年代，才知道这位文物商店的精瘦老人姓韩。大家传说着这样一个故事，90年代初有一次涨工资的机会，文物商店不知为何没有给韩老头涨。韩老头在讨论会上一把鼻涕一把泪地讲："我给文物商店收购了多少好东西，七几年收的甜水井赵家的一批字画，才五百元，当时就能值八千。八二年收三学街李家的碑帖，一架子车才给了三百块，现在咋不值个万把元。去年收的齐白石中堂一千五，文物商店要赚多少钱。结果现在几十块钱的工资都不给涨，这不让人心寒么。"我相信这些事都是真的，也相信在困难中人们卖出心爱之物者的无奈与被欺。

本来这一章节是写骨董行如何在夹缝中生存的事，可大多数文字却写了人们在那个时代如何在夹缝中讨生活。这似乎有些偏题，还好，写人也罢，写事也罢，多少都是和长安文化、和骨董行有些关系，这就让我心安理得了许多。关于骨董行在一个特定的时代如何生存，下一个章节还是要讲到的。

三、从鬼市向人市的过渡

这里用了"人市"一词，不是后来人力市场的意思，更不是买卖人口的市场。所谓"人市"，是相对"鬼市"而言的，"鬼市"有地下的、私下的、不公开的成分在里面。"人市"则是说骨董行业的市场已渐渐地恢复了公开。

20世纪70年代末，小东门、八仙庵、文艺路南头的旧货市场每周还是开着一次的。从周围四乡八镇来西安集上摆摊的人，往往都来得很早，有些人天没明就来了，还有些"鬼市"的遗风。有摆早摊儿的，就有赶早集的。每次逢集的早上5点（要是夏天还会更早些），就有人打着手电筒到文艺路集市来淘货。远远望去，路边大树之下亮光一闪一灭，人影一起一伏，虽不敢说鬼影幢幢，倒也有一些阴森。前人把这骨董早市称为"鬼市"，倒也有它形象的地方。过去手电筒少，赶集的人手里提着煤油灯，或举着蜡烛灯笼，那烛光忽明忽灭，摇摇曳曳，真有点像鬼境呢。

因为有外地和四乡前来赶集的，早上必然会有些新鲜的土坑货。骨董行的经营者有个习惯，喜欢要那些从未露过面的东西，把才出土的叫"生坑"，把家藏未面过世的叫"生货"。这是因为"生坑""生货"人没见过，就有了新鲜感，就有了吸引力，也就容易卖个好价钱。另外，还有个原因就是这骨董行上坏人还是有的。有些人上手就是为坏你的事，坏了你的事他才能从中得利，他才能把他的东西卖出去，也显得他多么能行。年轻的时候读过一本《拿破仑三世》的书，上面有拿破仑的一句话，深刻地指出了普通民众的社会心理："庸人们是极易受骗的，他们对于连连走运者，更是佩服得五体投地。"如果你的东西出现在社会上，这种坏人就会四处造谣，说你的东西如何的不对，甚至会说谁造的假他都知道。爱好骨董的不一定都是专家，用耳朵听来作为鉴定依据的占了大半，这坏人坏话说多了你的东西还能卖出去不？而这些用耳朵来鉴定的人必然会跟着坏人走，买坏人的东西，坏人的事情也就成了。因为有利益，坏人们自然会不遗余力地拆你的台。这种人过去有，现在仍然有，在后文我还要细细讲些故事，现在就先提一下。

　　为了淘到新鲜货，为了淘到好货，为了增加神秘感，为了卖个好价钱，早市的前奏"鬼市"是必然会存在的。当然，说"鬼市"里有"鬼货"，有不愿见人的货肯定也不可避免。

"鬼市"时间段一过，天已大亮，大多数赶集的人这才到来，这一下要到 12 点吃午饭后才陆陆续续散集。

除了城区文艺路、八仙庵、小东门有旧货集市之外，在 20 世纪 70 年代末 80 年代初，骨董行有眼力的人每逢阴历二、五、八日都要去距长安城东三十里地的灞桥镇上赶集。灞桥镇的集还是以农贸、生产资料为主，手编的柳条粪笼、生铁的镢头、铧犁、猪、羊、鸡，还有些粮食、蔬菜之类。在灞桥街的东头路北，有几个摆地摊的农民，两个红苕筐子之间放着几个瓦当和几枚铜钱。我的街坊刘家二哥就经常去灞桥街上赶集，看到瓦当和铜钱，眼尖的刘家二哥马上就凑上去问："乡党，这是啥东西？"摆地摊的农民说："这是瓦托儿，挖红苕窖才挖出来的。""噢，这上头是啥纹纹儿？""不知道，人家说这是云纹儿。"刘家二哥又看了看地上放的那几个铜钱说："这是啥机器上的垫片？""啥垫片！"摆摊的农民说："这是麻钱儿！""麻钱儿？人家麻钱儿是圆的，你这圆的上头咋还连了一个把把儿。"刘家二哥一边擦着铜钱上的土，一边眯缝着眼睛翻来倒过地看着铜钱。"乡党，这带把把儿的麻钱儿和这几个瓦托儿一齐给我，你说多钱。"摆地摊的农民说："你还不给下个二十个元。""二十元？二十元是我一个月的工资，都给你了我吃啥呀。是这，两个瓦托儿，两个麻钱儿一共十块钱，我口袋剩下五块钱还要坐车回西安呢。再说，一齐卖给我你也零干了，早早回去歇着。"摆摊的农民一摆手说："拿走！拿走！我看你这小伙子也爱这东西，多少钱就那事了。"刘家二哥把铜钱揣到上身衬衣的口袋里，把几个瓦当用塑料袋包了一包，头也不回，急忙上了31路公共车回了西安。

吃了晚饭，刘家二哥就来叫我："兄弟，今天哥弄了几件好东西你来看一下。"我不一定买得起好东西，但我常常有机会看到好东西。刘家二哥爱叫我去看货，也是我有时候能说出几句行内的话来。二哥家离我家不远，出巷口向东走三百米就到了，就在过去北教场的旁边。二哥家也是一个独院，就是家里弟兄多，房子盖的多，院子空地不大，显得有些挤恰。二哥住在厦房，一明一暗两间，外间房堆的全是东西，几乎不能容身。在堆满东西的饭桌上，清理出了一块儿空处，瓦当、铜钱就放在那里。"兄弟，你看这几件东西咋样？"二哥指了指桌子上的东西。我上前一看，"哎呀，这不是鸟虫篆的'永

长安城中的莲湖公园是我儿时的乐园。那时候，顺着土坡可以直接走到湖水的边沿，洗手、濯足、钓鱼都很方便，而且安全，绝对没有失足坠水之感。

受嘉福'瓦当么！"在汉代所有的文字瓦当中，"永受嘉福"瓦是唯一的、真正的鸟虫篆体文字。后来又出土的如"万岁"、"延年""千秋万岁"等，虽然笔画上也有些变形的装饰，有些人就称这种瓦当也是鸟虫篆。其实从整体文字的结构上来看，这些瓦当并不是鸟虫篆的写法。"二哥！这瓦当可是稀有的东西，这是从哪里买的？"二哥也不避我就说是从灞桥街上买的。"有的书上说'永受嘉福'瓦在咸阳出土的么，咋跑到灞桥街上？"二哥笑着说："那都是挖货的人指东道西，能让你知道具体的出土地方？知道了你们都去挖了。"二哥指着桌子上的东西说："这些东西都是从灞桥以北渭河边上出土的，这一带属于汉代的上林苑，也是未央宫的一部分，出土这类东西应该没有问题。"我拿起那个带把把的铜钱一看，"哎呀，这也不得了！这不是王莽时期的'一刀平五千'么？"二哥得意地摇了摇头，也没搭话。在西汉末年王莽的新朝里，十来年的时间内，一共发行铸造了六种以"泉"命名的钱币，十种以"布"命名的钱币，比如大泉、小泉、中泉、壮布、幼布等，后世把这几种货币统称为"六泉十布"。这个"一刀平五千"也是王莽后来增发货币的一种，用了过去刀形币

数十年前，长安护城河边的垂钓儿童。

的形式与名称，这个带把把的铜钱其实就是"刀币"。"平"就是"值"、"等值"的意思，就是说这一个刀币值五千个小钱。为啥能值五千个小钱呢，除了官方说值就值外，这个"一刀平五千"上"一刀"二字是用真金镶填出来的，这可是珍稀的古代货币。二哥一天而得数宝能不高兴吗？"瓦当和钱币我都打个拓片送你，少见的东西你留个资料吧。"二哥说着把已经打好的拓片递给我，至今这两张拓片还在我的书柜里藏着呢。

二哥的父亲原来在国民党军队中为军医，抗战以后随军来到西安，与家父同属胡宗南后勤部队的一个军需处，就驻扎在原马神庙巷东边的清代北教场内，后来称为大营盘。据家父讲，他们都曾是侯镜如的部队，抗战中也参加了中条山战役。失利后部队编入胡宗南部进驻西安。家父因为有些文化，字也写得好，也会算术，就安排在军需处当了军需官。1949 年初，家父所在的部队穿过汉中、四川，前往云南昆明，试图想迂回撤往台湾。但在昆明被围，遂宣布起义而被解散。当时，家父是携家母一起撤离的，家母又是在马神庙巷出生的，虽然已经被安排到了昆明某军队被服厂工作。但家母思乡心切，还是辞了工作辗转回到了西安，并在马神庙巷原地落了户。刘家二哥的父亲因为是医生，早早就辞职自己离开了军需处，就在大营盘对面买了房子安了家。还好二哥的父亲辞职早些，"文革"中并没有当成"国民党残渣余孽"批斗。二哥以家传的医术经常去农村巡诊，借机也淘了不少骨董，也有不少故事。由于两家有些旧交，二哥也不避讳，常常讲给我听，后文中我也会讲些故事给大家听听。

家父在国民党军队中干了十几年，又长期在西安驻扎，因此与西安城中不少老人相识。20世纪70年代初，经常与晋震梵、周绵坤、陈少默以及老关庙什字一张姓老伯去香米园雷圣宗家聚会票戏。晋老唱老旦、陈老唱老生，周绵坤唱小生，家父不善唱戏，只是搭搭下手而已，琴师则是主人雷圣宗。晋震梵原为杨虎城部下的机要秘书，知道许多故事，却从不轻易讲来。据陈少默先生讲，晋老在当秘书前都是发过誓言的，不会对外人随便讲机密的事。但晋老对民国时期西安城中社会生活的掌故乐意讲述，也了解不少旧时老人的故事，所以后来我学习研究西安地方史多从晋老处求教过。陈少默先生当然是文化学者，更熟悉长安骨董行的掌故，在这方面数十年来一直对我帮助很大，也使我学到了不少鉴赏艺术品的知识。周绵坤是真正的长安旧家子弟，祖籍泾阳县，其祖父周石笙是清末著名的法学专家，民国初年曾任陕西通志馆总提调，是位很有文化底蕴的人。周石笙与于右任有姻亲关系，因而周石笙之子周伯敏既是于右任的秘书，也是于右任的外甥，故其书法极似于右任。40年代时，于右任的不少书法应酬件都是由周伯敏代笔的。周伯敏是周绵坤的伯父，周绵坤的父亲则在陕西省政府主席邵力子属下为秘书，当然名气就不如周伯敏了。家父与周绵坤年纪不差上下，但周绵坤最小的弟弟周选坤却仅仅比我大四五岁。可能是其父老来得子吧，故起小名叫"新娃"。70年代后期，大约1977年、1978年间吧，一次偶然的机会我认识了周选坤，我们两人便开始了长达四十多年的交往。

1976年底，一场冬雨过后，我被安排到大荔县黄河岸边上一个小村子下乡劳动，身份是"知识青年"，简称"知青"。既然是"知识青年"，自然要追求知识。那时，刚结束了"十年文革"，可读的书太少了，1977年开始人民文学出版社陆续出版了一批世界名著，如《战争与和平》《安娜·卡列尼娜》

《欧也妮·葛朗台》，等等。当时出书不容易，而且全国都在知识饥渴的当中，某个地区的新华书店能分配到几本名著，那可是相当荣耀和稀有的事。有一天，我听说邻近一个乡镇的新华书店进了几本名著，立即迫不及待地借了自行车，骑了两个多小时的乡间土路，在一个名为醍醐的古镇上找到了那家书店。还好，书虽只分配了两三本，但能拿出几块钱买书的人却不多。而我却奢侈地用一块四毛钱买了一本巴尔扎克的《欧也妮·葛朗台》。说实在的，是否能读懂书中的意义我不敢说。但不同于报刊、杂志上数十年来所见到的语言风格却还是吸引了我，趁着麦收后的空闲，我从大荔返回西安探亲休假。实际是将新打下来的麦子领了五十斤，搬运回家，以补充西安家中的不足，这大约是所有下乡知青都曾做过的事情。

回到西安，听说钟楼新华书店时常有新书上架，中午吃完饭我就匆匆跑去翻看。钟楼新华书店是西安城里最大的书店，地址位于钟楼东北角，老邮政局的东侧，门前有一个小广场。每到下午，广场上就会聚集不少人，他们手里多是捧着三五本新出的世界名著，据说这都是他们得到新华书店有书要卖的消息，早上五点多排队才买到的。因为世界名著发行的数量极少，只有极少的人才能得到，所以，许多人到钟楼新华书店转一圈一看没书可买，就会在广场上问那些手捧书在转悠的人："这书卖不卖？""不卖，你有其他书可以换。"他们总是这样回答。"咋换呢？""看你是啥书，各说各的价。"我凑到旁边听着，知道了这就是开始流行的所谓"换书"。我看到一个换书的人手上有一本莱蒙托夫的《当代英雄》便问："这书加钱卖不？"换书人看了我一眼，又看了看四周无人注意，就说："一般不卖，我看你像是爱读书的人，原价一块五，你给两块就行了。"两块钱在1977年也算不小的数字了，一碗羊肉泡馍也不过两毛钱。对于一个刚走进社会，且无什么收入的知青来说还是有些压力的。但《当代英雄》无论如何还是具有强烈吸引力的，和换书的人磨蹭了半天，并且答应我那里如果有不看的书可以卖给他，这样才少了两毛钱，以一块八毛钱将《当代英雄》请回家中。

我们家院子的角落上有一个柴火房，过去长安城中的人家几乎都有灶台，几乎都得用麦草等生火做饭。因此柴火房里一半堆满了麦草（关中方言称之为麦苋，在长安城北院门西边有条街道，就叫麦苋街，旧时以卖麦草、煤炭的店铺多而得名），另一半则堆了不少家中的杂物，这些杂物中有几捆旧书，还有几捆旧字画。我那时就爱看书，对旧字画并不懂，翻看了一下这些旧字画多是梅、兰、竹、菊之类的，也不知作者为谁，就提出来一捆，准备去钟楼书店前换书看。

这是一个秋高气爽的下午，天空中飘了几朵白云。每当看到这样的景象时，心中定会朗诵出"天高云淡，望断南飞雁"的诗句，这是儿时法定要求背诵的诗词之一，所以也就早已烂熟于胸了。只是小时候并不理解，到了逐渐接触社会，这才稍稍能对上号。如果心情再高兴一点，那就不禁会唱出"蓝蓝的天上白云飘，白云下面马儿跑。"其实这歌声也真不应景，城市里哪来的马呢？青砖、蓝瓦、白墙所夹裹的街道上，穿梭的都是自行车和身着灰黑绿几种服色的人群。但不管怎么说，我的心情不错，因为去钟楼书店前说不定会换到什么好书呢。

每天下午两点以后，钟楼新华书店门前就开始有换书的人聚集了。我看到一位大脸盘儿、大个子的人手上有几本字帖，一本《中国古代书法展品选辑》，上海书画社1973年出版，定价0.90元。一本民国十二年（1923）上海有正书局石印的

竹笆市街上的阿房宫电影院成立很早，很有些历史。当年长安城中的
时髦人物都喜欢到这里消遣。

《初拓未断本曹全碑》，定价大洋三角，我当然没有大洋可付，也不知折合成今价是多少。还有一本是民国年间上海石印的《右任墨缘》。于右任是陕西三原县人，近代的书法大家，自然我略微熟悉一点儿。两年前，我无意在家中柴火房翻出一本《集王圣教序》字帖，而我的老师李正峰、陈广林都正在热衷于练习书法，我就把这本字帖拿给他们看，并以此为话题聊天，两位老师为我讲了不少书法、字帖、碑刻的知识，当然，古今的书法家也讲了许多，陕西三原的于右任就是经常提到的人物。

我指着于右任的《右任墨缘》问那位捧着书的大个子："这本书咋换？或者卖多少钱？"大个子挑了下眼眉微笑着对我说："你知道这人是谁不，你要这人的书有啥用？"我答道："听说这人是国民党的监察院院长，也是咱陕西人。""噢！你还知道！"说着大个子就把《右任墨缘》递给了我，"要是不懂的人我就不让他看，随便卖走就把这东西给糟蹋了。""不会，不会，俺老师就爱书法，我是想让他看看。"我接过《右任墨缘》翻着，跟大个子聊着。"你老师是谁？""李正峰，还有陈广林，都爱写字。""噢，听说过，听说过！"大个子指着《右任墨缘》说："给你说，这于右任就是俺舅爷，我叫周选坤。"我当然也报了名姓，并把我提来的那捆旧字画让他看。周选坤似乎很懂字画，略略地翻了一下说："嗯嗯，都是民国人画的。你把这些都给我，我换给你些文学书，走，到俺家看去。"我当然是高兴了。就跟着周选坤去了他家。

周选坤的家离钟楼不远，向东走端履门，再向南柏树林什字往东二百米就到了。这是一座很老旧的宅子，青瓦房很高，秋天里下霖雨屋里被下漏了，房顶上掉下来的泥土还在房子中间堆着没清理呢。翻过这个小土堆来到床前，周选坤伸手从床底下拉出一个纸箱来，打开箱子全是旧书。我因为喜欢文史类的书，但这箱子里大多是旧时的课本之类，翻了翻，看到其中有一函套，打开看是清代陕西女诗人杭温如撰写的诗集《息存室吟》。我虽不太喜欢读清代人的诗文，但这也算是一套文学类的书，而且是古书，所以也就同意用旧字画换了。就这样一来二去，和周选坤成了朋友，后来又知道他的长兄周绵坤还和家父在一起来往，中国有一句老话，叫作"肩膀齐为弟兄"，反正是江湖乱道，他们玩他们的，我们玩我们的，我们二人也总是以兄弟相称、相待。

知道钟楼书店门前的"换书"很有意思，所以，一有时间我就会去那里转转看看。在钟楼书店"换书"的人群里有两个最有能力、最有名气的人，一个名叫长林，一个不知名，但以其鼻子总是红的，大家都叫他"红鼻子"。说他俩最有能力是他们总能拿出一些紧俏的书来，比如，这时刚刚恢复了高考，上海编印的数、理、化、语文的复习参考资料，刚刚出版发行的中国文学家的著作，如秦牧的《艺海拾贝》、魏巍的《散文集》等等，当然新出版的世界名著就更不用提了。

　　"红鼻子"手上捧着一摞书，身上总是斜挎着一个草绿色的书包。如果遇上熟人，或实在的买主，他就会从书包里摸出一两件稀奇古怪的东西。比如一方配着红木盒子的小砚台，一副黄铜折叠式架子的茶色石头眼镜，有时还能摸出几方长满了绿锈的汉代铜印。"这都是从老户人家淘来的，自己人要了便宜。""红鼻子"一个手捧着书，一个手揉了揉鼻子。"这砚台多钱？""二十五。""红鼻子"开价的时候一般不看你的脸，而是转向别处，有些"王顾左右而言其他"的意思。大约是不想让人知道他在"换书"之外还卖着别的东西。砚台不大，就一个成人手掌大小，但红木盒子做得细致，尽管盒子上面满是污渍，看不清木质的纹理，但从盒子里面的边沿处能看出来，木纹里夹着许多金线，"嗯嗯，是金丝楠木没问题。"我心里想着，盒子拿到手里也是沉甸甸的，肯定是好东西。把砚台取出来，见是随形而制的，用手一摸，绵绵的，温润得真像小孩儿的屁股。看颜色红如猪肝，无有杂质，这大概就是端溪老坑料的砚台吧。再翻看背面，发现刻有两行小字，"康熙辛亥十月，吴门顾二娘制。""哦，这难道就是传说中顾二娘的端砚。"我心里有点激动。顾二娘是清初顺治、康熙年间苏州人，本姓邹，因嫁到苏州以制砚为业的顾家，故人称顾二娘。顾二娘除继承了顾家的制砚手艺外，还自创了一套辨识砚材的方法和刻制砚台的工艺。据说顾二娘用鞋尖在砚石上蹭两下，便知这砚石的品质高低。我不知道这隔靴搔痒的方法是不是后人杜撰出来的，如果顾二娘脱了靴子用脚掌蹭一蹭，就像用手摸一样这才有可能呢。但顾二娘所制砚台造型确实文雅，非常适合文人雅士案头陈列。所以顾二娘砚在当时即难得一求，价格也非常昂贵。我问"红鼻子"："这砚台换书不？""红鼻子"回答："这类东西都是我买来的，要了就给钱。"讨价还价，说了半天，

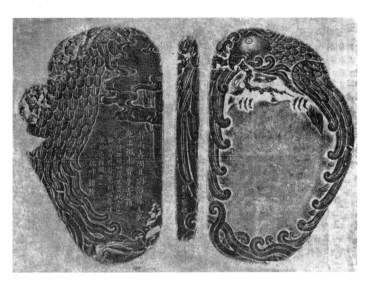

清代著名制砚者顾二娘所制砚台，今天就这张拓本也很珍贵了。

最终以二十元成交。过了几年，本人与陈少默先生谈论文房雅玩之物时，陈少默先生说民国时期长安名士宋菊坞家藏有一方顾二娘的砚，不轻示人。此方砚背面刻有两只飞燕，一只口衔一瓣花片，一只相对，似乎在说着什么，飞燕旁边用极细的篆书体刻着一句诗："只衔花片与多情"，诗下落款为"吴门顾二娘制"几个工秀的小楷。20世纪90年代末，宋联奎先生的后人曾出示此砚让我观赏过，同时还有一幅东坡像，全绫大裱，东坡像四周多是长安当地名人的题诗，另有一宋伯鲁先生为宋联奎先生所书的金笺斗方贺寿诗为我所得。顾二娘的砚我倒不甚在意，只是东坡像四周众位乡贤的题诗未能录下，实在是一大遗憾。陈老与宋菊坞后人为儿女亲家，故得一观此砚。陕西名人毛昌杰先生《君子馆文钞》中，也有一篇为乡友金幼莘所藏顾二娘砚的跋文。称此砚为清代大家刘石庵赠给另一名家彭元瑞的，两家在砚上均刻有题字。此砚民国初年尚在长安，可见长安城中有数方顾二娘所制的砚。陈老说："宋家这方砚台非常好，但顾二娘在清代名气太大，多有人冒名仿制，以求高价出售，这大约就是清乾隆、嘉庆年间仿的。"我说，"陈老，我也有一方顾二娘的砚，回头你给看看。"过了几天，我把那方在钟楼书店前得来的砚台让陈老过目，陈老翻来覆去看了一阵说："这也是伪刻，不过盒子、砚石都不错，也是难得之物，顾二娘不顾二娘也无所谓。"我也这么想，所以，这方砚数十年来一直就放在我的案头使用着呢。

去钟楼书店前换书的地方看得多了，就发现一个现象，那几个有名的换书人比如长林、"红鼻子"之类，总是站在钟楼书店东边的小道里，而且总是面向东，朝着东边文物商店收购部的小门。我前面说了，七八十年代，长安城里没几家商店能收购文物骨董。经过了十几年的政治动荡，社会经济极其脆弱，按官方的说法："十年动乱，使国民经济已经到了崩溃的边缘。"所以，普通人的生活就更显得困难了，过去有些家底、有些收藏品的人家，也极想把一些东西变成现金。但社会上没有市场，少有的几家文物骨董商店也不可能什么东西都收购，也不是什么东西都能给个合适价。可以这么说，顶级的东西都收不过来呢，稍稍一般点的东西肯定不要。于是，每天都可以看到不少人拿着东西兴冲冲地进到文物商店，很快又沮丧地出来，唉声叹气地蹲在文物商店收购部前的道沿上。这时长林他们便会凑上前，"乡党，有啥东西要卖呢？让我看一下，能要的我就买了。"一次道沿上蹲着的人把一个布包包打开，取出一本册页递给长林。长林是东关外景龙池小学的一位老师，据说他爷在东关南街牌楼巷口开过药材店，家里有钱，也收藏了一些骨董字画之类，因此对骨董文物还是有些认识的。长林把黄绫面的册页打开，里面全是民国年间名人的题辞。第一页就是国民政府监察院审计署署长、陕西三原人茹欲立的题辞，下来有杨虎城、寇遐、蒙浚僧、井岳秀、曹世英、孙蔚如、冯钦哉、王云五、胡适、马君武等等，最后还有于右任的一篇长文。看看内容全是为陕西辛亥革命起义者之一，国民革命军的一位师长，陕西蒲城人张瑞卿逝世后题的像赞和纪念文字。怪不得文物商店不收这东西呢，可能看这全是给死人题的辞，不好卖吧。自古以来商贾们看待文物骨董眼光就是这样，他们并不注重骨董的历史文献价值，不注重文化价值，他们考虑的是买主的心理，内容要吉利，要丰满，作者要名气大，要职位高。这样才能卖出高价，获得利润，而这本册页里的题辞者包括了陕西及上海的许多名家，所涉及的内容为研究陕西辛亥革命史、陕西辛亥人物、民国年间陕西名人之间的关系提供了非常重要的历史资料，这对文物商店来说似乎并无吸引力，因为我对地方人物的东西一贯感兴趣，看了一眼册页上的名字心里就"咚咚"地直跳。但是人家长林先问的事，也是长林先拿到的东西，我绝不能上去插言或抢着看，这是最起码的规矩。

前面我也多次提到，旧时骨董行业是有一定规矩的，在商店内或市场上，最忌讳别人正接待客人看东西的时候有人插言，评头论足坏了人家的事情。骨董行不同于其他行业，不似你卖衣服、卖鞋、卖面、卖蒸馍，都是客人来看后买或不买很简单的两件事。而骨董行就不同了，除了要卖出店里头的东西之外，还要注意收购送上门的货。可以这样说，开骨董店一半的收入是靠店面收购东西收回来的，也就是所谓的"买出来的利"。因此，店家在看送来的货时你千万不要往上凑，更不要不知趣地评论真假、问价高低，一句话说不好就坏了人家的生意。能开骨董店的人自然会比你操心，也比你有眼光，否则他们早就关门了。记得有一位朋友曾在书院门开了一家字画店，朋友好客，每天高朋满座，天南海北地聊天。真是没有不开张的油盐店，店门一开总有买家、卖家进来询问、谈价，但总有那一两个不开眼的朋友，一见有人携字画进来问询"收不收"，他们总是抢先站起来，接过人家送来的东西，打开来就鉴定，这么长，那么短，比店主内行多了。这位店主朋友实在受不了这几个人的做法，后来写了一个启事贴在店内，意思是劝告来店里喝茶聊天的人，尽量别插手店主的生意，他说：如果你们这样积极参与，不如我关了门你们来干算了。果真，没过多久，朋友就把字画店关张了。有一天我见到这位朋友就问："咋把店关了？"他说："哎呀，干不成了么！那几个人成天坐到店里把我的事都拿了，我咋挣钱呀，关了！关了！"可见不懂规矩是多么地害人。我常想，在骨董行里那些不守规矩的人大约有这么几个原因：第一，从小就没受到良好的为人处世道理的教育，任由自身的坏毛病发展，最终根深蒂固地形成了不守规矩的习惯。我虽然喜欢传统文化，遵循传统文化的许多好处，但我却不大赞成所谓的"人之初，性本善"的观点。这是那些心地善良的人的一厢情愿，以为"性本善"，人就可以得到拯救，而实际情况却往往不能。倒是"性本恶""原罪"之说对人的本性揭示得较为明白。因为我们天生的"不善"，所以才需要"修养"，才需要用道德来规范，

20世纪80年代，书院门街开始有了字画古玩店，这是位于安居巷南头较大的几家商店门首。

才需要我们在内心常常提醒自己要做好人好事。第二种不守规矩的，人倒不坏，只是爱充能耐，爱表现自己，没等人家主人说话他先抢着说话，这大概是修养不足所致。第三种不守规矩的人是一种心态和物质条件所造成的，这种人应该有一点知识，也有一定的人脉关系。平时没有利益冲突的时候对人也算客气，一旦看到利益，就会冲上前去，不管不顾，什么道德，什么规矩与他无关。按理说，在创业初期的年轻人会有这样的毛病，但有些人到了五六十岁仍是这种德性，几十年的奋斗都像没有解决经济问题似的，总是与人争利，让人实在想不通。陕西人过去有句老话："三十不发四十发，四十不发穷根扎。"这就是要求人趁年轻力壮时多努力工作，待中年以后精力不够就难干事，自然也就不好发财了。当然，穷的原因很多，个人的修养、知识不足，也是重要的一方面。

长林毕竟是学校的老师，还是有一定知识的。他翻了翻那本民间人物题辞的册页，知道这是有一定价值的东西。"乡党，你这册页想卖多钱？"长林问蹲在道沿上的那个人。"你看你能给八十元不？俺爸有病在省医院看病呢，想把这卖了。"那人一上来先给人了个压力，让你不好过于还价，需要钱救命，这事不小。长林继续翻着那本册页,从前翻到后,从后翻到前,好像也不太着急。那人看长林犹豫,就说:"那你给五十也行。"长林在口袋掏了半天说,"身上只有三十多块钱,给我留几个饭钱,三十块全给你咋样?"那人看着长林手上的钱,心还是动了,三十块钱那是当时一个工人一月的工资呀,那人赶快递上册页,接过钱,起身就走了。

那人走后我才凑到长林跟前说:"让我看看这册页吧?"长林把册页递给我说:"兄弟,我就知道你爱这东西,加五块钱你拿走!"这当然没话说了,只是我身上也没那么多钱,看见周选坤还在换书的人群中晃悠,就上前问他借了二十元,我们俩毕竟是熟人,再说我也有些东西可以回头和他抵账。这样,这本有着许多民国名人题字的册页就在我的书房里收藏了近四十年,为我学习地方史提供了很大的帮助。

钟楼新华书店门前的"换书"活动从 1977 年下半年开始,到 1978 年底结束,大约前后经历了一年半时间。从起初纯粹的换书、卖书,到捡文物商店不要的骨董,再到完全是骨董、字画买卖的市场。可以这样说,钟楼书店"换书"活动是长安城里骨董艺术品市场重新恢复的开端,也是数十年来骨董艺术品市场从"鬼市"走向开放市场的开端。钟楼书店前"换书"活动为以后西安骨董艺术市场的发展训练了一批人才，让他们了解了这一行业的基本内容和规则，为20世纪80年代初兴起的旅游业经营奠定了基础。因此，研究西安的骨董行业，研究西安的艺术市场，不了解当年钟楼书店前的'换书'活动那将是非常的不足与缺憾。

第三章　骨董客的苏醒

前文说过，在 20 世纪 70 年代后期，长安城中已经有了不太固定的艺术品交易早市和打着擦边球的寄卖所式的骨董买卖。80 年代初，由于社会环境的特殊性，官方开展了一系列的"严打"活动。包括自由市场、骨董早市都被取缔，骨董行业也因此沉寂了数年。但是，这个有着千百年历史的行业，特别是在中国的这片土地，这个特殊的社会文化环境之中，骨董行业是不可能消失的，它必定会适应社会环境，换一个身份继续存在和发展。80 年代初，由于中国对外开放的政策，使得旅游业有了一个空前的发展，骨董行业也借着旅游品商店发展起来了。

一、小店铺与包袱客

20世纪80年代中期开始，为了适应蓬勃兴起的旅游业，长安城中在端履门什字东南角、新城广场东侧的人民大厦内等地设立了友谊商店，专门接待前来陕西旅游的外国人购物，因为要收外汇券或外币，这些友谊商店基本上是不让中国人进入的。那时候友谊商店除了销售地方土特产外，也有不少旧字画、近代人书画、老的砚台和文房用品等。友谊商店除了自己收购、调拨来的货物外，还有不少是当地有些关系的人送来的代销品。因此，这时的友谊商店可谓是生意红火，而且东西标出的价并不贵。因为要赚取外汇，所以，中国人能买得起也不卖给你，这着实让喜欢收藏的人和骨董经营者急红了眼。但没过多久，各旅游景点内也允许设立工艺品商店，比如钟楼上、鼓楼上、碑林博物馆内（那时还是省历史博物馆）、大雁塔内、小雁塔内、半坡博物馆甚至西门城楼都有了文物商店或工艺品商店。工艺品商店所销售的商品全西安市或者说全国都差不多，景泰蓝的盒子、瓶子，唐三彩的马、人物，刺绣品、扎染围巾等等。其实，真正吸引外国人的还是中国传统的文物和字画。

这位老人姓彭，是书院门上开骨董店的老户，还会用几种外语和外国游客打招呼。肚子里的老故事很多，我就听到了不少，并讲给了大家。

我有一位熟人，在省旅游局开车，专拉国外旅行团到各景点游览。那时开旅游车的司机可是牛了，每拉一车人来，景点里开商店的都要给他们一定的辛苦费，谓之"烟钱"。所以，他和鼓楼上开工艺品商店的人甚熟。那时，中日关系特别好，而日本团来了也最"下货"，日本人最认可中国古代的书画艺术，加之20世纪80年代以前的数百年，战争、动荡，很少有大量的日本人来陕西、来西安，一旦到了长安古城，看到这么多名胜古迹和商店里稀奇古怪的东西，肯定是激动得不知所措了。朋友告诉我说，日本人买字画就不是一件一件地挑选，而是几个人一商量，这四面墙壁上挂的字画全要了，这一幅到那一幅是属于你的，那一幅再到墙角这一幅是他的。取下来只管计算钱数就行了。70年代到80年代初，日本的经济形势非常好，一般人也都有些钱，再加上人民币汇率又低，日元比较值钱，他们又喜欢中国的旧字画，所以，日本人到中国买起东西来就爽快得很。

　　真是"萝卜快了不洗泥"，再加上"萝卜"也经常无货。你想，这样买东西从哪来那么多旧字画呀，按理说这都是些文物骨董呢。店主四处找货，这个司机朋友也帮着来打听，听说我认识一些做字画的人，朋友就求我："多少给拿几幅，只要是旧东西，有名无名的书画家都行。"这时候骨董艺术品市场并没有开放，除了旅游点，普通人想买卖骨董字画真也没地方可去。我一打听，确也有几个响应的先拿了几幅，比如王石谷的四条屏山水，原装原裱，但看画工、线条的质量，是民国初年北京"琉璃厂造""后门造"之类的东西无疑。

明清以来，中国字画造假分为几个大派，清代时北京地安门一带有专造宫廷画家、清代官员作品的铺子，地安门在故宫的后门，故称"后门造"。当然，字画商店集中的琉璃厂一带更是少不了造假。另外，苏州也有专做明清江南名画家的作品，而且裱工讲究，做旧逼真，行内称为"苏州片子"。扬州除了仿制古人字画外，还有专门仿制名家印章的，行内称之为"扬州皮匠刀"。而要论体裁广泛，历史跨度大的造假，当属河南开封地区了。开封造的东西上至轩辕黄帝，下至民国初的几位大总统，什么人的都能造出来。当然，这些东西都是臆造，从文字到内容、到人物都无从考究。你要是看见名气大，内容悬乎，而且做旧做得很过头，黝黑黝黑的东西，八成就是河南开封造的货。当然，长安地区旧时候也有字画造假的现象，只是人数不多，比较隐蔽，所以没有形成气候和名声。比如民国年间长安地区有一位画家叫薛怀，水墨画很有些功力，他就专做清代画家边寿民的芦雁图之类，很是相似。长安著名的收藏家李问渠曾藏有一幅，陈少默先生即云："问渠前辈藏颐公（边寿民）芦雁中幅，观之知为薛怀所自出。"民国时长安城中有一位书画家、收藏家也善仿清代名家的书画，特别是模仿吴大澂的篆书体对联，中堂之类几乎可以乱真。特别是他仿刻的印章更是神形俱佳。旧时书画作品的仿制大多印章不能过关，不像现在有照相制版之类，只要是原大的真印章，经过照相制版都能一丝不差地做出树脂版、锌版印章来。尺寸、字形、刀法基本无差，一般人是看不出来的。但是这种印章有一个缺点容易辨识，就是印章边沿经常不能被修裁干净，盖出来的印痕边沿上总有些细线等痕迹。另外，树脂版和锌版吸附印泥的效果也不好，盖出来的笔画印痕常常是轻重不一，断断续续。因为照相制版是按照某一次印章所盖的印痕制出来的，笔画的粗细，印泥的痕迹永远是一致的。如果是石刻印章，每次盖印纸下垫的东西软硬不同，所用印泥好坏不同，用手按压的力度不同，都会出现不同的效果。

鉴定字画真伪，观察题款是最为重要，也最为可靠、便捷的一种方法。特别是 1987 年文物出版社出版了一套《中国书画家印鉴款识》的书，其上所录历代著名书画家的印鉴款识多为真迹上移来。如果对照此书，你所要鉴定的字画印章与此书不同，且刻印粗劣，假的可能性就很大。如果与此书对照，印章大小一丝不差，而且连印痕的粗细变化，印泥使用时多余的点痕也一样，这也要考虑伪作，因为他所用的印章就是从这书上移来的。经过照相制版，书上的印痕已经不是原大了，与原作应该有一点差距才对。

旧字画上如果使用了自己仿刻而且刻工较精的石印章，一般人是很难辨认的。这就要请真正的专家们细细鉴定才能辨别出来。前面说的民国时长安城中善仿吴大澂书法的人就用的是真石料印章，仿刻的也相似，这枚石章为红色寿山石，两面刻，一阴文，一阳文。本人曾多次见到过。

还是回到鼓楼上旅游商店要字画的事吧。店家要得多，要得急，没办法有人就开始制作旧字画。说实在的，20 世纪 80 年代的人与民国或清代那些做假字画人的水平还是不能比，也缺乏这方面的敬业精神。80 年代的人与民国人隔着几代呢，没有感受过那个时代骨董行做事的方法和气息。找几个会画画的人，随便临摹几件清末民国名家的作品，裱好了需要做一下旧，怎么办？曾见一幅上海名家王一亭的达摩图，新裱好后，为了追求这幅画曾在庭房挂过，而这庭房又年久失修经常漏雨，结果把王一亭的画弄得全是泥水形成的屋漏痕，达摩老祖的脸上一道一道的，就像京剧里的大花脸，细细一看，就知道是新用泥水浇成的痕迹。另外一个做旧办法就是在农村找个地方，把画挂起来用烟熏。有些性急的人，柴火放得太多，熏出来的字画味道太大，半个月都消散不去。听说有一次日本人买了这样的东西，晚上放在宾馆的房间里，味道太冲，无法睡觉，只好放到窗外，致使第二天忘记拿走，让服务员追到了机场把画送上，这件事还成了好人好事，而且还登到了报纸上。

在所有的旅游团里面，以日本团最喜欢买中国的骨董字画，因此，几乎所有的旅游商店里都配备了日语翻译和导购。因为他们懂得日本人想要什么，又敢开价钱，所以行内称这些翻译为"刀子"，"刀子"就是专门"犁"旅游团的人（犁，在关中方言中有割、切、划的意思）。"刀子"因为懂外语，工资自然很高，而且有提成。但真正挣大钱的当然是店主们了。20世纪80年代中期，长安城中第一批发财的人就包括这些搞旅游商店的人。

当然，并不是所有旅游点的工艺品商店全卖假货挣钱，以字画为例，古代名人的作品新旧仿制的都有，近现代和当代的名人字画，在20世纪80年代中后期真货还是占了绝大多数。普通人虽然买不起这些字画，但是在旅游点你如果想进这些商店他们一般也不太制止，除过正有旅游团在买东西的时候。有几个学习绘画的朋友经常喜欢去端履门友谊商店、碑林博物馆、小雁塔等处，这里长年挂有许多当地名家的画作。高档一些的有赵望云、石鲁、何海霞，其次多是蔡鹤汀、蔡鹤洲兄弟二人的和方济众、康师尧、张义潜等。长安城中七八十年代学习绘画的年轻人，几乎一半都在蔡鹤汀家或蔡家的体系里学过画。所以，许多人对"大蔡""二蔡"的画感兴趣，这些美术青年去旅游点看字画，就是想多看些原作，希望能学习些技法之类。那时候，蔡鹤汀、蔡鹤洲的画也是不便宜了。一幅四尺斗方的水牛图，至少要三百块钱，旅游商店要标四五百块钱。一天中午，端履门的老五、五柳巷的长生、东厅门的李建国几个绘画青年约着去小雁塔看画，到了那里见旅游商店里挂了好几幅蔡鹤汀的水牛、张义潜的马，尺寸都很大。为了显示他们不仅仅是来闲转观光的，就随口问了一句："这蔡鹤汀的水牛多钱？"店里面的服务员看了一眼画轴上贴的标签，说"一百二十元"。老五心最灵，一听咋不对窍，这么大一幅蔡鹤汀的水牛才一百二十元，他赶紧问："这几幅都是一百二？"服务员说："蔡鹤汀的一百二，张义潜的八十。"老五听罢赶紧把长生、李建国拉到门外，悄悄地说："咋这么便宜，我看东西也没问题呀。"长生曾经在蔡家学过画，他能看懂这画，也说没问题。老五说："咱三个凑钱赶快把这几幅画买了，走到东大街就能挣几百块。"小雁塔离城里不远，骑着自行车进南门，找了几个朋友很快凑了三百多块钱，下午3点前就到了小雁塔里面的旅游商店，见那个服务员还在，老五上前就说："这两幅蔡鹤汀和这幅张义潜我们都买了，你算算多钱。"服务员一听也很高兴，这时已经是11月了，正是旅游淡季，一次卖出三幅画，好得没话说。交了钱，拿了画，老五、长生、李建国三个人飞奔向着端履门老五的家。到家后，把画摊开在画案上细品，"没问题！没问题！"三个人兴奋得

20世纪七八十年代以后,社会上兴起了一股学习绘画的热潮,许多年轻人都想借此摆脱困境。或能上美院学习,或画画能卖钱。因此,长安城中到处都有绘画学习班。

不得了，李建国说："炭市街西口上的'玉树墨林'工艺品商店老板是我的朋友，咱把这几幅画转卖给他们，挣上五百元没问题。"老五心沉得很："咱先不着急，明天我找西门机场里的老张，他爱蔡家的画，这三张画肯定能挣一千元。"长生爱喝酒，听了这话心里高兴，只是喊着："走！走！走！案板街底下夜市喝一顿，庆贺一下再说。"三个人这一夜是酒足饭饱而归。

年轻的画家都是爱睡懒觉的，中午12时多，李建国正在睡梦中，东厅门的房门就"咚、咚、咚"地敲个不停，就听老五大声地喊着："建国！建国！赶紧起来！"李建国披着衣服开了房门说："轻点儿砸，轻点儿砸，门都砸烂了，咋回事嘛？"老五说："赶紧找长生，人家柏树林派出所叫咱三个去一趟呢！""咦，咱也没干啥坏事，派出所叫咱干啥？"李建国穿了衣服，脸也没洗就跟老五去找长生了。

三个人到了柏树林派出所，找了一个姓俞的警察，进去一问才知道，小雁塔旅游商店一早就报了案，说是三幅画的价钱看错了，少看了个零，一千二百元卖成了一百二十元。国家财产受损失了，让派出所帮着找这几个人。李建国心里还盘算呢，

"人家咋知道老五住哪里，一早就找上门了。"一问才知道，昨天老五见买了便宜货兴奋得不得了，骚情地对服务员说："再有蔡家的画给我说一声，俺们还要呢。我给你写个电话，这是俺家门口小卖部的电话，你说找姓王的老五他们就知道了。"

姓俞的警察对老五他们三个人说："也没有啥事，把画退给人家就行了。"那他三个人还有啥话说，兴奋了一下午，还盘算着咋样分钱呢，结果现在却泡了汤。看来捡漏还是不容易呀。

进了长安城，钟鼓楼就是参观重点。国内外来的旅游团钟鼓楼上参观毕后，自然要在附近巷子、街道上转一下。于是鼓楼以北的北院门街上，鼓楼以南西大街附近就陆续出现了不少大大小小的字画店、工艺品商店、文化用品商店等。稍微大一点儿的就是鼓楼南边路东的"长安书画社"，这是一家半官方半集体合资的书画社，因为有省美协的人参加，所以里面常常挂有当地著名画家的作品，比如，迎面挂的就是何海霞的四尺《西岳华山》，色彩淡雅，却气势雄伟，我每次从鼓楼过，总要进到长安书画社里把这幅画看上几眼。那时候的画店总是明码标价，一看这幅画下的标签，价钱写的是五百元，显然这是对待国内人的价钱，并不是友谊商店那种专门对外的感觉。长安书画社里面大部分经营的还是笔墨纸砚之类，那时候长安城中写字画画的人几乎都来过这里，所以商店也时常显得人气很旺。从长安书画社走到西大街上向东拐不到一百米，路北边老文化局的门口有一家"四宝堂"，也是卖宣纸、颜料、毛笔，墙上也是挂着当地的名人字画，让人印象最深的是一幅六尺整纸王子武的人物画——曹雪芹，笔墨之精难于形容。还有一幅康师尧的八尺斗方大白菜。康师尧画的白菜不似齐白石、王雪涛的那种，表现的是文人情趣。康师尧的画是以传统手法表现物象，却赋予物象以新的思想，使之更能表现出现代社会的特征。这就是典型的"长安画派"的创作手法。这一创作手法与创作思想，在20世纪五六十年代表现社会风貌上引起过很大的影响，以至于在今天多元的眼光看待艺术创作的环境下，"长安画派"的主旨是否还能统帅一切绘画艺术的生命，那就成为另外一个问题了。"四宝堂"向东二十米，有一间很小的门面，是一个小阁楼的形式，也是卖纸张、毛笔之类。门上写的啥字号已经忘了，但主家却是个熟人名叫王怀章。别看王怀章的这个门面小，大约只有十几个平方，但是他卖的净是一般人能用得起的便宜货，比如练习写字的毛边纸、防风纸，大桶装的华山牌墨汁，还有装裱好的空白对联等。所以，他的门前总是围了一圈人。店里没有柜台之类，只有几个货架和堆到地上的货物，店里几乎进不去人，王怀章经常是站在门口接待客人的。王怀章卖的东西虽然很平民，但他却很喜欢收藏名人的字画和碑帖等。毕竟是上几岁年纪的人，王怀章与长安城中的不少名画家都有来往，比如住在庙后街的叶访樵，住在文艺路省人艺院子里的蔡鹤汀，住在北郊龙首村的韩秋岩，等等。至于长安城中老书法家陈少默、程克刚，还有碑帖收藏家梁正庵等都很熟。王怀章一直做这种不起眼的小生意，但是手头却经常有些现钱，这在那个年代是极不容易的一件事情，手头有些现钱生活宽松了不说，还能根据爱好去书画家手里买些字画。看着王怀章不显山不露水，其实他收藏了不少长安地区的名人字画：叶访樵、蔡鹤汀、韩秋岩、陈少默、程克刚等熟人就不用说了，赵望云、石鲁、方济众、何海霞的也有收藏。特别是有一本何海霞的山水册页，通景画的是《长江万里图》，水墨淡彩，气象不凡，这本册页还有一段故事呢。60 年代初，现在的省

20世纪60年代后，自从旅游业发展了，西安的旅游商店、友谊商店里摆的都是"唐三彩"。生产过剩后，人们也就欣赏疲劳了，现在几乎没人再买了。

美协(过去叫"中国美术家协会西安分会")院里有几间办公室，石鲁、方济众、何海霞都还经常来坐班，何海霞办公桌的对面坐的是人物画家李西岩。说是办公桌实际就是一个小画案，画家们来坐班，也就是坐在案前创作些构图，画几幅小画。而且，画家们看到今天谁画的小画有意思，也就喜欢用自己的画互换了。一天，李西岩画了一幅工笔重彩的《罗敷浣衣图》，很有些功力，何海霞看着喜欢，就把这幅画要了过去。何海霞要了李西岩的人物，李西岩也就顺便把何海霞刚画好的册页《长江万里图》拿走了。那时候，画家们虽然珍爱自己的画作，但还没有像现在以"我的画卖多少钱"来衡量作品价值。那时，互相换画是常有的事。80年代初，李西岩先生住在庙后街一个大杂院的前院，我时常去看李先生画画，因为我的一位朋友拜李先生为师学画山水。李西岩先生虽然以工笔仕女出名，但他的山水很有功力，曾经见过李西岩临摹范宽的《溪山行旅图》，水墨淋漓，线条遒劲，真佩服老先生们所下的功夫。一天，去李西岩先生家看他教画，进门就听李先生在不停地说："山上的苔点要用鸡叨米的方法，鸡叨米！鸡叨米！"朋友满头是汗画不到一块。看我进来了，也就趁机歇歇。李先生讲了许多前人山水画的技法，也讲了何海霞山水画用笔的妙处，随手就拿出何海霞这本《长江万里图》册页让我们欣赏。我虽不谙绘画，但爱看，又了解一些前辈画家的掌故，所以先生们也喜欢和我聊天，我也借此看到了不少藏品。

过了几年，一次在狮子庙街一个大院子里与画家周新生聊天，有一人拿了一本册页，想让周新生帮他卖了，打开一看竟是何海霞的《长江万里图》。这次得以细细观赏，真是印象深刻，征得主家同意，周新生拍了一张照片，算是留个资料。周新生问："这册页你要多少钱呢？"来人伸出巴掌说："五百。"俩人避着我在门口谈了半天价，不知道说的是用谁的一幅画再加二百元，这生意便成交了，并约好第二天上午交换东西。第二天中午刚过，周新生就来找我，一进门就骂昨天那人："说好的事，一早去找他，可说卖出去了，再三问他，他嘴里嘟嘟囔囔说'二百元卖给王怀章了。'"周新生气愤地说："这不是吃得多了，给他二百元加张画不要，可着急地二百元卖了，不知道咋想的。"自从这本何海霞画的《长江万里图》册页卖给王怀章后，就再也没有见到出世过。幸好我还存着一幅黑白照片，有时候翻出来看看，也能勾起一些回想。

20 世纪 80 年代后期，也就是 1987、1988 年前后，鼓楼以北的北院门街道两边开了不少字画店、宣纸店、刻印铺等。当时有名的店铺自南向北有画家王子武题匾的"紫光阁"，听说主家与王子武关系不错。这时，王子武虽然已经移居到了深圳，但是店家每次去还是能买到几幅作品，所以，这家店里挂的王子武牡丹、金鱼、人物都还很精。"紫光阁"向北有一家比较大的画店叫"文宝斋"，也是以经营当代名家字画为主，记得 80 年代末我曾写了一篇介绍北院门文化街的文章在报纸上发表，其中提到"文宝斋"时说："主人很年轻，店虽大，但对书画不是太懂。"过几天报社编辑就接到电话，说文章写得不符合事实，"文宝斋"主人很懂字画，这样写他，很不服气，并要找作者论辩云云。当然，这都是一时气话，时间一长也就不了了之了。后来"文宝斋"的主人水平提高了不少，而且成了长安城中现代画的收藏大户，我们也成了熟人，当年文章的事大约早就忘了。"文宝斋"再向北有一间小阁楼的门面房，名字似乎叫"海里阁"，起初是卖旧书、杂志，艺术品市场热了以后改成字画店。主家待人客气，而且与我的朋友有亲戚关系，所以，我们就经常来这间小阁楼坐坐、喝茶谈天，看近来所收到的字画。80年代末90年代初，那时候经常有人拿着东西到字画店去兜售。虽然西安城里骨董店、画廊已经开了不少，但普通人方便去的就是书院门一带、北院门一带。北院门因为地处交通要道的钟楼附近，来人更是居多。有时候一下午在海里阁喝茶，总能碰到三五个人上门来送东西。有一位在北院门住的中医大夫姓金，经常去外县乡下行医，医治完病人，总是要问问村上谁家有骨董文物之类的东西，如果想卖，金大夫自然会买上几件。也是因为大夫的身份，又是给人看了病，减轻了痛苦，所以，大家也就热心给他寻找些骨董文物，价钱也比较合适。金大夫还是买到了不少好东西。有一天下午，金大夫又从农村行医回来，顺便买了几件青花瓷。进到海里阁就拿出来，放在柜台上让大家欣赏。我不懂瓷器，所以也就没有上前观看，金大夫却回头招呼我说："知道你爱陕西老人的东西，有一小幅老字你看一下。"说着就从书包里拿出一个小纸卷儿。打开一看，是一幅写在绫子上的书法。有一尺斗方大小。看看后面的题款，写的是"长安冯从吾拜书"几个字。"哎呀！这是明代关学大家冯从吾的书法！"我的眼睛马上亮了许多，"金大夫，这字多钱？我就是喜欢这类东西！"金大夫不动声色地说："不值钱，不值钱，就一壶醋钱。"一壶醋是多钱呀，如果这样说恐怕是买不过来了。这时我的朋友和海里阁主人说话了："给他些，给他些，你要这也没有用，高低开个价让他拿着也能写个啥文章。"金大夫想了想就说："那你就给二十块钱吧。"我当然是立马掏了钱，拿了东西就往回跑。到家先沏了杯茶，然后把冯从吾的书法小品打开，放在书桌上细细品味。这是冯从吾给一幅古画写的题跋，这幅画内容为"薛子得乐图"，冯从吾以图中内容的表现，说出了儒家学说关于隐于市的妙处。因为是给一幅画写题跋，所以，不论书法还是文章都是轻松自如的，明代关中大儒的心态和形象从字里行间尽情地表现了出来。这幅书法虽小，但几十年来却一直悬挂在我书房的墙壁之上，被我视为镇室之宝，由此件书法也能让我回想起长安骨董行的许多故事来。

　　不论过去和现在，骨董行里总是有两种主要的经营方式。一种是店面经营，行内称之"坐商"。一种是来往于商店和客户之间，为他们找货、推销的形式，行内称之为"行商"或"包袱客"。旧时皮包、箱子之类的工具少，行商之人出

长安甜水井街程氏家族民国年间的合影。

门多用布单将骨董文物包裹起来，夹在腋下来往于客户之间，这种布单形如包袱，故称之"包袱客"。"包袱客"不开店，并不是他们事情做得不大，资本不够雄厚；也不是他们眼力不好，不敢开店。实在是他们喜欢这种自由自在的经营方式和经多见广的生活状态。清代离得远不好说了，民国时期，长安城中就有几位很了不起的"行商包袱客"，甜水井程家的二爷程仲皋就是其中之一。

程仲皋原名鹤云，字仲皋，以字行。生于清光绪十八年（1892），卒于1958年。其父程埙，字荫棠，又字伯雅，浙江绍兴人。光绪年间监生，后受聘于李鸿章为幕客。以刀笔犀利，文辞缜密而又被左宗棠赏识，旋入左宗棠幕为师爷十余载，为左宗棠西征平乱出了不少力。虽无多高科举功名，却以政绩战功而得知县衔而往陕西，又以在陕西诸县办理事务有功，而进为直隶州候补知府。因长期在陕西为官，故落籍长安，居于长安城西南隅甜水井街。程仲皋为程埙二子，清末科举废除，学堂兴起，陕西巡抚升允于清光绪三十二年（1906）借长安城中的万寿宫旧址（位于长安城老关庙什字西北角），开办了陕西法政学堂，程仲皋即被举荐入法政学堂就读。辛亥革命后，大都督张凤翙合陕西高等学堂、陕西法政学堂与三秦公学为西北大学。原陕西法政学堂校长钱鸿钧即为第一任西北大学校长。

程仲皋虽然爱好骨董文玩，但以官宦子弟家教甚严，不便于整日游玩于骨董市场与茶楼酒肆。另外，程仲皋还是清代著名人物赵舒翘的女婿，又与陕西著名文人吴延锡是儿女亲家。吴延锡民国初年为"陕西考古会"的特别顾问，这让程仲皋就更不好意思抛头露面地去收购骨董文物了。但程仲皋有学问，结交人也多，所以经常招人去甜水井街他的家中聚会谈艺。据说他家的油缸就像半人高的水缸一样大，雇了几位厨师整天都在忙着开席，有时候天刚明，院子里炸油饼的大锅就支上了，油香飘得半条街都能闻到。闻到油香，过路的邻人必定会说："程家今天肯定有乡里的客人来，要不咋一早就支上油锅了。"

"乡里的客人"实际上就是外县给程仲皋送骨董的人。民国年间程仲皋虽然供职于陕西省财政厅，但固定的工资薪水不可能让他去买高档的青铜器、玉器之类。乡里来的客人送货主要还是古籍碑帖和一些明清瓷器，这也是程仲皋有文化特别爱好文化类骨董的原因。即就是这样，程仲皋也不能净用家里的老底子整天买骨董玩儿，时不时地他还要客串一下"包袱客"，带上几件东西去北京、去上海，推荐给那些有地位的大收藏家，挣得些差价，当然，价钱要比在长安骨董市场上高得多。程仲皋与原故宫博物院的院长马衡关系不错，马衡《凡将斋金石录》中有不少资料，如《大代宕昌公晖福寺碑》拓本等就是程仲皋提供的。当然，程仲皋也从外地换回来了不少自己喜爱的骨董文物。由于程仲皋不大和长安骨董业界来往，所以，一般的人并不知道他的情况，老一辈的玩家如阎秉初、陈少默等人提起程仲皋也只是说："那人懂碑帖，古籍也藏得不少。"日前读清末民初长安学者毛昌杰先生的《君子馆文钞》，上有一段文字是毛昌杰先生为程仲皋所藏明刻明拓《孙过庭书谱》所写的跋语。由此件碑帖即可知，程仲皋所藏碑帖多有不同凡响的，为了让今天的收藏爱好者了解曾经藏于长安的珍品《书谱》源流与状况，今将跋文抄出，也算提供一段史料和碑帖知识：

跋残本《书谱》为程仲皋。《书谱》宋人刻不可见，

今可见者断以停云刻为最，余旧藏一册确为明拓，

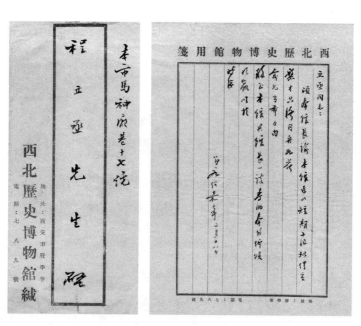

20世纪60年代，西安碑林博物馆段绍嘉给长安程氏家的信函，讨论程氏家族捐赠古书刻版给博物馆的事宜。

失于金陵十年不去于怀。今见此如见旧书，如逢故

人，为之狂喜。惟虞礼此书前半尚有绳墨可循，后

半直如神虬戏海，为天仙代人之笔，无一毫烟火气，

此拓独侠其后半，惜哉。

去年春节前，陕西省搞文物普查，西安博物院（就在小

雁塔）请我等数人帮着鉴定一些碑帖，工作中无意地竟翻出

一函清光绪二年（1876）举人陕西临潼人吕申的《华洁馆诗抄》，

封面上有程仲皋的题签，隶书体写得很古雅，末尾有其题跋，

考证吕申的家世、学问，条理清晰，甚有乃祖遗风。鉴于此，

借说长安骨董客之笔，不妨多说几句程仲皋，否则恐其事、

恐其人将没于历史长河之中，长安骨董业的历史上如果缺少

这样一个人物，就显得不完整了。

20 世纪 80 年代末，长安城的骨董行业上"跑单帮"（旧

称包袱客）的多，主要是因为社会环境和市场环境造成的。

就是说：市场不太开放，骨董文物商店少，官方也没有鼓励

开办文物商店，一般的字画店也要在公安上办"文物经营许

可证"。所以，有点能力的人都喜欢自己弄些东西自己跑。

那时候，广州深圳的经济正在腾飞，那边的人有钱，也有人

喜欢收藏骨董，所以，内地的骨董文物就开始向广东流动。长安市场上也出现了不少操着粤语的老板，而长安城中也开始流行播放粤语歌曲，有些人说话也喜欢夹杂几句粤语腔。这让我忽然想起古代的一首《城中谣》：

城中好高髻，四方高一尺。城中好广眉，四方且半额。

人们总是向着经济发达的地区学，向着有钱的地区看，这是人性所致，或亦无可厚非。但有时候学得过头了，总让人想不通。这里，我引用的古代歌谣不仅仅是说地处内陆的长安也有人学着广东人穿花衬衫、唱粤语歌，而是讲广东人说要什么骨董，市场上马上就会疯狂地去寻找、去炒作。

在柏树林街路东，卧龙巷口的高台阶上，有一家字画店。店主是一位画家，姓赵，店里面基本上挂的都是他画的画。净是一个人的画作肯定不好买卖，但是画店对面不远处就是碑林博物馆，来的客人多了店主老赵就认识了几位广东老板，有一段时间，广东人热于收老砚台，老赵就让跟前的人四处寻找。长安城虽说是文化古城，老东西也有，但是真正玩骨董的人却不多，而且城里人要价高也不好赚钱，这时长安城中的一些骨董客都喜欢往渭南、大荔一带淘货。渭南、大荔一带明清以来都是文人、官员辈出的地方，如清代的状元王杰、进士王鼎、宰相阎敬铭等等。这些人的崇文风气大大地影响了这一地区的民风民俗，渭南至大荔、韩城一带的学风很盛。当地的歌谣所谓"上了镰山坡，秀才比驴多。"镰山就是大荔北边连接蒲城、合阳诸县的土原山。

读书人多，再加上在朝为官的人也多，这一带的不少人家的家境自然也就会好些。爱骨董的文人也会给家里收敛一些好货，能玩能用的如端砚、歙砚、古籍、碑帖、字画、玉器等，画家老赵认识了大荔县两宜乡北贝村的一位中医权大夫，权大夫的医道在当地十里八乡还是有一定名气的，认识人也多。不知何时，权大夫竟也跑开骨董了，三转两转和柏树林开店的老赵搭上了关系。前文说了，画家老赵认识几位广东老板，东西能卖上大价，开始几年，农村的骨董又多又好收，权大夫弄了不少东西，经常见他大包小包地把东西运到西安，存放到老赵的店里，也在老赵这里挣了些钱。不久，权大夫自己也不知从哪里认识了几个广东人，而且，权大夫还亲自拿着东西去了广东深圳几次。有一天，听说权大夫在大荔东边汉扶荔宫旧址的那个村上得到了一件铜器，上面还刻着不少字。权大夫估计这是件值钱的东西，决定亲自送往广东深圳。在深圳待了几天，又是让人鉴定，又是联系老板。后来接待他的广东人说要坐船去江对面一个地方付钱。这下权大夫可开洋荤了，坐着摩托游艇"突突突"地在江面上跑，一会儿就消失得不见了人影……

　　大荔县东北两宜、华原一带的半塬上，大多都是旱地，一年只能种一茬小麦。20世纪80年代初期开始修了抽黄工程，但也只是在水渠的近处能浇上些浑浊的黄河水。由于电力不足，抽水浇地大多在晚上。这是1988年早秋的某一天，北贝村上所谓"水地"里的玉米还没成熟，农民们还要在晚上大渠放水时给地里浇点水。权大夫去了广东，两个娃都在十几里外的双泉中学住校上学，地里的活只有权大夫的媳妇去干了。北方农村的秋天不热不冷，利利落落地干完活，权大夫的媳妇就哼着调调往家走。农村没路灯，但秋天的星月之光很能照些亮，远远望去，权家的门口似乎坐着一个人，权大夫媳妇心里咚咚地跳："老权回来也不说声，我好骑自行车去镇上接一下。"走近一看，确实是权大夫。"嗨，栓娃他爸，

住在深宅大院里的老先生，房子虽然有些破旧，但从身后做工精细的窗棂花来看，当年的富丽堂皇还是可以想象得出的。

咋不进屋坐这儿干啥！"权大夫媳妇喊了两声没反应，就上前推了一把，谁知权大夫顺着这股劲儿，身子靠着大门就滑溜到地上了。"呀！栓娃他爸咋的咧，来人，老权不行了！"村上没睡觉的人很多，立即就有人来帮忙，把人抬进屋，放到炕上，这才见权大夫脸色惨白得跟纸一样。睁着眼睛，但说不出话来。村上有医生，马上请来诊看，听听心脏，号号脉，也看不出是啥毛病，就这样，权大夫不吃不喝三天后就断送了性命。

村上人传言，权大夫送到广东的铜器是皇帝的东西，太值钱了，人家不想给钱就给他打了一针，悄悄地送到了家门口，扔到了这儿不管事了。

我年轻时下乡劳动的村子距权大夫的北贝村只有一里路。常去北贝村闲转，也认得几个爱看书的农村青年。一次回农村访友，提到这事，一个与权家有亲戚关系的年轻人说："俺叔在西安一个姓赵的那里还放了几箱子东西，俺婶说想让你给帮着问一下，看能不能拿回来。"我当然不好意思推辞，再说我也不知道这就是画家老赵开的店。回到西安几次去柏树林打听，确定就是画家老赵。但是，老赵的店里一直关着门。

几个月后再去，店面已经换成卖饺子的了，画家老赵也从此销声匿迹，不见了踪迹。权大夫在西安老赵处到底放了些啥东西，他在广东到底得了啥病，咋回来的，这些疑问就都成了永远的秘密。

本来，我在前面铺垫了很多文字，想说渭南、大荔一带的农村里有不少骨董，而且长安城中的骨董客在那一带确也淘回来了许多特别的东西，比如西建得到的那幅清代书法大家张瑞图五米书法长卷《古柏行》，范哥得到的精装精裱、外带红木盒子的宋拓《定武兰亭帖》，小魏得到的大小四件一套澄泥五峰砚台，等等。而西建、范哥、小魏都是20世纪80年代末90年代初长安城中骨董界"跑单帮"（包袱客）的佼佼者。原计划把这几个人的事迹多讲几段，但是写罢权大夫，心情一下乱了，脑子里记的故事也不知跑到哪里去了，只得住笔。等到写下文时哪里记得哪里再说吧，反正都是长安骨董客的故事。

二、石鲁大战及其他

石鲁无疑是现代中国画坛上最具影响力的画家之一，也是"长安画派"的创始人之一。一个画派的创立，或一个观点推行，必须有一定数量的人参与，有一定主旨理论的指导，有为这些理论而进行的实践作品，由这些作品的影响力而证明这一画派或观点的真实性与生命力。

"长安画派"在初创之时，有石鲁、赵望云，何海霞、方济众、康师尧、李梓盛等人，各自拿出了"一手伸向传统，一手伸向生活"的作品，用高超的艺术技法和真实的思想感情深深地打动着观众，打动着世界上许多艺术爱好者。特别是国外华人社区的艺术爱好者，借着80年代旅游业的开放，这些艺术爱好者纷纷来到中国，来到了长安城，寻访石鲁生活过的古城，寻访石鲁震撼人心的作品。

美籍华人邱先生就是其中的一位。邱先生1987、1988年之间多次来到长安，专门寻找石鲁的作品。你想，那个时候市场经济刚起步，大多数人没有过上小康生活。一个外国人用大把的美元在长安城中购物，长安城中的骨董字画界能不闻风而动吗？骨董市场就是这样的，当一个人要某一种东西时，可能转着圈就有五十个人为其寻找，见面都问："你有没有某某的画或者什么什么东西。"那几年，只要你走到北院门、书院门，只要你进了骨董店、字画店，店主的第一句话肯定是问："你有石鲁的画没有？"

在长安城的骨董字画圈子里有一个姓李的老头，大家都叫他李老汉。说他老，其实也就是六十岁的样子，刚退休不久。李老汉以前在文艺路一家粮站工作，业余也能画上两笔，梅、兰、竹、菊还是很有些趣味的。李老汉因为在粮站工作，不论上班下班头上总是戴着一顶软口白布帽子，就像灶上大师傅的那种（不是现在洋式高顶的）。因为在粮店工作，也就方便接触了许多人，特别是文艺路粮站管辖着京剧团、省人艺等艺术团体，著名画家蔡鹤汀、蔡鹤洲就住在省人艺的院子里。大蔡、二蔡是福建人，喜食大米，那个年代虽然南方人多卖给几斤米，但还是不解决什么问题。李老汉就借在粮食站的工作方便，经常给蔡先生多卖几斤米，因而换来了不少蔡先生的画，而且由此处也认识了不少长安书画界的名人。李老汉可以说是80年代后期长安艺术品市场上真正的"包袱客"，不论是北院门、书院门，还是八仙庵的周日集市上，总能见到他推着自行车，戴着白帽子，身上挎着一个白色的帆布包。帆布包内鼓鼓囊囊，有卷轴，有册页，稍长一些的画卷轴头龇出布包外很长一截。由于不平衡还时常乱倒，李老汉不得不用手时时地扶着。有一天傍晚，天下着大雨，我也是冒着大雨刚刚跑回家。人还没有坐定，就听到了敲门声，开门一看是李老汉。只见他身上穿着湿漉漉的雨衣，雨水还滴滴答答地淌着，一进我家客厅就弄得满地是水。过去家里也没有怎样去装修，水泥地板刷上点漆，墙面粉平整了刷上涂料，所谓"四白落地"，倒也干净舒适，李老汉进门弄了一地水也就不太在意什么。李老汉除了经营些字画，还时常给我找些旧书，当然，善本的古籍他也不在道上，弄也弄不来。但民国时珂罗版的旧字帖、老画册还是找来不少，所以，与我还是比较熟。"李师，这么大的雨你还出来？"我一边给他倒茶，一边问。"我要杀出一条血路！"说着李老汉把身上挎着的帆布包卸下来递给我。"啥血路？不过是倒卖几张字画有啥难的。"我说着，接过他的帆布包顺势往桌上一扔，"咕咚"一声把我吓了一跳。平时李老汉的帆布包里都是字画，不会有这大的声音，今天却是一个大东西。用手一摸却是硬邦邦的。

关中的男人旧时总喜欢把外衣披在身上，干活，行路，吃饭均是如此。据说这是当年大将军披英雄氅的遗意。

"这是啥东西？"我问他。然后打开包，只见一层一层地用报纸裹着一件东西，最后露出来的是一件一尺高的白瓷瓶子，拿到手上转着圈一看，上面有石鲁手绘的红梅图，枝干劲健，花朵温润，看来还是件真东西。"哎呀，你也不早说一声，我要是给你摔碎了可就麻烦了！""我要杀出一条血路，弄几件高档的东西挣些钱！"李老汉似乎对我把瓶子摔了一下也没在意，但是我却惊魂不定。"这瓷瓶子也得不少钱吧？"我问，"熟人一万元。""哎呀，差一点把一万元摔没了。"你想，在80年代末90年代初，一万元是啥概念，有一万元就成富人了，还要上报纸、上电视号称为"万元户"呢！"李师，我不懂瓷器，也不敢买石鲁的东西，你还是让别人看看吧。"我赶紧把瓷瓶子给他包好，放进帆布包里。李老汉看我也没啥兴趣，背上帆布包，嘴里还嘟嘟着："我要杀出一条血路。"然后冒着雨骑着自行车走了。

我不明白李老汉所说的"杀出一条血路"是"啥路"，但过了几天，听说李老汉与北关龙首村一带的几位老人联合去开珍宝箱了。这是传说了几十年的一个故事，大约在20世纪50年代初就有了。据说国民党政府撤退时有一批珍宝分别装箱存入香港某银行。现在有人得到了这批珍宝的存放手续，只要凑够一定数额的手续费，就可以取出这几箱珍宝，然后大家分割。办理这事的人还能出示一大摞文件，有些还很旧，上面有国民党政府的大印，等等。征集开箱手续费无定额限制，五百元人民币起征，多少不限，最后按比例分成。李老汉大约出了两千元人民币的开箱费，这在90年代初也是一笔大钱，只盼着打开珍宝箱后能分上几十万元呢。

在这个开宝箱活动的期间，长安城中还发生了一件奇事，为这开宝箱事件增添了扑朔迷离的色彩。在长安古城玉祥门外的护城河边，刚刚由台资建成了一座秦都酒店，这在当时的长安城中是很高档的一家酒店了。秦都酒店背靠古城墙，环境也不错。一天，门口驰来了一辆小轿车，车上下来四五个人，有人来到前台登记，说是从台湾来的少帅张学良要入住秦都酒店。因为，老板是台湾人，那阵子台商来大陆投资的人不少，经常住在这里，老板也得了不少照顾。前台小姑娘也不知道张学良是谁，想着是台湾人，就给了一个大套间让这一行人住上。后来，长安城中的不少人都到秦都酒店来拜访这位张学良，而这位张学良也是来长安促进开宝箱活动的。风声渐渐地传出去了，便引起了官方的注意。因为张学良是不得了的大人物，如果到了长安，至少要有当地领导出面陪同才是。可是这位张学良很低调，只是坐在房间不出门，一拨又一拨地接待开宝箱的加入者。有一天，警察进了张学良的房间，仔细一询问，才知道这个张学良不是那个张学良，这个张学良是江苏某县的一个小贩，也算是开宝箱组织的早期加入者之一，不知谁把他弄到内地长安城来，竟也吸引了不少崇拜者。而且"开宝箱"成了当时极具影响力和热点的话题，参加的人不在少数。警察怎么处理这个人我不太清楚，当年《西安晚报》刊登了此事，有兴趣的可以去找来看看，我只知道李老汉赔了两千元，心情很是低落了一阵子。

有时候我在想，为什么许多骗局无论怎样原始，无论怎样轮回，仍然有人会去上当受骗。就是在资讯如此发达的今天，报纸上报导有人持民国时的文件、证书，说是办银行、开宝箱之类，仍有人去响应，而且还有企业高管之类的精英人士。这是由于什么样的心理，由于什么样的心态。这个难题将永远伴随着人们。

又过了几天，听说李老汉又不知从啥地方淘出一幅石鲁的画来，还在北京出版的一本画册上刊登过，题目是《黄河两岸度春秋》。这幅画转了几个手最后还是卖给了美籍华人邱先生，当然李老汉也因此挣了不少钱。看来"杀出一条血路"还真是流了不少血。最后还是骨董行利大，也要相对安全些。听人说这本画册上《黄河两岸度春秋》共有三幅，真假还有争论。据圈子里的人透露，其中两幅都是一位名叫杨天奇的年轻画家画的。这位姓杨的画家手底下有些功力，画谁像谁。在信息还不发达，人们见真画还不多，艺术修养也不高的时期，只要你画得笔墨稍微讲究一点，画面漂亮一点，普通人都认为是真的。

前面说了，美国的邱先生来陕西专门收购石鲁的画，弄得全长安城都在动。你想，连李老汉都在四处找石鲁的画，长安骨董字画圈子里要达到多么狂热的地步。你再想，全国、全省、全长安城中私人家里能有多少石鲁的画可以出手，确实，在"文革"前后的十几年，经济困难的石鲁可能请他吃一碗羊肉泡馍就会给你画一幅画，但那也是有数的，不可能天天都去画。现在这样索求石鲁的画，假画肯定会应运而生的，对于经济生活刚刚起步的人来说，这可是个发财的好机会。

于是青年画家杨天奇就出手仿造石鲁的画了。

仿造石鲁的画，当然不会去仿造较为细致的人物画，比如《酒神》《雅典娜》之类，也不能去仿造太有名的作品，比如《东渡》《转战陕北》等等。年轻画家杨天奇笔墨的感觉还是不错，所以，他选择的主要是有笔墨情趣，但不是太在意造型准确的一些作品，如《陕北高原之秋》，朱砂红的山顶上有几个人拉犁，山坡以下全为墨色，墨色里点缀几个窑洞。《荷花图》，这类题材是石鲁最爱画的一种，泼墨的荷叶不知怎样画出来的，浓淡变化如水乳交融，浑然一体又透明如玻璃。挺拔的枝干上是温润的胭脂红花头，层次分明，似乎还有些动感，如在晨风中摇曳。杨画家肯定画不出这样的效果来，我估计纸张质量，墨色调制，用笔方法都不可能与石鲁一样，他也不可能了解石鲁的绘画技巧。每个画家、书法家都有他自己特殊的一套绘画方法的，行内称之为"家法"。"家法"一般是不传给外人的，就是自己的徒弟，老师也是传给他一般的方法，核心技术是不传人的，因为这是老师在社会上（或称江湖上）安身立命的秘诀，如果大家都会了，老师也就没饭吃了。"家法"可以传给自己的子女，但是如果子女无能力继承，老师宁可将家法失传了，同自己一同埋葬，也不胡乱传人。想起老舍曾经写的一篇小说，名字好像叫《断魂枪》吧，内容是一位身怀绝艺的武术高手，最擅长"五虎断魂枪"，威震京津一带。多少人拜师求艺他都不答应，小说末尾写了这位武术高手站立在秋高气爽的院中，舞了一段"五虎断魂枪"，只见枪杆呼呼刮风，如肃杀的秋天，院中树木上的秋叶簌簌地洒落了一地。老拳师收招定势，抚摸着长枪仰天大笑："哈，哈，哈，不传，不传！"

青年画家杨天奇当然没有人给他传授独门"家法"，但他根据画册上石鲁画的感觉，自己创造了一套方法。比如荷花叶子要有些透明感，他就在墨汁里加些白酒，和了酒的墨汁画到纸上，墨汁里的酒精迅速蒸发，就显得黑白分明了。但是这种方法墨色有点太突兀，就是变化得不自然，于是他就改为墨汁里加些胶水（就是一般粘纸的那种），这下就相似得多了。石鲁20世纪60年代以后画画题字基本不用印章，都是用朱砂印油画出印章，很有金石味道。石鲁所用印泥为了便于用毛笔画印章，都调得很稀，油也显得大，画出来的印章常常泛着一圈油渍。杨画家当然也要仿得像一点，但不知石鲁印泥里加的什么东西才有这效果，他就给印泥里倒了些蜂蜜，油是油得很，就是厚度不够，不过普通人见石鲁真迹见得少，这种大感觉相近的画真也打了不少人的眼。这时，社会上到处在寻找石鲁的画，姓杨的年轻画家就在家里加紧地画着，他媳妇、他姐、他兄弟轮换着拿着他画的石鲁画去鼓楼东边的"四宝堂"等这种有收购能力的大店推销。起初还编个故事，说这是俺爸的东西，老汉有病了，要卖了钱看病之类。后来要的人多了，拿出去就卖，根本就来不及编故事，或说个啥借口，来了就收，也不管画的啥内容，写的啥诗词。可以这样说，只要宣纸上写着"石鲁"俩字就掏钱收购。你说，在这样疯狂的市场环境下，杨画家的生意能不好吗？上午他姐出去卖了两张，下午他兄弟就又要出去。中国画是要墨色稍干后才能设色烘染，最后再题字盖印的。但家里人要得太急，自己也想多挣些钱，画干不了就用炉子烘烤，现在的画家基本上都有吹风机，需要时吹几下热风方便得很。但80年代末，小家电还不普及，要想烘干只能用蜂窝煤炉子。当然也不能总让人手提着画在炉子上烤，青年画家杨天奇就用给他女儿烘尿片子的烘罩来烘烤。烘罩就是一种用竹子编的圆形框子，

20世纪80年代长安城中五味什字街的景象。右边就是文化产业聚集地南院门。

没有把，将开口处扣到炉子上，就可以当成烘干器了。烘罩主要是用于有小孩子的人家，特别是冬天，给小孩子屁股下垫的尿片子洗了一时不能干，就必须用烘罩烘烤，这也着实有效方便。过去，你进了谁家如果闻到有一股尿臊味，他家肯定就是有小孩儿，肯定就是用了烘罩子。

杨天奇用烘罩子烘烤画，在那个时代也算是一项发明。他所画的石鲁的画好坏也算是一家。这么好的生意当然长安城中不会仅此一家，据说石鲁的一个学生，也是一位稍有些名气的书法家也画了不少石鲁的画，因为看见过石鲁作画，用笔用墨还算到位，只是他本人的才气不济，画出来总觉得俗了点儿。

这邱先生几年里收了不少石鲁的画，确实也有几幅精彩的作品，但不免贪图便宜也买了不少伪作。邱先生也不是傻子，真画看得多了，也就渐渐感觉到在长安城中所购石鲁假画的比例越来越大。几万美金花出去打了水漂，心里当然不能平衡，于是邱先生就来到长安，仍然住在他每次都住的钟楼饭店，设计了一出震动长安骨董文物界的大戏——钟楼事变。

80年代末90年代初的长安城，似乎没有现在这么多雾霾。

六七月份，夏天的长安城里是要热些，但你要是站立在背阴处或树阴下，马上就会感到有些小风，有些凉意，不会像南方潮湿气候那样让人难以忍受。特别是你站在老槐树底下，更是觉得心里舒畅了许多。别看老槐树的叶子小，但它长得茂密，层层参差，阳光是透不到树底下的。从唐代开始，长安城中的人就喜欢在老槐树底下消夏纳凉。如今的长安城改变得几乎感觉不见汉唐风貌了，但是当你抬头仰望这千年不变的黑黢黢的枝干、绿油油树叶的老槐树，你一定会想象得出来汉唐人是什么样子的。这老槐树是长安城中千百年来唯一没有变种的生命和形象。

　　长安城中夏天背阴处有点凉气儿，但要是住在四楼以上，开了窗户就更会有些凉风了。这是夏天的七月中旬，美籍华人邱先生又来到了长安，住在市中心的钟楼饭店八楼，窗户对着南大街，就是所谓的"街景房"。邱先生是有钱人，肯定住的是大套间的包房，客厅旁边还有一间麻将室。邱先生每次来长安除了寻购石鲁的画，还会邀几位朋友来打麻将，聊聊天，联络联络感情。长安城中 20 世纪 80 年代搞旅游商店的几个老前辈梁果园、樊老大、李梅等都经常去陪邱先生打打麻将，当然也帮着邱先生找点东西。梁果园长我几岁，平时都叫他梁哥。梁哥是长安城中早期从事旅游商店的那一批人，确实挣了不少钱。梁哥爱喝酒，潇洒豪爽，每次请客吃饭你就别考虑埋单的事，都是他提前给柜台放上几百元钱，老话说这叫"压柜"，吃完饭再算账。梁哥不甚计较钱财，反倒是常常能挣来不少钱，这也是维了朋友关系的缘故。邱先生就是因此而喜欢梁哥，每次来长安都叫梁哥陪着吃饭、打牌，这一次也不例外。

邱先生来到长安城，第一天就通知平日来卖画的人，说还需要一些石鲁的画，如果有其他骨董也行，肥婆陶俑大一点的想买两个，青铜器有铭文的最好，等等。这都是大买主，话一传出，长安城中就积极响应了。找石鲁的找石鲁，寻骨董的寻骨董，约好后天下午两点送到钟楼饭店八楼。

时间很快就到了，这天下午两点前，陆陆续续，长安城中有活动量的骨董客都来到钟楼饭店八楼的大套房。大客厅里挤满了人，有的人胳肢窝下夹着画卷，有的人手上提着包包，挤不进房间的人就在房门外走廊上等着，熙熙攘攘，就像早市。邱先生似乎对这种情景并不反感，只是对房间里的人打了个招呼说："马上,马上,稍等一下,我把这一圈牌打完就来看东西。"梁哥仍是陪着邱先生来打牌了,看着屋里这么多人也是一脸茫然。他对邱先生说："你有事就先办事,等会儿再打牌吧。"邱先生看看腕上的手表说："再打半小时就差不多了。"

大约三点整,走廊外一阵骚动,然后房子里的人也往外面跑,还有些人把手里拿的东西从客厅的窗户扔了出去。这时就听有人喊道："警察来了!警察来了!"果然,数十名身穿白上衣、蓝裤子的警察把走廊给堵住了,"一个人也不能走,各拿各的东西排着队下楼!"警察喊着。走廊太窄,又是封闭的空间,来送货的人谁也跑不了,都被押了下去。邱先生则镇定地拉了梁哥进到套间里,锁上门再也没有露面。钟楼饭店大门口停了两辆大轿车,还有四五辆面包车型的警车,来送货的人分别上了两辆大轿车,大约有五六十人。

把这些人带到公安局,登记完毕自然也不能判什么刑,但是以倒卖文物、贩卖假画的名义每人罚了两千元,批评教育,东西没收,然后释放。而邱先生则在当天下午就坐飞机回美国了。原来,邱先生在来长安前就在公安局报了案,说是有人贩卖假画骗钱,他也知道,要想让这些人把钱退回来绝对是不可能了，出口恶气，让这些人受点苦还是可以的。于是就与公安局约好，下午三点来钟楼饭店一网打尽。此事后邱先生也就再也来不成长安了，而"石鲁大战"也就此告一段落。梁哥说："没我啥事，就是一紧张，看人家往窗外扔东西，我也把手上的翡翠戒指弄下来扔出去了，下面是花坛，第二天去找，找了半天也没找见。唉，这个老邱！"

无论怎样讲，"石鲁大战"还是让长安城中不少人因此而富了起来。尽管这些人毛孔里不一定就滴着血，但"假画能挣大钱"的观念却侵入到了骨董行许多人的心里。这个观念在一个相当长的时间里还左右着许多人的行为，人性的善良都被本能的逐利之恶所掩盖，并上演着一出出荒诞的恶作剧。

80年代初，高考恢复以后，许多二十岁左右的人都在通过各种补习参加高考。有不少爱好绘画的年轻人也是三个一伙，五个一群，聚在一起，练习绘画，读书补课。于是在长安城中就形成了许多年轻画家的小圈圈。西关外面有一个，西门里举院巷、夏家什字、甜水井一带有一个，端履门、东厅门、五柳巷一带有一个，北关外龙首村有一个，东门外龙渠堡、炮房街、乐居厂有一个等。这些热爱绘画的年轻人有一个特点，就是大多数人的文化课水平差一点。城里和我住得近的几个年轻朋友知道我爱看书，都来找我，让帮着补补语文课。我自己的高考成绩也是边边沿沿不咋样呢，只是看书多，看书杂，还能说两句，所以和这些绘画的年轻朋友认识不少。啥时候的高考都不是那么容易，考不上美院的肯定是多数。我刚参加工作时在东关南街上班，东关一带爱绘画的年轻人不少都和我认识。在东关正街路北靠近西板巷口有一家杂货铺，杂货铺有一个店员叫张启超，一脸雀斑，腼腆可爱得很。启超的素描功力很强，就是文化课不行，考不上美院，但对绘画很是执着。东关南街的喜来，也是素描高手，速写技巧也是很高。当时在工厂上班，工人劳动的形象全让他用钢笔记录下来了，全厂的墙报插图都是他一个人画的。东关大街北边有个索罗巷，传说唐代大历年间安西进贡了几棵大娑罗树，香气异常。皇帝就在这一代开辟了娑罗园专种了此树。后来这一带有了居民，就成了娑罗街，民国年间改为索罗巷，1966年改为更新一巷。后来感觉意思差点，1972年又改回索罗巷了。索罗巷住了一位年轻画家姓杨，叫杨天奇，前面已经说过，杨天奇仿石鲁画挣了一笔钱，他这人还是比较朴实，并不挥霍乱花，手也有点紧，但是为了提高绘画技艺，他却买了许多画册、书籍，自己琢磨学习。并且经常与朋友一起去秦岭山中，沿着当年长安画派老一代画家石鲁、赵望云、方济众的足迹，写生、体会，数年的写生稿就达三四百张。由于他的才能和后来的努力，杨天奇的画艺在长安城中渐渐地占得了一席地位。他没上过美院，但中国画的感觉和功力美院的学生是和他无法比的。杨天奇的手底下画得很杂，中国画长安画派的构图、技法就不用说了，岭南画派的撞水撞粉法，海上画派的没骨法，金陵画派的披麻解索陂法，特别是傅抱石的破笔乱陂法，杨天奇还是悟出了许多门道。20世纪90年代初，杨天奇在东大街菊花园口开了一间画廊，这时期长安城中的骨董艺术品市场基本还算稳定，人们看艺术品市场还有生意可做，不少人积攒了一些钱后，就想买几件小骨董，买几幅地方上名人的字画来收藏和投资。杨天奇谁的画都能画，所以画廊里就挂了不少外地画家的作品，什么黎雄才、关山月、傅抱石、齐白石，当然还有长安画派的何海霞、方济众之类。我们也不能说杨天奇画廊里的画全是假的，真画也占一定的比例，比如何海霞50年代在宝成铁路线上的写生《飞越关山》，康师尧为红

20世纪80年代陕西人民政府的大门，右侧(东边)人民大厦，是当时长安城内最高级的宾馆。80年代旅游业刚兴起，从人民大厦到省政府门口的路边，不少人在此摆摊，出售家中的骨董旧物，因为这里时常有外国人出入。

军长征胜利 50 周年画的大幅山水《三军过后尽开颜》、方济众为"西安事变"50 周年所画的《古城雪霁》等等。长安城中开骨董店的，搞旅游商店的，以及经常跑外地做生意的人，知道杨天奇画画水平不低，而且他画的画儿不论是谁的款、谁的风格，都是很漂亮。按骨董行业的话来说，就是"卖相很好"，"卖相好"当然就能挣钱了。所以，到杨天奇这儿取画儿的人就很多，生意不用"火爆"形容，也是整天应接不暇。

　　除了杨天奇自己的画确实画得不错外，生意好也是由于他有一套做生意的办法。说实在的杨天奇人不错，至少待朋友很客气，来到他的画廊里好茶好烟招待不说，到了饭时绝对会叫几个菜，弄两杯酒招待你。吃饭的时候常常见到他不停地站起来接电话，那时候手机少，都是座机，也不避你的啥，回来肯定给你讲谁谁拿他画上了北京的拍卖行，拍出去了几万元，来电话还想要两张。一会又说，画了幅齐白石，有人拿到北京鉴定，齐良迟还在画上题了字。旁边有人也会帮腔说："这画儿，放上几年，成色一旧就成真的了，谁能看得出来。"听得人心里都是痒痒地，不免也想弄两张来试试运气。

　　杨天奇虽然会生着法儿做生意，但为了挣钱要用太冒险、太过分的方法他也不敢去做。有一个北院门开过骨董商店的人姓常，近来结交了不少部队上的收藏爱好者。部队上的人严谨，花钱多少不说，东西要绝对地真。有一位爱好者想找一幅赵望云的山水，最好要早期画册上发表过的作品。姓常的就找到杨天奇，让他临摹一幅赵望云画册上的《深入祁连山》，杨天奇说："照着画册临摹出来肯定不会绝对一样，只是构图相似，人家一眼就能看出来了。"姓常的说："这你别管，到时候我重新照张相，找印刷厂只印这一页，把画册上原图拆下来，把这张画的印刷品装上去，画册上的图片就与这幅画一模一样了。"杨天奇问："那人家再用别的画册一对照不是就发现不一样了么？"姓常的说："这种画册少，他们从哪找去，只要是画册上的画，他一看对着呢，钱一给咱就不管了。"杨天奇再是胆大也不敢贸然干这事情，他想了一个变通的方法："我给你把这幅画画了，你买了去咋样弄是你的事，我不参与，卖得再多我也不管。"姓常的见杨天奇这样说也就不拉他一块干了，说好这幅画给两千元，其他不问。过了半个月，有朋友给我介绍说，有一幅赵望云水墨的《深入祁连山》，而且是发表过的作品，让我看看推荐给那位收藏家。我前几天也风闻过这幅画的来历，自然不敢胡乱应承，只是推辞说：我这边只是收藏民国人物的东西，现代人的不感兴趣，没办法帮忙。

姓常的能量很大，也敢铺开了去干事，全国各地只要有市场，有喜欢收藏的人，他都会找些关系去和人家拉扯。大约是1994年至1995年间，春节前后的样子，有几位骨董行内的朋友通知我说，下午在端履门路口红楼酒店吃饭，顺便说些事情。那时候为了上班方便，我骑了一辆踏板式的摩托车。这时候天气还冷得很，开着摩托车在路上走，两手都能冻僵，一边骑一边就想把摩托车扔到路边不要了，走路可能都比这要舒服些。6点前终于磨到了端履门口的红楼酒店，上楼后有人招呼进了一个小包间。进门一看，梁哥、李梅、李涛、杨天奇、王小明，几位行内的"大人物"都在座。等大家坐定，菜也上齐了，一边吃饭，梁哥一边给大家说了聚会的目的。

原来，那位经常去杨天奇家买画的老常出事了。老常这几年在杨天奇家买了有百十幅画，净是大名头。长安画派石鲁、赵望云、何海霞、方济众的不说，傅抱石、黎雄才、徐悲鸿的作品也不少。老常干这行业有经验，他不会急着出手，也不会在陕西境内出手。他把这些画装裱好后全部放到他的老家富平县乡下。老家的房子很多，也没几个人住，他就在房子里拉上几条绳子，把装裱好的画轴挂到上面，闭了房门，时不时地还点燃些麦草熏一下。据老常说熏得不能太过分，太过满是味道一闻就发现是假了，敞风的时间要更长一些，才能自然地做出旧来。当时行内流传着这样一句歌谣："你喝酒，我喝酒，假画关键在做旧。"老常很是费了些功夫，听说他拿出来的画都卖了大钱。这一年的夏天，老常不知有什么关系，找到了遵义市的一个大款，这个人开矿挣了不少钱，咋弄得也爱好起骨董字画来了。有钱人一般势都大，脾气也大，要收藏就收藏高档的东西，商周青铜器没铭文的不要，字画就要张大千、齐白石、傅抱石的。老常手上大名头的东西多，给遵义的大款送了几幅张大千、傅抱石，画得不错，装裱得也好，大款一眼就看上了，老常也就挣了一笔钱。有生意就不放手，而且是要抓紧多来几次，这就是老常的经验。两三次后，大款看张大千、傅抱石的画儿有点多了，就从广州请了几位收藏家到遵义来替他鉴定一下。广州毕竟是市场开放的前沿，人家见得多，识得广，一看这类东西全都给"枪毙"

了。十几幅画几十万块钱呢，把人家割疼了，人家能不发急么。

遵义的这位大款老板像是经过世面的人，遇事并没有慌乱，反倒是心平气和地给老常打电话说："前面买的那些画儿质量一般，你再给我找几张好东西，钱多点少点没关系，让我心里也平衡一点儿，高兴一点儿。"老常听了心里一阵激动："哎呀，生意又来了！"于是立马收拾行李，选了几幅尺寸大，画工精的傅抱石山水，坐上飞机就往遵义赶。这时候已经是十二月了，南方虽不如北方冷，但湿冷的空气还是让人身上直发寒。遵义的大款老板派车去机场接了老常，并且亲自站在宾馆的大门口等他。老常一到，那位老板就说，先不要上房间，这旁边有个火锅店，先吃饭，身上不冷了再说。老常也就提着箱子、行李，跟老板去了街边的火锅店。看来人家老板把饭菜早已安排好了，大桌子中间是火锅，锅里的红汤嘟嘟嘟滚开着，大锅一圈全是菜，老常感动得很。坐定十分钟，也就吃了几口菜的功夫，门外又进来四五个人。来人对着老常说："常先生，有人要看看你的画儿，你把东西拿上咱们走吧，一会儿回来再吃。"老常看看这些人都不认识，但不知咋的，就跟着人家出门上了车。

十分钟后，车开到一个院子，老常跟着这几个人进了院子里的一栋小楼，进了楼里面他才看明白，这里是公安局。

梁哥在端履门红楼酒店聚会上说了说老常的情况："人家遵义那边的老板早就给公安局报了案，就说有某某用假画骗了他的钱，因为数额几十万，算是大案，公安局就让老板用电话把老常调过去,然后把老常关了进去。"李涛接着说："这老常，因为有我的电话号码，让人家公安局给我打了几次电话。说是拿上二十几万元来遵义接人。老常他媳妇也来电话，说家里只有十二万现金，还差八万，让熟人朋友帮忙凑一下，老常回来了再还给大家。"

"哦，哦，哦。今天聚会是要借钱呢。"我因为与老常没有太多往来，出钱肯定也不会积极，老常平日没少买杨天奇的画儿，他得利最多，今天一定要多出才行。果然，杨天奇说八万块钱他拿四万，其他大家分摊。结果是我和王小明钱少，两人共出一万元。总是行道上的熟人，又有梁哥等几位老关系出面，营救老常也就不好推辞了。毕竟大家还是出了八万块钱呢，最后决定派王小明拿着钱陪同老常的媳妇儿一起去遵义。王小明也是画家，心细，办事稳妥，让他去看管这些钱免得出事。

坐飞机、坐汽车两天以后王小明与老常他媳妇就到了遵义，他俩在公安局附近找了一家宾馆住下，这时已经是下午三四点钟了，老常他媳妇说："我赶紧先去公安局联系一下，看明天上午啥时间办手续接人。你先在宾馆歇着，我回来再说。"舟车劳顿，王小明确实也累了，晚饭时见老常他媳妇没回来，自己就在宾馆楼下的小饭馆弄了两个菜，喝了二两遵义出的董酒，舒舒坦坦地回房间睡觉了。

大约半夜两点钟，王小明忽然听见有人敲门，迷迷糊糊开门一看却是老常他媳妇，王小明心里一动，心说："咋回事，半夜敲门？"老常他媳妇对着王小明摆摆手说："快走！快走！我在楼下等你！"王小明顺势往走廊看了一眼，只见走廊尽头站着一个人，昏暗的灯光下显得脸色有点惨白。那人见王小明看过来，也对他微微一笑。"哎呀，这不是老常么，他咋出来了？不会是越狱吧？"王小明其实是个胆小的人，这时候心里更是跳得"咚、咚、咚"，赶忙穿好衣服，拿了行李，连跑带颠地到了楼下。

半夜三更了，遵义城里街道上没有几个人行走。在宾馆不

长安城中的老宅内，几乎家家都有水井。水苦的就用来洗衣、洗菜，水
甜的就可以直接饮用。

远处的街角,站着三个人,王小明走近一看,老常、老常他媳妇,另外一个人不认识。老常说:"快走!快走!"他们就在路上挡了一辆出租车开往火车站。遵义市也算是西南交通枢纽,来往火车很多,半夜正好有一趟去昆明的火车,他们买了票很快就上车走了。

一路上王小明没敢说话,也没敢直视老常。偶尔抬眼看了一眼那个生人,觉得他面相有点恶,吓得王小明一直面朝着窗外。第二天上午,车到了昆明。老常让王小明在车站门口等着,他们三人在不远处说着什么,一会儿,那个陌生人自己走了,老常和他媳妇过来,简单地说了经过。本来说好第二天去公安局交钱接人,谁知道公安局置留室里除了老常还关着一个抢劫犯也等着处理。抢劫犯当然不会轻易就范,他不知从哪里弄了半根钢锯条,把置留室窗子上的铁栏杆锯断,为了不让老常报警,也拉着老常逃出公安局大院。老常知道他媳妇已经来遵义了,也知道住在哪里,就找到宾馆叫上王小明四个人一起逃离了遵义。具体与那个抢劫犯咋处理这事,老常当然也没必要给王小明讲。"小王,给你几百块钱,你自己坐火车回西安吧,俺俩口要去广州办些事。"王小明不敢多想，接过钱转身进了火车站。

王小明胆小，也仔细，害怕公安局的人跟着来，他没有从遵义直接回西安，而是绕道四川成都，从成都回到西安，半个月都没敢出门，等事情平静了，也没见人来找，这才露面。

出了这么大的事公安局能放过去吗？不久，回到西安的老常还是被公安局抓住了。退钱、罚款，拘留了两个月这才放出来，这段曲折的故事前前后后，出来进去，有一年多时间。里面有很多情节外人也不知道，就像是悬疑电视剧。因为这些与骨董行、艺术品市场无关，这里也不想多着笔墨了。说了这么多，已经可以看出，长安的骨董客们也能做出些不平凡的事。

三、骨董客的掏货与运作

在谈到骨董商店如何得利的时候我曾说过，通过收购货物而"买出利来"，是骨董商店得利的重要一项。所以，骨董行业向来重视店面的经营与接待，对于送货的客人可能要比买货的客人更加重视。旧时，这类客人进了店铺内，除了烟茶招待外，临走了还要送个小礼物，比如一块手帕，一张画片，用印有店名、地址的纸张包好了送给客人，就像今天附上的名片。客人什么时候用到手帕，什么时候看到画片，都会想起这家商店，有了好东西也就会送过来。这对开店的来说就是"接货"。

有的时候就不能净等着人家上门来送货，想要得到好东西并且"买出利"来，就得出门去"掏货"。"掏货"和"淘货"是两个概念，"淘货"是指在市场上、在地摊上、在骨董商店里，凭借眼力、凭借骨董价格、骨董出手对象的判断力来沙里淘金。骨董行内的老话说得好："买入手时就要想着卖出手。""淘货"最怕的是看得东西多了，眼睛花了瞎胡买。"掏货"则不同，"掏货"一般是有目标的，而且已经了解了货物的真假、品质，可能开价的范围。完全是有目的、有可能地去寻求货物才是

"掏货"。

每个骨董店的经营品种不同，每个骨董客的处事方法不同，"掏货"就有了多种的手法。前面说过那个姓金的中医大夫，他就是借行医之名（当然他也真的看病人，也收诊费），到可能有骨董的乡下大户人家去掏货，大户人家有病人那就好说，进去就能拉上话题。没有病人，就请能说上话的人去打听。有一次，金大夫去距长安城西北十几公里的低堡子村行医。低堡子村位于汉建章宫西墙边，太液池的北岸，经常出土汉代的瓦当、钱范、小铜器等。金大夫进村一打听，正好有一大户的老太爷子拉肚子。过去农村人得了病总是能拖就拖，能扛就扛，舍不得花钱，也是进城看病多有不便之处。金大夫上门看病既便宜也不用跑路，家人肯定乐意。金大夫看这种小病小灾还是有一套的。老爷子肚子疼先用针灸，什么内关、合谷、足三里、三阴交，扎上几分钟肚子就不疼了。金大夫再打开身上背的书包，拿出来一些药面面，分成几小包，金大夫说："一天喝两包，两天就止住了。"收了两块钱医药费，病人的家人感谢得不知如何是好。金大夫说："我爱瓦当，你们这里经常出土，看能不能给我买两个。"这家人不懂，问："啥叫瓦当？""就是上头有字的，圆的那种瓦头。"
金大夫用手比画着说。"噢，你说的是瓦托儿！就是烙花馍
时压花子的瓦托儿！俺家倒是有几个，前几天村里来了几个
收骨董的问了几次，老爷子不让卖，你爱了我就让你看一下。"
说着就从屋里炕洞内掏出几个瓦当来。金大夫接过来一看，
不是文字瓦当，是几个动物图案的。摆到桌子上仔细观看，
知道是有名的四神瓦当，就是青龙、白虎、朱雀、玄武，汉
代代表四方之神的房屋建筑标志用瓦。用现在的价格来说，
这一套完整的四神瓦当最低得要二百万元，有时候不是钱多
钱少的问题，稀有之物，经常是掏钱也买不来。金大夫知道
这是值钱的东西，也没敢表现得太激动，只是淡淡地问了几句：
"这四块瓦当一共要多少钱，我看我口袋的钱够不。"这家
有病的老爷子说话了："大夫，别人要我还不给呢，你这是
行善的人，你要就给你。钱多少不好说，俺孙子在三桥街上
的中学上学，想要辆自行车，你就给弄辆 28 型凤凰车子，瓦
托儿你拿走。"这时候，虽然一辆自行车得一二百元，但找
个熟人托关系还是容易弄到的，金大夫当然愿意。过了两天，
一辆崭新的 28 型凤凰自行车骑进了低堡子村，四神瓦当也就

进了金大夫的家里。

到乡下走街串巷掏货是一种方法，这主要是些生坑货和少量的传世铜器、玉器。真正够档次的骨董、字画，大多还是在城里大户和行家的手上。那一代人如果后世儿孙不喜欢这些骨董，干的又是其他阔事，那么有头脑的骨董客就会寻找这类的人家下功夫。小南门里四府街住的小张就是这种聪明人。小张叫张建国，大约出生在阳历的十月一日前后，所以家里人才给他起了这个名字。小张知道土地庙什字东南角有一个老户人家存了不少东西，字画、瓷器，都是真正的老货。这家人原来住的是两进的大院子，后来前院儿的房子都被公家征收了，分配给了银行职工，成了大杂院，原主家只住了后院的上房带着小阁楼。现在只有一个老头和他上中学的孙子住在这里。小张通过几层关系，硬是在这个院子里租了一间厦房。搬来住了一个月，就经常去后院找那位老头聊天，八九十年代天然气、煤气还没有这么普及，管道也没有通到居民家中，长安城里不少人家还用的是蜂窝煤炉子，好一点的才是在灶房配了罐装煤气。换煤气罐、搬蜂窝煤，就成了小张给后院老头做好事的主要项目。时间一长，两人熟悉了。

长安城中的古玩集市，每逢周六、周日，摆摊的、掏货的人总是特别多。

老头就问小张干什么工作，有什么爱好。小张说："我爱画画，也爱收藏字画，和朋友在东大街还开了一家书店。"老头见小张爱好字画之类，也就拿出来几件让他看看。开始拿出来的都是清末民初陕西地方上的一些名家作品，像秦毓琪的公鸡花卉、马安吉的松阴图、朱克敏的隶书中堂、司马绣谷的芭蕉鹦鹉琴条，还有孔竹坪的人物中堂，等等。对现在人来说，这些画家似乎名气不大，但在清末民初可都是响当当的人物。再加上裱工精美，都是宽裱大裱，一展开就吸引人眼。

又过了半年，跑腿、换煤气、买东西、干杂活，小张没少出力。小张和后院老头的关系更熟了，小张主动提出看啥东西，后院老头也不推辞，也就找出来让看。这下小张摸清了老头有好几幅张大千，还有关山月、黎雄才民国时来陕办展时留下来的不少作品。这在今天都是热销的东西。小张也没有说要买，只是说爱得很，能经常学习临摹一下就好。后院老头儿女都不在西安，只有一个孙子在跟前，白天上学也不在家，小张就经常去后院和老头聊天。有一天，老头忽然说："你要是爱这些字画，你就全部拿去，今年秋天一过，孙子考上大学，我就想到海南女儿那里去住了。"小张先是推辞说："老伯,你爱了一辈子,你也留几件,我选上几件也行。"老头说:"本来也不是想卖,看你爱学习,又爱好画画儿,这一年对我不错,就全给你了。"小张这一把就挖了五十多幅上档次的字画,其中张大千两幅卖给广州集雅斋就挣了一百万,具体这些字画给了老头多钱谁也不知道。

小张这种专攻老户人家和收藏家的方法,行业称之为"掏窝子",小张干了几笔这样的买卖,挣了不少钱,也落了个外号叫"掏窝子"。

在长安城中的骨董字画行上,还有一个"掏货"的经典故事,说出来让大家一乐。20世纪90年代中期,在北院门北头路东有一家画廊叫"名人堂",一间门面但里面却有四间的入深。店主姓钱,80年代干过旅游商店,对骨董行道也较为熟悉。"名人堂"里挂的都是陕西近现代名人的作品,赵望云、何海霞、李世南、王子武,还有几幅王西京的早期人物。长安城中搞字画的属画家杨天奇的眼光最毒,他曾进到"名人堂"画廊转了一圈说:"这家店能发财,东西都很对路。"这个"对路"指的是很对销路,不是指真假的路数。"名人堂"的钱老板也时常有办法掏来几幅能挣钱的稀罕货。有一次,在南郊师大一老教授家发现了一幅石鲁画的小品《月夜赏梅图》，老教授也爱字画，墙上挂了不少长安名家的作品，韩秋岩的葫芦、陈尧生的竹子、卫俊秀的书法、蔡鹤汀的水牛。都是小品，却都很精。钱老板自从认识了老教授，隔三岔五就去问石鲁《月夜赏梅图》卖不卖，老教授说："我也爱石鲁这幅小品，让我先挂一段时间，以后想卖第一个就给你说。"就这样来来回回问了一年多。到了第二年的秋天，老教授有一幅刘自椟写的篆书小对联想装了框子自己挂着看，钱老板就主动说："这事交给我，做镜框的几家店我都认识，保证给你装得好好的。"老教授说："这也不急，啥时候装好都行。到时候我自己去拿。""你不管！你不管！"钱老板说着就去书院门找镜框店了。

一般来说，给字画装个镜框，高档一点儿的一周时间差不多就够了。最近天气好，艳阳高照，秋高气爽，很快镜框店就通知钱老板取装好的对联。但是钱老板说最近忙，过几天再取。一直过了十几天，这天突降大雨，钱老板却跑去取了镜框，坐上出租车往南郊师大的家属区奔来。到了老教授住的大楼门洞前，钱老板并没有马上进去敲门，而是把镜框放到楼洞里，自己则站在楼洞口的房檐下，让哗哗流下来的雨水把头、把身上淋湿，然后才快速地夹着镜框上楼去敲门。老教授开门一看大吃一惊："哎呀，下这么大雨还来送镜框子，看把人淋成啥了。赶紧擦一下，赶紧擦一下。"钱老板嘴里说着"没事，没事"，但还是"啊嚏！啊嚏！"地连打了好几个喷嚏。老教授感动得不像样子，聊了几句闲话后就对钱老板说："娃呀，你爱石鲁的这幅画你就拿去吧！也难为你下这大雨还给我送镜框来了……"

骨董行的"掏货"不仅是靠眼力，靠运气，也需要有能吃点苦的精神，还要靠点能力。前面说了"掏货"和"淘货"是有区别的。但是我在四川成都曾经亲自经历了一件事，也不知道是应该归到"掏货"还是"淘货"的范围里，附到这里给大家讲讲，我觉得很能为长安骨董界增加一段掌故，为后世留下一些说辞。

这大概在2002、2003年的时候，四川省收藏协会有几位研究碑帖的朋友经常约我去成都，每次都能见到不少稀有的或者精拓的碑帖，我曾得到的《元拓三公山碑》《清初拓张迁碑》《清拓张猛龙碑》等都是这个时期成都朋友转让给我的。那时候成都最大的古玩市场就在草堂寺旁边，每个周日，周边几个大场坝都是人满为患。也不知四川怎么那多人，也不知道赶场都为了买啥，总是人挨人，人挤人。要想到草堂寺旁的茶馆坐下歇会儿，那更是难上加难的事。因为赶场日，早上 7 点多，茶馆就已经坐满人了。这三块钱一杯的花茶可以无限续水，可以陪着你聊上整整一天。续水都是由茶房伙计来回干的，用不着你操心，也用不着担心店家撵你走，给你脸色看。无疑，四川成都是最适合玩骨董、说古玩的城市。

我去成都总是住在草堂寺东边的新通惠酒店，距古玩市场仅一百米，早上吃罢豆花，就可以去市场上转一转了。7 月的一个周日早上，草堂寺旁浣花溪的岸边已经摆满了地摊，我走马观花地看着，突然，地摊上一件陶器吸引了我的眼睛，因造型极其熟悉，不免就蹲下身来多看了几眼。这是一件红陶质的兵马俑武士头像，表面上已经没了土锈覆盖，而且有不少磨损，说明这件陶器出土了很长时间，而且经手了许多人把玩。我问摆地摊的主家："这是什么头像？"摆地摊的人说："秦始皇兵马俑的头噻！""真的！假的！"我拿起这件陶俑头像细细端详着，眉骨、眼睛、鼻子的造型、线条，自然流畅，开脸儿极朴实准确。翻看内部的陶质也极具时代感，不是新烧制的那样火燥。就我个人的鉴定能力，我认为这是一件真品。

我马上回到宾馆的房间内，给西安《华商报》的记者打电话。我是想，如果这件秦陵兵马俑的头像是真的，我可以买回去，由报社主持个仪式，我把这件头像捐给博物馆，让流浪在外的陕西文物回到陕西，也是起到"大家都来关心历史文物"的宣传。《华商报》的记者朋友马上答应联系有关部门咨询，上午我打了几次电话问情况如何，回答是无消息。下午又打了几次电话仍无消息，一直到了晚上 11 点多，记者朋友才来电话明确地说：这事不好办。他甚至与文物局的领导都沟通了，如果确为真品，一旦东西进入西安，文物局的领导也把控不了这件事情，接下来的事情会很多很多，谁也不愿意承担责任。记者朋友告诉我：这件事就此结束吧。

我曾经咨询过文物界的专家，他们说在 20 世纪 70 年代兵马俑正式发现之前，应该就有一部分陶器、陶俑流到了社会上。那时候我还在上中学，也不可能了解其中的情况，但今天发现了有可能是真的兵马俑，如何处理又不违反国家法律呢？起初的热心很快就消失了，这真不是我能做的事么？

过了半年后又去成都，再去草堂寺市场上看，那件红陶的兵马俑头像早就不见了。我的心里一阵怅然，这种怅然之感十几年来时时泛起，这大概是长安骨董界最失败的一个淘货故事，也是我心中早早就想说出来的一个不能解开的疙瘩。

　　对于开骨董字画店的人来说，买货和卖货都是非常重要的。只有将货物卖出，换成了货币的形式，这才最终实现了这件货物的价值，也就才真正实现了商业的最终目的。因此，如何将骨董卖出，而且要有一定的利润，就不是开个商店，把货物摆上架，把字画挂上墙，等着客人进门来买那么简单了。有时候要有一系列的运作才能实现买卖。骨董行更早时候是如何运作的我不知道，民国时期，长安骨董客的种种做法还是听老人讲过一些。但对于八九十年代这些后起的骨董客来说，那些做法显然落后了些，适应新的时代、新的人群的运作方法可谓让人耳目一新。这里不妨讲两个故事让读者了解一下。

　　20世纪90年代中期，在做生意、开商店的人群里手机基本上已经普及，长安城的街头上出租车也跑得不少了，对做生意的人来说，出行、联络方便了许多。但是长安的骨董客们下乡掏货还是喜欢租用早期"面的"那种面包车。一是因为这种车后车厢大，可以拉许多东西，二是这种车在乡下进村拉货也不显得扎眼。而且开这种车的司机也都不甚计较，路不好走，吃饭过了时间，高一下，低一下，也没怨言。在小东门古玩市场开店的李小平约了跑单帮的四哥和京剧团的美工张志刚一块租了辆面包车，趁着八月十五前后的天气好，就去长安城东边狄寨原上掏货去了。狄寨原大得很，从东郊纺织城东南边上大坡，盘垣到原顶，再向东到蓝田县境内，当地人都称做狄寨原。据史书记载，这一带在西晋年前后有狄人在此居住建寨，故后世称之为狄寨原。狄寨原上有汉代薄太后墓等不少古迹，也是过去长安、蓝田不少名人的故乡，所以，文风较盛，一些大户人家也有不少骨董。你说国宝级的文物能掏到这是吹牛，但一些品质较好的端砚，较完整的青花瓷瓶、瓷盘还是能见到的。你别看狄寨原上的乡下农村，这一带还住了不少有些来头的怪人。1949 年前后，社会政局发生了变化，一些受了传统文化影响的文人（比如牛兆濂提倡的关中理学），不少都来到狄寨原上隐居。另有一些国民党军队的下级军官，不愿再转战南北了，也就到狄寨原上找个小村子，置点儿薄田安居乐业了。这些人多少都有些文化，有些家底，访问一下还真能掏出点货来。

　　李小平就是听说狄寨原上孟村有一户人家，祖上在云南讲武堂念过书，屋里还有不少民国时名人题的匾，还有几件骨董值得掏一掏。骨董行道与其他商业一样，如果不是资源垄断型的，相对来说总是入手容易出手难。李小平、四哥、张志刚三人没费多大劲儿就买了几件东西，一方带红木盒子的端砚，尺寸不小，接近三十公分。一对双耳青花瓷瓶，也有四十公分高。还有一个红木的多宝阁，就是过去文人在案头放的木架子。四哥说这木质像黄花梨的，李小平和张志刚说颜色太红，应该是酸枝之类。无论如何今天收获还是不少，四哥看了看车厢里放的东西，心里开始盘算，花了这些多钱，咋样才能把东西很快出手，三个人好分钱呀。一边走三个人一边商量，决定把端砚和青花瓷瓶推给长安韦曲建筑公司的老板卢长彬。老卢干建筑早，挣了些钱，不知谁的引荐，认识了长安地区的几位画家，买了不少画，也爱骨董瓷器。有时候还自认为有些眼力，自己也去古玩市场上买些东西，所以和小东门、书院门的不少人认识。大家有叫他叔的、有叫他大哥的，对这个大买主尊重得很。四哥说我先给老卢打个

过去在长安城东门外的八仙庵集市上，谁赶得早，谁就能淘到好货。

电话，你俩在旁边演戏，咱们先把这些东西运作一下。于是，四哥就拨通了老卢的电话："卢哥，在哪呢，晚上一块喝酒吧。"说完后，把手机放到车窗外，风呼呼的声音就传过去了。"兄弟，你在那干啥呢，咋像是跑步着气喘吁吁的。"老卢传过话来了，"哈哈，不是跑步，是在车上坐着呢，今天到狄寨原上看了点东西。""是不是？都有啥好东西呢。"老卢买东西有个习惯，喜欢要没露过面的东西，也喜欢谁收到东西第一个让他看，一是自己能先挑选好的东西，二是认为自己有钱，先让他看也是尊重他为骨董行买家老大的意思。四哥正要给老卢说今天都掏了些什么东西，旁边李小平、张志刚轻声喊着："四哥！四哥！先别给老卢说青花瓷瓶的事，书院门老钱说想先看一下呢。"四哥点点头，就对着电话说："卢哥，收了方砚台不错，红木盒子也完整，还有一个红木多宝阁。""不对吧。"老卢电话那边说："有人在那插嘴说还有一对青花瓷瓶呢。""这、这。"四哥显得有些为难。"有对瓶子，不过先给人家说了，让人家看看，不行再给你咋样？""闲话少说，直接把车开到小南门里，晚上一块吃葫芦头泡馍，我拿一瓶五粮液。"四哥说："卢哥，时间还早，要不我们先去找你，看完东西再吃饭。""好！

我在南门外盛业大厦八楼等你。"老卢说着挂了电话。

你要真能把老卢这种人的情绪逗起来，买几件东西没问题，人家手头还是有些现钱的。特别是他要听说他的对手也想买这件东西，更是不能松饶。

在骨董行里有一个常见的运作方法就是讲故事。讲故事不能专门去讲，有人拿了一件东西，逢人便讲这东西是怎么一个来历，是哪个名人家里流出来的，某某专家鉴定说是国宝，等等。这些话外行人听了也许还激动一下，整天在行内钻的人是不去理会的。讲故事的高手都是从说闲话中无意地讲出来。平时骨董店、书画廊里不是天天都在做生意，约客户，朋友来喝茶，来聊天才是骨董店、书画店的主要工作，喝茶聊天是一种重要的信息交流方式，有心计的人也会利用喝茶聊天来运作生意。比如，有一件瓷器想卖出去，他就会把这件瓷器放到别的店里，然后叫来可能的买主在他的店里喝茶。

"老哥，你见了没，书院门白胖子店里有一件粉彩瓶子不错，那是从三原吴家弄出来的东西，底下没有文字款，只有一个押花的标志。白胖子不懂，那可是康熙年间南方官窑给皇宫做的一批瓷器，后来自己留了几件就是这种标志，存世不过二三十件。谁把那件粉彩瓶子弄到手那可是好东西。"看起来说者无意，有些听者却常常有心。在骨董字画圈里，不少人就是喜欢靠耳朵来断定好坏，断定真假的。也有一种想着出奇制胜的心理，今天听了这话，明天肯定会去白胖子的店里看东西。而且还会用"知道这件货的底细"，"货咋来的，价多少"来攻陷白胖子的坚持，很快这件粉彩瓶子也就摆到了他的房子里。

这种店家专门去讲，专门去说的就是"运作"。无意讲出来，听者却去捷足先登了，那就是"翻墙"。在骨董行业，有一些人专门爱翻墙，爱抢人生意，这是一种爱占人便宜，并且自以为得计的一种心理在作怪。为了对付这种人，对付这种事的发生，骨董行还时不时地设个计，让这种人上当，以达到教训的目的。20世纪90年代末，鼓楼外路西是一个古玩市场，里面分了许多大大小小的隔断，形成了许多古玩商铺。这时，就有一两个经常串铺子的人，应着名是来闲聊喝茶，实际上就是来听信息好去翻墙的。这人已经坏了不少人的生意，你想，人家心里会舒服吗。于是，这人经常去的铺子老板就给他设下了一计。一天下午，这人一摇一摆地来古玩市场喝茶，铺子里已经坐了几个人了，大家彼此招呼后，铺子老板就面带遗憾地说："唉，今天早上去小东门市场，在张老师店里见了一个汉代铜灯，尺寸也好，下沿还刻了一圈字，好像是'啥啥官，重几斤'之类的文字。张老师开价一万五千，我可给人家还到一万，唉，实际上两万都值。没有买到后悔得很。"旁边的人也七嘴八舌，说是有文字的铜器，一个字都要加五千呢，何况还有那么字。这爱翻墙的人听了心里就是一动，坐了一会儿，就说有事离开了。

小东门张老师的店我有时也去转转，张老师拉扯的人杂，常能见到一些稀奇的东西，不说真假，品相、做工都很吸引人。有一次去张老师店里闲转，进店看见案子上摆着一个铜香炉，约有二十厘米高，香炉面上还有些像树叶一样的斑斑点点。主家看我留意这个香炉，就说："这是明代的宣德炉，你看这上面的斑纹和透着金色的底子，绝真！"我对铜器不甚懂，所以只能笑而不答，但我看过书，按着书上的记载，老宣德炉据传是将鎏了金的铜器溶化，经过四次锻炼，然后浇铸成香炉，这样才能灿烂夺目，这是明代宣德年间铸造香炉的一个特例，传世无多，不可能到处都有宣德炉。明代末年，苏州有位叫甘文台的，因为是回民，所以不崇奉佛像，老甘凡收到鎏金佛像等物，就集中到一起全熔化铸造成宣德炉的形制，因为有了相似的材料，所以老甘所造的宣德炉质地、款式极似真品。稍后又有一位银匠姓施，人称施银匠，也仿造宣德炉，形虽相近，质地却比老甘的差了许多。清末，甘肃秦州、巩昌一带也有人仿造宣德炉，打磨得很细腻，而且光泽沉稳，往往也能乱真，这几种仿造算是高档了，近世就算老甘的仿造品也已经是难得一见，何况是真正明代宣德年间的内府所造的宣德炉呢。征得同意，我用手轻轻地把案子上的铜香炉拿起来，翻过来看了一眼底款，觉得书法一般，同时也感觉这个铜香炉重量太过。心里说："这恐怕连甘造、施造甚至秦州造都不是。"或许是近代工艺品呢，但这个宣德炉造型还好，打磨得也较细腻，特别是表面的包浆非常沉着，这就胜了一筹，现在的人没有几个把宣德炉弄得明明白白，要是不当成真的这个宣德炉还真是件好玩物呢。

第二天，古玩市场刚开门，就听见这个铺子的老板和几位朋友"哈哈"大笑，"这下翻墙没翻好，墙那边是个大粪坑，咕咚一声给掉进去了。"原来，那个所谓汉代铜灯，实际是张老师才从宝鸡弄回来的仿制品，上面的火气儿还没退呢。

但还是被那个"爱翻墙"的人给买去了。

第四章　骨董客的变异

不知道准确的是哪一年，我在书院门朋友的古玩店闲坐的时候，听到有一个人说了这样一句话："如今世上最大暴利行业有三种，一是军火，二是贩毒，三是贩卖骨董。"我当时理解的是：军火不是普通人能做的，贩毒那是死路一条，贩卖骨董恐怕指的是挖墓的那些人吧。谁知道，骨董行太宽泛了，除了出土的铜器、陶器、玉器，传世的文房珍玩、古籍碑帖、名人书画，当代的书家、画家的作品都归到了骨董行内。特别是公元 2000 年后，古玩市场大繁荣，长安城内的文化街、古玩城建了数十家，在"盛世收藏""逢古皆宝"的口号指引下，几乎人人都成了专家。电视上几个台的"鉴宝"节目轮番播放，惹得门口修鞋的、市场上卖菜的也心动了，拿上几千块积攒来的苦力钱，也加入到贩卖骨董的行业之中。骨董行已经不是一门传统的行业了，而成了时髦和冒险者的天堂。

长安古玩市场繁荣的那几年，几乎每个店铺内都是货物满架，货多时就在门口支个床，只要你有眼力定能淘出好货来。

一、骨董行还是得尊重些规律

　　一个行业能够生存千百年，除了人们生活的需要之外，其自身运行的规律和从业人员所操守的规矩都是其生存的保障。现代社会正朝着自由、开放的市场经济发展，没有人非要画出什么人能从事骨董行业，什么人不能从事骨董行业。在宏观经济热潮的冲击之下，人们凭着朴素的常识认为，国家支持文化产业，这个产业就必定会发展。电视、报纸上宣传哪个书画家，那个书画家就一定会当会长、院长、主席，他的书画就一定能升值。

　　这也难怪普通人有这种想法，在经济大潮的裹挟之下，过去一些当地名家的书画最多一两千一幅，相当于技术工人一两个月的工资。可是到了 2008 年以后，有些名家的书画已涨至二三十万一幅，超过了技术工人十倍以上的工资。当然，有人会说艺术品是无价的，但这些当地名人的书画作品又有多少艺术价值的含量呢？尽管社会上也有不少人撰文抨击这种现象，但社会从众的心理，以及"普通人是极易受骗的，他们对于连连走运者更是佩服得五体投地。"（拿破仑语）普通人总是会以趋利的心理奔向火热的骨董行。

在骨董行业的所有品类里面，字画一项是最为容易参与的。而且是投资的渠道多，对象也多。在公元2000年以后，江西、河南、陕西的民间资本来到长安城中，他们先是开设宣纸、文房用品、画廊等商店，借此而接触到了当地的书画名家。由于市场太热，名家的作品翻了数倍甚至十几倍。这些投资者都以这种升值特点和升值曲线，去寻找新的对象。一时，西安美术学院的教师宿舍楼前净是江西或河南口音的普通话："老师，您是哪个系的？"这些人见有夹着书本走出楼洞的人便问。"雕塑系。"一位老师说。"好！好！好！打扰您了。"又出来一位留着小胡子的老师，"老师，您是哪个系的？"江西口音又问。"国画系的，啥事？""哈哈，老师您贵姓？我想买您几幅画。""哦。"留着小胡子的老师看了那位一眼说，"上楼谈谈。"下来就是：没有现画不要紧，先预付三十万，画一百张。这真是当年买盘圆钢或买电视机的手法。

　　我实在不应该指责人家的这种做法是好是坏，各行各业在发展、生存中总有一些这样、那样的特殊阶段，但无论如何规律总是要符合的，规矩总是要遵守的。骨董行、字画界总是一个奢侈品行业，是一个有着文化内涵表现的行业。把骨董行业弄成了菜市场，铺天盖地的买卖是不行的。把骨董行变化成金融产品，搞股票炒作法更不行。也许我知识不够多，眼界不够宽，思想又守旧，不能接受新事物。但目下热潮过后的情况又如何呢？一时热闹非常的书院门冷落地没多少人去了，以专业画廊多而闻名的湘子庙街，现在大多都改成了小餐馆。过去一见有人手里拿个纸卷儿，老板一定会站在门口招呼："手里拿的啥画，进来看一下。"甚至人还在几十米远就会去上前迎接的。而现在，就是有人推门进店来都懒得搭话了。

　　这里有一个西安市上悲壮的破产故事忍不住想讲出来，主人公姓魏，大名记不得了，只记得外号叫"魏嘟嘟"。"魏嘟嘟"军人出身，性格豪爽，见人就"嘟嘟嘟叨叨叨"地说个不停，这大概就是他外号的来源吧。但我本人不好意思叫人的外号，见面总是以"老魏"相称。老魏不知道什么时候认识了西安当地的几位画家，其中一位还是大腕儿，老魏就专做这位画家的作品。老魏没有门店画廊，只是在南门里湘子庙街一小区院内租了间房，算是一个办公室吧。2010 年后，中国艺术品市场开始了又一轮的热闹，西安城中几位名家的作品从几万一幅，半年一个台阶，两三年时间翻到了三四十万一幅。老魏压了不少这些大腕名家的作品，经过几年的暴涨，老魏的身价也陡然成为千万富翁。那时，当你走过湘子庙街的路边，常常就能听到老魏一边洗车，一边发出的爽朗笑声。不是在谈论如何再购进一批货，就是在说：很快就要把这国产车换成豪华的宾利了。

老魏赶上了好时机，买卖名家的画真挣了不少钱。这样，就有人把画拿给他让他帮着出手，也有人出钱请他代为选购书画的。特别是老魏能从画家的画室直接取画，东西可靠，价格当然要比外面稍贵一些。这是书画经营上的一个怪现象，按理说，买家到画家屋里直接买画，就像到工厂直接买产品一样，少了许多环节应该便宜才是。但恰恰相反，画家们认为，你到我家来买画，有想见画家本人的意思，不能白见面，那是要交钱的。当然，也有人认为从画家处直接拿画心里踏实一点，所以要加钱。

贵就贵点，不少人把钱交给老魏让他进货。进货，出货，几年辛苦的劳动老魏确也挣了不少钱。老魏认为，这艺术品市场还要继续地上涨，而且听大腕画家讲，年底来家里取画一幅要涨到五十万以上。老魏相信了这一切，于是他就压住自己的存画不卖，而且又借钱在拍卖会上，在画廊里，在私人手上努力地购画。

谁能料到，2015 年春，风云突变。老魏一边购进，市场上字画的价格一边迅速地下落。当老魏再没有力量去购进名家的书画时，不知不觉他的债务已高达上千万人民币。这时候，那位大腕的画作已由三四十万跌至十万以下。经济一紧张，债主自然会上门来讨债，借钱还钱，天经地义。老魏还算是一个有血性的关中汉子，也还算是一个能守行业规矩的人。为了还账，他把许多画作低价抵给了债主，又把许多画作以当下的价格卖了出去，用于还账。一时，车也没了，房也没了，画也没了，留下的只是一身债务和人们茶余饭后的谈资。

在西安城的艺术品经营市场上，有这么一种人：他们是纯粹的投机者，他们平时并不从事艺术品的经营，也不懂艺术品经营的规矩和基本知识。他们只是看到市场行情热了，就会拿着钱去追赶市场热点来挣钱。稍有知识的人都应明白，在市场经济里，只要是经济行为都是会有风险的，而这些人一看到市场回落，自己所购买的艺术品价格大跌，他们就会使出黑社会无赖的手段，强硬找原卖主退货。更有甚者，不但要退货，而且是加了钱的退货，根本不和你谈什么规矩与道德。所以，本人真心地奉劝刚刚进入艺术品市场的经营者，一定要认清、远离这类人，不论有多大利益的诱惑，宁可不做这笔生意，也不要给自己今后留下祸根与烦恼。当然，如果真是遇到了这类事，只要你是照章经营，不违反国家规定，就要勇敢地面对这些人、这些事，通过法律来维护自己的利益。

老魏则不是这类人，只因对市场经济的特点认识不清，未能把握市场行情和机遇，加之被某些卖家的言论所误导。头脑发热，因而借贷了不少资金进入艺术品市场，从画家手上，从私人手上，从拍卖会上购进了不少画作。当市场大跌的时候，当债主逼账的时候，老魏并没有采取破罐子破摔的态度，并没有采取无赖的手段，去找画家退货，去找卖家退货之类。而是将自己的车、自己的房抵了账；将自己的藏画以低于市场行情的价格抵了账。因此，我不能不说：老魏是数十年来长安骨董客中一个典型的人物，一个让人觉得还有些道德心的人物。对于老魏的遭遇在这里我用了"悲壮"一词，这既有其教训可训后世的感慨，也有其做事、为人的长处值得一

20世纪八九十年代长安的古玩市场真能买到好东西,你看这商店里,墙上随便挂着的就是书法大家于右任的对联,价格也就两三千元。

提的叹息。

或许有一天，老魏能哼着"翻身道情"从避难的外地回到西安，这事谁知道呢。

西安的骨董行业已经变异了，西安骨董客们的人和事已经成为故事。说说这些故事，多少还能感受到一些西安的历史风情和地方文化，还能让人吸取一些骨董行业上的经验和教训，由此而裨于人生。物质社会是发展的，历史现象却在轮回。相信有一天，西安骨董行里会出一些有文化的骨董客，就像民国时长安城的那些大玩家一样，他们会通过此行业传承着人类的历史与文化，展现着人类的美好与向往。

二、永远的骨董行，不尽的老故事

前面说过，在中国，骨董行业存在了上千年。不论是战火纷飞的年代，还是所谓的"繁华盛世"；不论是清教徒式的政治压力之下，还是经济大潮中的产业化手段，骨董行业都是在随波逐流、变换方式地生存着。再过几十年，当人们回忆起骨董行业中的人和事，仍然是充满了亦新、亦旧似乎永远轮回着的故事。这本书前前后后写了十来万字，但是到末了，总觉得是旧瓶装新酒，写新人常有旧人的影子出现，说旧事却时感有影射新事的嫌疑。这实在怪不得我，骨董行与其他社会历史一样少不了形式的变革与实质的轮回并存。说长安骨董行的故事虽然已接近尾声，但还有许多或有文史价值，或有古玩知识，或情节曲折与骨董行有关系的故事没有写出来。比如陈介祺从秦中购回秦汉印章后，通过什么方法来鉴别其真伪；吴大澂给清代陕西大收藏家渭南赵乾生去信，先是索要石刻拓本，后来又怎样得到了原物；明清时期，中国各个乡镇、府县的大道旁都有一座铁制或石刻的塔形，称为"字库塔"。过去的文人有一个规矩，或者称为习惯，凡是写有字迹的纸片不能随手丢扔，更不能让人脚踏使这些纸片沾上泥污。他们认为，写有文字的纸片是神圣的，有着孔夫子的神灵寓在其中。他们提出"敬惜字纸"的口号，以此来推动对中国文化的敬重。那时候，有不少老人背着布包，拿着长杆捏子，游走在乡间小路与通衢大道之上，见地上有写着文字的纸片马上会捡起来，放进附近的字库塔中，如果没有字库塔就塞进墙缝之中，等集攒多了，就会在一个专门的焚化炉中，举行一定的仪式，然后进行焚化。谁能知道，骨董行中一个有心的人，竟在将要焚化的破纸堆里发现了有关明代官吏腐败的证据，一本检举信的合集。可能是考虑到当事人都是有权势的官员，收信人看毕信后即把前后的署名撕去，被当成废纸扔到外面，又被人塞进字库塔中。幸而被有心人发现，从这些残简短札反映出的内容中，我们仍可看到所涉及明代的人物如陕西巡台某氏、孙传庭、陈奇瑜、洪承畴、杨嗣昌、杜瑞庵，甚至还有李自成、八大王、蝎子块等农民起义军的事，这对于研究明代史无疑是一件价值极高的文献资料。由于叙述的角度不同，事件的内容与本书所讲不是太合，但发现这本册页的前后故事却与骨董客有关，以后如有机会将细细道来。

20世纪40年代，中原地区是抗日战争的主要战区。抗战爆发后，河南省的许多机关、学校都撤往四川与陕西。民国年间河南博物馆馆长、历史学家、考古学家关伯益先生来到西安，并在当时的西北大学任教授。除了石刻和金石文字，关伯益先生特别对西北的古陶感兴趣。通过对古陶器的造型、纹饰、做工的研究，对陕甘地区的历史文化、人文风俗提出了不少颇有见地的观点。关伯益先生在长安城中及甘肃兰州古物市场购买古陶器的情景，都详细地写在他的手稿《益斋所得所见古陶图录》和《皋兰记游》一书中。我们从中可以了解到，当时古陶器的经营在骨董行中也占有一定的比例。长安城中经营古陶的商店主要集中在西大街城隍庙与鼓楼之间，兰州的骨董客贾兰亭（实际是北平人，寓居兰州）、张凯臣、马云程、马俊卿（兄弟二人）、周崇古等都是古陶器收藏与经营的大户，也经常来长安，与长安城的骨董客关系密切。当然，这些文字中也包括关伯益先生在这些骨董客店里如何购买骨董，购买了哪些骨董，以及主顾双方围绕买卖有如何的心理活动的细致描写，等等。关伯益先生是中国近代卓有成绩的金石学家与历史学家，但他的一生却很有点悲剧的色彩。民国初年自北京大学毕业后在河南省会开封发展。以他的学识很快就升任为河南省博物馆馆长一职了。但抗战军兴后关先生移居长安，以外来人口未能被长安地方学界所认识。而现代的河南人又以时间久远很少有人知道或感兴趣关伯益其人其事了。本人因收藏古籍版本，手稿亦是其中一个重要方面。80年代末时，有幸收藏到关伯益先生的手稿数十种，有许多是没有刊行过的。其中有一本《开封沦陷记事诗》把日本人如何进入开封，如何成立维持会，以及花园口决堤前前后后的事情记录得非常清楚。我想，总有一天，总有一些人会想起这位民国年间的学者、古物研究专家，这些手稿也就会展现其应有的价值了。到那时，我也会把关先生作为长安的文人学者，细细讲出他的故事来。

在前文书中，我提到了在民国时期长安的名人李博学后人处买东西的事，其实还有一件东西没有提到，那就是民国十七年（1928）何香凝写给当时驻扎在陕西任国民革命军第二集团军总司令冯玉祥的一封亲笔信。信是让第二集团军政治部主任郭春涛从上海捎回的，内容表达了何香凝对冯玉祥的支持。这封信是在蒋冯将要爆发"中原大战"前夕所写的。由此可见冯玉祥在大战前派郭春涛去上海寻求其他政治力量支持的信息。这封何香凝的信无疑不能仅以名人的信札书法来看待。

在20世纪60年代末，社会上不知为何兴起了一股提防"五湖四海"的活动。60年代末的时候，本人还很小，但能记得每天晚上家父都要拿着手电筒去参加街道上组织的巡逻。一天晚上，家父巡逻回来悄悄地对家母说，发现巷子里老秀才段家的人把一包东西扔到了垃圾台上了。有人过去一看，是一包字画，当时大家都在警惕地防"五湖四海"，没太在意这些事，这正好让许多老户人家借着夜幕扔掉了许多骨董和"四旧"。晚上扔的东西，白天人们却并未见到，这些东西最终流到谁的手上，都有些什么好东西，最后成就了哪些骨董玩家，这些谜有机会还得说出来。

讲骨董行的故事，一般读者总是要问行内都有些啥秘密，有些啥技法，也就是怎样做假使人打眼。还有些人总爱问"捡了什么漏"，而后怎样又发了一笔大财的故事。我不敢说骨董行内没有秘密，造假没有技法。比如，字画造假如何使用纸张、颜料，如何给新画上造出多年的斑点效果，如何让墨色显得陈旧，如何将题款写得更像、更接近名人原作。如何将新盖的印章做得如旧时所盖, 而且色泽不掉, 等等。至于 "捡漏", 有一些是靠运气和眼力, 而有一些则是靠方法, 这多多少少有点设局骗人的意思。不是不能说, 不是不能讲。皆因为现在许多当事人都在世, 讲出来不免要惹出是非和官司。读者如果感兴趣, 如果能等上几年, 待我这本书再版修订时, 或许我会说出那些所谓的秘密来。

2016 年 12 月 9 日初稿

2017 年 3 月 13 日修订

后记

  大约在十几年前，我忽然有一种写一本关于长安城中骨董行业故事的冲动。于是，调理思绪，写出了一个近万字的提纲。但不幸的是杂务繁多，此志竟抛在脑后几近忘却。

  2016年春，有老友自海外归，谈到我近年所写的陕西文史，老友言：最好能把长安骨董行业的事写出来。别人想写但不熟悉此中门道，你对此行业既熟又能用文史的笔法写作，不写就太可惜了。诚然，数十年的写作经历让我感觉到，用文史的笔法来写作、来叙事，更能明确地把自己的思想表达出来，更能真实地把历史事件展现出来，更能实实在在地打动读者。当下的读者，智力之高深，眼界之广大，非前人所能及。他们最在意言之有物、客观现实的作品。

  于是，我就鼓起勇气，在秋风吹落了满树黄叶时，翻出那个十几年前所写的提纲，检出长安骨董行业百年来人物的资料、照片堆于案头。从 2016 年秋，一直写到 2017 年的春上。用了大半年的时间，终于将《长安骨董客》一书草成。

《长安骨董客》是一部以近百年来陕西骨董行业为背景，以时间顺序为框架，以地方骨董客、文化人的沉浮为表现，用另一个角度来述说陕西地方文化的著作。读者可以通过陕西百年来骨董行业里所发生的事，所涉及的人，来了解陕西地方曾经有过的文化现象，了解这一文化现象传承的脉络，以及陕西人所特有的文化气质、民风民俗的来源。我想，待读者朋友们读罢这部《长安骨董客》后，大约会对这种文化有一定的认知吧。

此书初成后，长安文化学者党晟教授欣然为此书写了介绍文章作为序言，书法篆刻家赵熊先生欣然为此书题写了书名。因为，关怀、研究陕西乡邦文化是我们共同的事业和愿望。在我们陕西大地上，千百年来始终有那么几条特有的文化线索绵绵不断地向下延续着，这就是我们陕西人千百年来处事活人的基本德性。生活在陕西大地上的人们应该了解一下这种文化的实质与内容。

又经过一年多的校对、修改，《长安骨董客》终于要出版了，这算是为陕西地方文化做了点事情，也算是前辈们所说的"念书人的一种功德"吧。

宗鸣安于长安曲江池畔

2018 年 1 月 22 日